U0667150

神槐树下

李　克◎著

SHEN HUAI SHU XIA

中国言实出版社

图书在版编目（CIP）数据

神槐树下 / 李克著 . -- 北京 : 中国言实出版社，2020.7

ISBN 978-7-5171-3498-5

Ⅰ . ①神… Ⅱ . ①李… Ⅲ . ①长篇小说—中国—当代 Ⅳ . ① I247.5

中国版本图书馆 CIP 数据核字 (2020) 第 111551 号

出 版 人 王昕朋
责任编辑 史会美
责任校对 王建玲

出版发行 中国言实出版社

地　址：北京市朝阳区北苑路 180 号加利大厦 5 号楼 105 室
邮　编：100101
编辑部：北京市海淀区花园路 6 号院 B 座 6 层
邮　编：100088
电　话：64924853（总编室） 64924716（发行部）
网　址：www.zgyscbs.cn
E-mail：zgyscbs@263.net

经　　销 新华书店
印　　刷 北京中科印刷有限公司
版　　次 2020 年 7 月第 1 版　2020 年 7 月第 1 次印刷
规　　格 710 毫米 ×1000 毫米　1/16　17.25 印张
字　　数 275 千字
定　　价 55.00 元　ISBN 978-7-5171-3498-5

CONTENTS
目录

第一章
风云突变

话说一九四二年，是抗日战争最艰苦，最残酷的年代，也是中国人一生中最难忘却的时期!

从这年五月一日起，华北的日本鬼子集中了大批兵力，在冀中平原上，开始了疯狂的大扫荡，到处响着枪声，到处发生着惨案，环境变得一天比一天恶劣，摆在人们面前的灾难，也一天比一天更加严重了。

在大清河北岸，有个村子叫冉庄，这个村里有个民兵队长，名叫高大龙，今年二十一岁了。

这天晚上，高大龙在村里召集民兵开会，讨论研究如何应对敌人的扫荡，大家提出平原上没有山，要把平原变成山，就要挖地道，在地下和敌人斗争才能坚持下去。会开到很晚高大龙才回来，只睡了一会儿，天就亮了，他就又从炕上爬起来。

母亲早起来了，正在做饭。

“龙儿，不多睡会儿，忙着起来干什么？”

大龙说：“这两天敌人扫荡的风头这么紧，哪儿睡得着啊！”

大龙的母亲，四十九岁了，身子骨倒挺结实，做个针线活，下地干农活什么的，还是蛮干净利落的。可是她头上的发丝，早就全白了，提起这事，话可就长啦。

她四十岁那年，正是一九三三年，高阳、蠡县这一带的老百姓，因为受不了国民党地方政府的勒索压榨，曾经闹过暴动。当地小陈村的周老大也参加了，不到半个月，两个县的所有村子全闹“红”了，大龙爹当了冉庄、大田村，还有小陈村的赤卫队队长，周老大当了副队长，领导乡亲们打土豪，分田地，把巡警局子也砸了。国民党政府急眼了，从保定开来大队人马进行镇压，杀了好多人，把大龙家的门也用封皮封了。那时大龙才十二岁，就和爹，还有小陈村的周老大，一同逃到天津避难。在天津待了不到半年，就被警察局发现了，把大龙爹和周老大给抓去打死了。后来这个暴动慢慢平息下来，大龙才回到家里。

就从那时起，母亲提心吊胆地拉扯着大龙过日子，又缺吃，又少穿，又得防止坏人加害，心里吃了大劲，在这艰难的岁月里，她还不到五十岁，头发就全白了。

她只有大龙这么一个孩子呀，高家的传宗接代，一切的希望都寄托在他身上。最近几天，鬼子扫荡得这么凶，就使她多担了一份心，愁得额前的皱纹越来越深了。

她担心大龙要再出了什么事，那可怎么着啊？不过她也是个明白事理的人，碰到这个年月，鬼子今天抓人，明天烧房子，家家户户不得安生，人活得好好的，不知哪天脑袋就落地了，保得住今天，保不住明天呀！

大龙呢，和他爹一样，也是个倔性子。做什么事儿，都愿意走在前头，他挺不喜欢那些怕死鬼，碰到事前怕狼后怕虎的；他是说干就干，干就干到底，决不半途而废，什么事情也不肯落人后。就说挖地洞吧，在两个月以前，母亲就催了几次，让他给自个儿家里挖个洞，好防备万一。他总是说：“人家挖洞，有的是为了藏东西，有的是为了藏年轻妇女。咱家呢，什么也没有，挖那个草鸡窝干什么用啊？这是对敌斗争嘛，就得想办法积极打击敌人，像个老鼠一样躲在洞里，那还像话？”

可是敌人这次的扫荡，谁想到会这样厉害，这样的残酷呀！抗战四五年来，没有用过的法子，全给端出来了。敌人一到哪个村里，就把好东西抢光，人们稍有反抗，就被杀光，房子统统被烧光。这就是日本鬼子最野蛮、最毒辣的“三光政策”。前天在南边小务村，鬼子一下子把十几个村干部围住抓起来，用铡刀铡死了！你跑到哪里，都会碰到敌人。在平原上，可真是不好隐藏啊！

高大龙看到这种情况，才深感娘的话是对的，才想起了挖洞。

可是情况一天紧逼一天。黑天挖洞，白天还得跑情况，这个紧张劲儿，可真是够呛。

高大龙正在擦枪，母亲把饭做好了，说："龙儿，快点吃吧，说不定一会儿闹情况，就吃不上了！"

大龙"嗯"了一声，跳下炕来，端起饭碗刚吃了两口，就听得村外"当！当！"响了两枪。

母亲和大龙怔了一下。大龙忙放下碗，从炕上捞起那把土撅子枪，"哗啦！"一下顶上了子弹，又把三颗手榴弹别在腰里，还没来得及出屋，只听接着又连响了几枪。母亲急得两手直打战。大龙说："娘，不要紧，别着急！"母亲哪能沉得住气呢，忙说："光说不着急，不着急，你没听见打枪啊！跑不出去怎么办？"

高大龙跑到院里，支起耳朵听了听，他听出那枪声是在村子西边打的，便准备从东边跑出村去！忙说："娘，别怕，你跟我走！"

母亲说："龙儿，别管我，我一个老婆子怕什么，你们年轻人要紧，你快点跑吧！"

这时，村外的枪声响得更欢了，树林里的鸟儿集成团飞向天空"嘎哇嘎哇"地叫着。高大龙判断了下情况，倒垂着枪口，嗖地一下蹿出院子，刚一出门，母亲又喊住了他，叮咛道：

"龙儿，小心点，不行的话，就把枪坚壁起来，埋在地里，千万别让敌人看见哪！"

大龙回过头来说："娘，你放心吧！不会出事的。"

他跑到街上一看，村里的人们争先恐后地朝村外跑着，民兵们在人群里照护着大家，母亲们抱着孩子，有的越着急越跑不动，有的提着篮子，有的夹着包袱，有的扛着被子，红红绿绿，什么样的都有。

只见村党支部书记赵有志在那里喊着："大家不要乱！村干部民兵们注意！带领群众一起跑！要听指挥！"

高大龙也在喊着："民兵们注意！敌人的枪声在村西边，带领群众出村去，分散开朝东跑，别挤在一起，能过河就到河那边去！"

村干民兵们带领着群众，一批一批地撤出村去了。

村外是一眼望不到边的麦田，麦子长得打人胸脯那么高，人们从麦地里哗哗地蹚着麦子奔跑着，朝大清河边奔去。

有的已经开始过河了……

突然，鬼子的一架飞机从西北边绕过来，屁股一撅，机枪嗒嗒嗒地响起来。

“大家快趴下，不要过啦！”高大龙挥着枪，大声地喊着。

人们这才又呼噜呼噜地钻进麦子地里，躺下、趴下或者坐着，让麦秆儿遮蔽着身子。

高大龙也在麦地里趴下。

村西边的枪声，打得越来越紧了。这时，他抬起头来，四面张望着，只见从西南边上卷起一股尘土，尘土中有一群骑兵顺着村边朝东奔来。

枪声跟着也越来越近。接着，三架飞机从身后的东边迎头飞过来，咯嗡咯嗡地飞得很低。

高大龙仔细一看，认出来这骑兵是八路军的一支队伍。因为在大扫荡以前，他们曾在冉庄、大田村驻扎过很长一段时间，那时的骑兵是多么的整齐啊！当他们在田野上操练的时候，摆开三个队形，一队完全是雪白色的，一队全是黑色的，另一队完全是棕红色的。骏马飞驰，操练得多么带劲呀！他越看越上瘾，于是，找到地区队上的王凤山司令员说，他非参加骑兵训练不可。结果，王司令员那匹棕红色的战马让他骑上，只是参加了一次操练。这队骑兵在冀中大平原上，黑夜、白天，风里雨里和敌人周旋了四五年，他们就像把锋利的尖刀一样，刺入敌人的心脏，追击敌人，打击敌人，使附近县城里的敌人，甚至连保定市的敌人也不敢轻易到乡下来猖狂。乡亲们一提到铁骑兵，就伸出大拇指称赞。

只见我们的骑兵，刚跑到一片树林边，敌人的飞机就开始扫射了，骑兵急速分散开来，到树林里隐蔽。

敌人的骑兵又追过来了，接着又有三辆坦克，也像怪兽一样地轧过来。这是日军大扫荡的一支部队。

敌人这次扫荡冀中大平原，集中了日军精锐部队十几万人，加上伪军共有三十多万人，配合着飞机、大炮、坦克、骑兵。日军驻华北司令冈村宁次，坐着飞机在空中指挥，沿着平汉路、沧石路、北宁路，拉大网似的，大圈套小圈，想把冀中八路军的主力部队一网打尽，这就是敌人所谓的“梅花”式的扫荡。

在这种极端不利的军事情况下，与敌人浴血奋战的抗日将士接到了上级的指示，要有计划地撤退，保存有生力量，以利再战！要暂时撤到安全的冀西山里去。

这个骑兵团担任的任务是：牵制住敌人的兵力，掩护主力军西撤。

他们不分黑天白夜地和敌人兜着圈子，边打边走，冲破了敌人几次包围。直到我们的大部队安全转移，他们这才最后往出撤离。

敌人的飞机在空中监视着，坦克轧来轧去，我们的骑兵和敌人的骑兵、步兵，互相追打着，战刀碰击，火星飞溅，枪声响成一片，只见我们的骑兵，穿过麦田，乘风破浪似的，把敌人的骑兵冲散了！

敌人的骑兵哇哇地怪叫着，一个接一个地栽下马来。

可是敌人的步兵，一层一层又包围了上来。

东边横着的那条大清河，有半里多宽的水面，河水哗哗地奔流着。我们的骑兵想冲过河去，跳出敌人的包围圈，但是逃跑的群众也被敌人赶着，都争先恐后地向河里跑，都想逃到对岸去。这时，敌人的飞机又从西边绕了过来，飞得多么低呀，翅膀扫着树梢，战士们、乡亲们，急得在河里呼噜呼噜地蹬着水跑着。三架飞机尾巴一撅，顺着河沿扫射，嗒嗒嗒嗒就是几排子子弹，接着是“呼隆！呼隆！”又是几颗炸弹丢了下来，激起几丈高的水花。

水面上漂荡着衣服……

鲜血染红了河水……

高大龙趴的地方不在敌人的包围圈里，可是离得也不远，只隔半里地。枪子在他身边啪啦啪啦直掉。

他远远看见敌人飞机的轰炸，血染红了清水河。看着敌人的暴行，他愤恨地说：“冀中平原上风云突变，日本侵略者对我们的祖国，我们的人民，土地与河流犯下了滔天罪行！这血债要用血来偿还！”

这时，他猛然听到一匹马的尖叫声，他赶快抬起头来，朝南一看，呀！一匹雪白的战马从炮烟里钻了出来，上边骑着一个战士，朝北边飞奔着，他看出这是我们的战士，后边有十几个鬼子的骑兵追着，东边的敌人也包抄上来，迎头向白马射击。那位战士拨着马头又向西北跑去，后边十几个鬼子，一边追，一边打枪，这时那匹白马像飞了起来似的奔驰，那个战士紧紧揪着马鬃，头伏在马脖子上，一股股的尘土在马尾的上空腾起，扰乱了敌人的视线。后边十几个鬼子，用皮鞭拼命地抽打着自己的马，紧紧地追呀，追！我们的那个战士不住地回过头来，举枪向敌人还击。

“叭！”的一枪，只见一个鬼子从马上栽了下来。那个战士又扭过身来，“叭！叭！”又放倒了两个鬼子，其他鬼子一看，吓得忙勒住了马缰，不敢前进了。可是敌人停了一会儿，就又追了过来。

大龙看着心里很是着急，不能眼看着自己的同志吃亏！他握着那把土撅子枪，瞄准敌人，从侧面朝鬼子打起来，他的枪法也不错呀，又把几个鬼子打翻下马来。

那位战士看见敌人不敢前进，拨回马头又朝敌人射击，他准备趁此机会，向东冲过河去，好赶上骑兵大队，一同撤进山里。

鬼子只剩下三个了，一个鬼子用中国话喊着：“你的，是神枪手也要死了死了的！”他们又扑过来，挡住去路。

那匹白马刚跑到一棵柳树下，鬼子“叭！叭！叭！”同时发了三枪，那个战士便从马上栽了下来，大龙心里咯咚一下：“糟糕！我们的好战士他……他……”

那匹通人性的雪白战马，在柳树下停住了，对着它的主人绕了一个圈子，两只前腿跪下，低头嗅了嗅，好像是向主人哀悼，向主人告别，眼睛里含着泪花。它突然站起来，回头看见鬼子追来，便长啸一声，扬起头，撅着尾巴，朝西北口拼命奔去。你看，那匹神马，越跑越快，像腾空在云中飞行，它会把主人的英勇不屈，主人为祖国壮烈牺牲的爱国主义精神，告诉大部队领导。

愚蠢的鬼子兵，看着那匹飞奔的白马，还在后边紧紧地追赶，他们喜欢那匹马，哇啦哇啦地怪叫着，想要捉住那匹神奇的白马。

大龙看见敌人又朝西北跑去了，撅枪够不着打了，没有给同志报仇，心里很是难受。身上的汗珠已经把衣服溻湿了，火辣辣的太阳，再加上这样激烈的战斗，简直弄得人喘不过气来，口里干得舌头都拉不过转了。

我们的骑兵，在河岸上冲着敌人火力薄弱的地方，像一把锋利的剑一样，朝西南方向插了过去——他们突围出去了。

那匹神奇的白马——飞赶大部队去了吗？

它能逃出敌人的追赶吗？

敌人的骑兵、坦克、步兵，也朝那个方向追去，飞机在空中画了几个圈子，也飞远了。

大龙很快从麦地里爬起来，朝那棵柳树直奔过去。

他跑到那棵柳树下一看，只见那个战士伤得很重，胸脯和腿被打伤了两处，鲜血流了一大摊，已经晕了过去。他叫了几声："同志，同志！"也叫不应。他忙把战士背起来，准备先找个僻背的地方，把他掩藏起来。北边不远处就是张家坟，那个地方又僻背，树木又多，还有砖碑楼，是个好地方，大龙便决定先把同志背到那边去。

他背着那个战士，在麦地里"唰啦唰啦"地向前爬，心越急，爬得越慢。虽然敌人已经走远了，但他还怕被坏人发现，那也很危险。那麦秆儿也怪，偏偏往腿上缠，脚下的绊儿也多，他用力一蹬，连根带秆哧溜一声，就拔下来了。几次差点把他绊倒。他脸上的汗珠，像黄豆粒一样大，咕噜咕噜地直往下掉，掉在麦秆上，滚落到地上。

他爬过一块麦地，又爬过第二块，第三块……

他刚要喘口气儿，忽然发现前边麦地里，有人抬起头来，他仔细一看，原来是村里的民兵队员徐小虎。

"小虎，小虎！快来！"他忙喊道。

"哦？！大龙哥，是你呀！"徐小虎"腾"地站了起来，忙往他跟前跑。

随后麦地里又慢慢地钻出一个人来，也跟着小虎跑过来——这个人名叫刘全福。

小虎走到跟前，见他背着一个伤员，忙问："大龙哥，同志的伤不要紧吧？"

他说："同志身上伤了两处，胸口的伤很重，也流血过多！"

"那咱们赶快把同志藏起来！我来背着同志吧！"小虎说着就忙把同志背起来。

"哎呀！这……这……"全福吧叱着嘴说，"这个时候藏到哪里好呢？"

小虎一听就火了，瞪着两只大眼睛说："你甭害怕，不会连累你！龙哥，我把同志背回去，藏到我家里，我来保护！"

刘全福被徐小虎来了个迎头顶牛，心里想："我也不是不愿意救同志呀！我是说得找个秘密的地方，藏起来更保险呀！"可是他怕小虎再顶他，就没有说出口来。

大龙说："小虎，你这个老脾气又来了，动不动就闹火，耍大嗓门，瞪大眼睛。"

小虎噘着嘴说："他还算个民兵哩，这个胆小劲儿，一个树叶落下来都怕砸破脑袋！照他这么说，同志就甭救了？”说着就要背着战士往前走。

这时，逃跑的人们都慢慢地出现了，大龙忙按住小虎说：“哎，不行，敌人扫荡的手腕可多着呢，万一被坏人看见就会出大娄子！”

刘全福撅着下巴，忙点了点头，说：“对啊，敌人这一大扫荡，风云突变，什么都变了样。人们常说人心隔肚皮，做事两不知。这年月，谁能保得住谁呀？还是小心点好！”

“哦！难道连你也保不住了吗？”小虎看了他一眼说。

刘全福说：“你看，地里出来这么多人，你知道谁是坏人呀？人多眼杂，心也杂呀！”

他们正说着，大龙看见那个战士的眼睛直往上翻，便急忙说：“你们别说啦，看这位战士成什么样了！”小虎和全福一看，也都慌了手脚，急忙叫道：“同志！同志！”看着那位战士的手和脑袋直抽动，大家干着急没有办法！

“我……我是军区骑兵……兵团……战士……”那位战士忽然断断续续地说，“我……我要杀……杀光鬼子……为……为祖国……”

“同志，快醒醒，我们都在你身边。”三个人见那位战士在说话，心想有了希望，非常高兴，同声说，“多么好的白马英雄啊！他要活着该多好啊！”

“你……你们……要为我报仇……多……多杀鬼子……”那位战士说不下去了，不一会儿，便头一歪没了气。他们三个人站起来低着头，每个人的眼里都涌出了泪水……

“叭！叭！”忽然从西北口又传来了枪声，逃跑的人们，又慌慌张张地向麦子地里钻。

刘全福这一下子又慌了：“是不是敌人又踅回来搜查啊？”说着两条腿不由自主地像筛糠似的抖起来。

大龙向西北边一看，糟糕！只见跑过去的那匹白马，又像箭似的跑回来。那三个鬼子还在后边紧紧地追着。他们放枪只是想吓唬那匹骏马，让它站住，并不朝它身上打枪，想捉住这匹马。可是那马却拼命地跑，不肯站住。

大龙一看机会到了，又回头看了看死去的战士，便咬了咬牙，说：

“小虎，咱们绕过去截住，放倒那三个王八操的鬼子兵，给死了的同志报仇！”

小虎说：“对！放倒那三个狗日的！”

刘全福早吓得趴在麦秆底下不敢动了。

大龙和小虎提着枪，弯着腰，哗啦哗啦地朝另一块麦地跑去。

那匹白马又跑到那棵柳树跟前，低头看了看，不见自己的主人，便又扬头奔跑，跑得快筋疲力尽了，它怕被鬼子追上来，东绕一个弯，西兜一个圈，和鬼子周旋。鬼子的三匹马分成三路，包围过来。最终，白马这边跑不行，那边跑也不行，累得浑身是汗水，毛全粘在一起了，实在跑不动了。鬼子好容易追上了，喜得仰面哈哈大笑，一个鬼子哇啦哇啦地说：“中国白马大大的好，是匹神马的！”另一个鬼子说：“抓住神马，献给土泥堆队长的！”说着就一扭屁股跳下马来，伸手去抓白马的笼头。那匹白马一甩头，长啸一声，“当！”就是一蹶子，那个鬼子的钢盔“当啷！”一声，崩得有两三丈远，脑袋瓜被踢去了半个，倒在地上，完蛋了！

大龙和小虎在麦地里看得一清二楚。

“踢得好！踢得好！真解气！”小虎连连小声喊着。

“瞧！瞧！”大龙忙拉他一把，“不能暴露目标！”

那匹白马又撅起尾巴，扬着头，拼命地跑开了。那两个鬼子一看，可急了：“神马抓不住的！”说着“叭！叭！”就是两枪。

白马身上连中两枪，终于倒下了。

小虎一看，急得要蹦起来。

“大龙哥，白马被打死了！”

大龙没有言语，忙向他摇了摇手，意思是叫他不要动。

这时，那两个鬼子已经离他们不远了，大龙说：“小虎开枪！”大龙说着“当！”的就是一枪，把一个鬼子给打倒了。小虎接着一枪，另一个鬼子也咕噜一下滚下马来。

第二章 火烧通天

话说高大龙看着白马战士的尸体，心里非常难过，想把他埋起来，让战士有个归宿。他向四外看了看，南边有片瓜园，那儿有个看守瓜园的窝棚，便说："小虎，南边是马洪顺大叔家的瓜园，快到那儿借铁锹和镐来！"

"干什么用？"

"我想把战士的尸体埋好，也好让他有个归宿！"大龙说。

刘全福一听，忙说："对对！趁不叫别人看见，咱们赶快埋好！"

"好！"小虎说着就要朝瓜园跑去。

大龙又喊住他："还得要领席子，把战士的尸体包扎好！"

"小虎，等一等，我也去！"刘全福跟着小虎，一同跑进了瓜园。

他们俩进瓜园一看，那西瓜和甜瓜都长成个儿了，但是被敌人糟蹋坏了，好好的一块瓜园已经不像样子，瓜扔了满地。

小虎走到窝棚跟前，只见铺位上有铺盖，却没有人。小虎性子急，大声喊道："马洪顺大叔！马洪顺大叔！你在哪儿呀？"

没有人回答。

"唉！莫非马大叔被敌人杀害了？"刘全福伤心地说。

"现在还不知道，你先别伤心害怕，好不好？"小虎又顶了他一句。

小虎发现瓜园中间有眼井，忙跑到井边向下大声喊道："马大叔，马大叔！"

“我在这儿呢！”只听从井下传来粗壮而又有力的老年人的声音。

小虎大为吃惊，忙说：“全福，快来呀，马大叔在井里呢！”

刘全福有点怀疑，边向井边跑，边说：“马大叔跳井啦！”

他们低头往井里看，只见在三尺深的井帮上，伸出一条板子插进对面井帮上，马洪顺踩着板子从井里钻了出来。

小虎说：“大叔，你这是……”

“我在井里挖了一截洞，敌人来瓜园闹时，我就钻进去躲起来，敌人糟蹋了一阵子就滚蛋了！”

“马大叔，你真能耐呀！是个好办法！”刘全福说。

“马大叔，你这个办法，对咱们发展地道，大有好处啊！”小虎称赞说。

小虎和全福扛着铁锨和席子，很快回到高大龙跟前。小虎把马大叔在瓜园井里挖地洞的事一说，引起高大龙的深度思考。

他们把白马战士的尸体包好后便掩埋了。

人们在麦地里提心吊胆地待了一天，大热的天没有吃东西，一口水也喝不上，又饥又渴，累得早撑不住了。

太阳快压树梢了，估摸着敌人不会再来了，大家这才陆陆续续地往村里走。

高大龙、徐小虎、刘全福，也早饿得肠子拧绳哩，把土撅子枪插在腰里，拖着疲累的步子，也准备进村去了。

刘全福一边走，一边慢吞吞地说：“唉！今天真是死里逃生，够呛啊！”

“呃！怕死了，要是都像你这样，咱们这民兵也别干啦！日也别抗啦！”小虎又顶了他两句。

刘全福红着脸说：“大部队都转移到山里去了，你说咱们民兵——”

小虎越听越逆耳。

“对了！你不愿意干了就把枪交给大龙哥，不，交给咱们队长。别尽说怪话，泄气的话！”

高大龙看着他俩又敲打起来，忙说：“小虎，全福才参加民兵不久，是个新战士，不像咱们干了四五年了，得携带着点，不能性急，更不能训人！”

“是呀！”全福说，“咱是头一次拿枪干这个活，没有经验，跟你这老革命学嘛，我就别说话，一说话你就给我个迎头顶牛！”

小虎说：“倒不是我故意顶你，你要是胆小啊，就悄悄憋在肚子里，别响呀！你一说出来就会影响别人。你没看见现在是什么火候，是和敌人作你死我活的斗争的时候！得咬着牙干，脑袋拽在腰里干！一点也不能泄气！”

高大龙笑着拍了拍全福的肩膀说：“小虎脾气不好，他说的意思都是好的，越是困难的时候，越是要坚持，越要坚强，不能动摇！同志，好好干吧！”正说着，又听到敌人的飞机声，人们又乱了……

敌人追了一阵子我们的骑兵，没有追上，就又返回来了。远远地看见敌人的骑兵嗒嗒嗒嗒地又从西南方向，像卷仓似的向大冉庄猛扑而来。

人们有的刚进村，有的还没有进村，都又扭头朝麦地里钻去。

一眨眼的工夫，敌人的骑兵已到大冉庄村跟前，围着村外绕圈子，把村子一下就包围了。然后忽地拥进村里去。

敌人一进村，村里的狗便汪汪乱叫。敌人开枪就打，被打伤的狗，躺在地上“噢、噢”地哀嚎着，鸡也被赶得飞上屋顶，或飞上树去。村里没有逃出来的人，村民被敌人抓住，抽打着，要他们招出哪里藏着八路军，哪个是村干部，哪些是共产党，哪些是民兵。

狗吠鸡叫、喊声、枪声，混成一片。

敌人把村里搜遍了，折腾了个一塌糊涂。

大龙他们在麦地里趴着，望见村里冒着一股一股的浓烟，直冲云霄，升起一片片火光。

小虎急得把拳头在膝盖上一击，说：“糟糕！敌人在村里烧房子哩！这些强盗，这些野犬！我非宰了狗日的不可！”

“唉！”全福沮丧地说，“不知道我媳妇逃出来了没有，这，这……怎么办呢？”

这时，敌人的一部分骑兵，展开了一个燕翅形，哗哗地向麦子地里奔来。全福一看，更急了：“哎呀！敌人来搜洼了，看，看哪！”说着就要起来跑，大龙忙一把捏住他的脖子，按倒他：“不要动，敌人过来你一动他就会给你一枪，小命就完了！全福，要记住，这是和敌人你死我活的斗争！”

鬼子打着马，在麦地里搜索扫荡起来，把枪搬得侉啦侉啦的，咋呼着："八格牙路！你的是八路军，快出来的！不出来死了死了的！"有些胆小的人，听见敌人一喊，就吓毛了，从麦秆底下爬起来就跑，敌人"叭！"就是一枪……

眼看着敌人就要搜索到跟前来了，小虎端着撅枪，说："队长，反正不行了，豁出这一百多斤了，打死一个够本，打死两个有赚头！"说着就要搂火，大龙忙扳开他的手，悄声说："不行，拼了也不是个办法，敌人就是希望我们和他拼呢，我们偏偏要活着，还得和敌人作长期斗争哩！保卫我们的国土，保卫我们可爱的家乡！要沉着气，趴着别动，敌人不会发觉的。万一敌人发觉了，我们再打！全福，千万要记住呀！"

大龙特别关照着刘全福，紧紧地抓着他的胳膊，觉着他的手在轻轻地动弹着。

敌人离他们有三四丈远，喊着："快出来的，不出来开枪打死打死的！"

"前边有土八路！跑不了的！"敌人还是乱咋呼。

大龙在麦秆底下趴着，眼睛紧紧地盯着敌人每一个小动作，他看出敌人并没有发现他们，便静静的没有动。敌人吵喝了一阵子，便从他们面前冲过去了，没有出事。

他们稍沉了一会儿，便准备向敌人包围圈外爬去。刘全福腿软得像筛糠一样，小虎一看，着急地说："唉！你真是个软蛋！来，我背着你走吧！"

这句话一下子把全福给激火啦，很快拨开小虎的手："滚开！我能走，又不缺胳膊，又不少腿的，你能走，我更能走！干吗老这样小瞧人？人不是生下来就胆子大！"

大龙说："全福也是好样的，别害怕，胆子也是练出来的，来，我架着你！"

"队长，还是我自己来吧！"

小虎忙对全福说："同志，别生我的气，我就是这种急性子脾气，有时候我也管不住自己，就发了脾气。快点走吧！"

全福不哼声，往前跑去。

他们一逃出敌人的包围圈，便直起腰板拼命地朝东南方向跑。跑了一阵，刚要歇下喘口气，旁边麦地里突然闪出一个人，朝他们奔跑过来。大龙仔细一看，啊！原来是民兵队员杜小青。

"队长，你们到哪儿去了？"小青问。

"刚从敌人包围圈里跑出来。"

小青一听，把脑袋一晃，笑着说："我也是呀！可是我会隐身法，鬼子从我身上过去，差点绊倒摔个大屁股蹲儿，哼，你猜怎么着，可就是没有看见我。"

"哈，真是他妈嘎小子！"小虎瞪着那双大眼睛说，"从你身上过去，还不把你踩死！"

小青把脖子一伸说："咱是神兵呀，马过也得抬蹄！鬼就是怕神。不是人们常说，神出鬼没嘛！"说着肚子咕咕叫起来，他拍了拍肚子，又说："别叫啦，队长给你想办法！"

刘全福慢吞吞地说："咱们队长也是一样，也饿得肚子咕咕叫哩，拿啥给你想办法？"

小青把眼眨，扭扭嘴说："哦，全福，今天吓坏了吧？"小虎说："甭提啦，见了敌人腿都软啦！"

"软啦？软啦也没有要你背！"全福不紧不慢地说了两句，"是我自己跑出来的！"

小虎还要说什么，大龙忙说："别开玩笑了……"

"对啦！"小青说，"队长，还是先解决'肚子'的问题吧！"

高大龙朝大冉庄那边望了望，说："咱村里的房子还在燃烧，敌人还没有走，咱们到大田村去做点饭吃吧，那儿可能好一点。"小青做个鬼脸，笑着说："对了，到雪莲家去。"小青真是个调皮鬼，说得高大龙的脸忽地一下通红了，再也没有说什么，大家便朝大田村走去。

白香莲是大田村妇救会主任，今年十九岁，因为母亲去世早，她父亲白老印特别疼爱她。"七七"事变前，父亲曾送她在高小里念过三年多书，是个挺聪明的大闺女，也是学校里的尖子生，年终考试，数学和语文总是前三名。甭看是个女儿家，毛笔字还能写两下子。她性格开朗，又很坚强，办事儿拿得起放得下，身体很好，长相也俊俏，所以人们称她是昆仑山顶上，一朵独开的白雪莲。因此，人们不叫她香莲，都称她雪莲。别看年轻，雪莲在工作上蛮有办法，领导妇女识字班，开个大会，讲起话来也是响当当的。年轻小伙子们，都对她存有一种爱慕之心，见了面总想和她拉几句话儿，心里才痛快。

大冉庄和大田村相离不远，两个村子的民兵，这两三年常搞联防，交往也多，敌人到这个村子来了，那个庄子的民兵就配合打击敌人；那个庄子发生了情况，这个村子就去打敌人的伏击。雪莲的哥哥白小全，是大田村的民兵队长，高大龙是大冉庄的民兵队长，因此，他常到白队长家里去商量民兵的事情，有时雪莲也在一旁发表意见，他心里暗暗喜欢她。日子长了，他们搞得也挺熟，一见面，心里总是甜沁沁的，谈得蛮热乎。

在“五一大扫荡”以前，雪莲的哥哥在一次战斗中牺牲了，从此雪莲一见到大龙，就像见到了自己的哥哥一样，她爹白老印就又想起了自己的儿子。今天敌人在大冉庄扫荡，雪莲一直挂念着大龙，她在窗前，透过苍茫的夜色，远远看见冉庄一片火光，她就更担心了，她的心总是吊吊着，可真是焦急啊！

正在这个时候，外边有人叫门，雪莲一听声音，就知道是大龙，忙去开了门。大龙、小虎、全福、小青走进屋来。

雪莲见到他们，心里的石头这才落了地，她忙搬凳子让大家坐。

白老印捋着苍白的胡子问：“鬼子在你们村还没有走吗？”

“没有！”大龙说。

雪莲笑着说：“你们今天受惊了吧？”

“咳，差一点没叫敌人给圈去！”小虎说。

这时，刘全福从腰里掏出小烟袋来，一边装着烟，一边慢腾腾地说：“敌人这次大扫荡，真是太残酷了！”

小青呢，坐在灯背后的黑影处，偏着个脑袋，把雪莲从头至脚看了又看，回头又看看队长，笑了笑，不作声。

“雪莲，”大龙说，“我们一天都还没有吃东西，给我们做点饭吃行吗？”

雪莲说：“怎么不行！”

她爹说：“我来烧火。”

“爹，”雪莲忙止住说，“还是我来吧，你到外边去瞧着点风声。”

老人答应着就出门去了。

小虎这时早端了个水瓢，咕咕地往肚子里滚凉水。小青偷偷地走过去，把水瓢用力一掀，唰地灌了小虎一脖子水。“得了吧，别把肚子灌胀喽，一会儿不吃饭啦！”他随手夺过瓢来，“我也来点！”说着咕咕灌了一瓢。

逗得大家都笑了。

大龙又问雪莲："敌人今天没进你们村里来？"

"没有，只在村外和咱们的大部队打了一阵，就滚了！"

"雪莲姐，"小虎说，"你也没有到村外去躲一躲？"

"没有。"

"哟！"全福心里想，"我的天哪！这么大的闺女待在家里，又这么俊俏，要是敌人进了村呢？……胆子大，胆子可真大呀！"

雪莲给锅里添好水，正准备烧火，只见爹急步跑进门来说：

"嗨，嗨，有事！村子东头有一溜子黑人影，朝街里边走来啦！"

屋里的人们马上紧张起来，雪莲走到窗口去听了一下，急说："静点！静点！街上好像真的有事，你们听，人全乱了！"

大家支起耳朵，只听有狗咬声，腾腾的脚步声和鬼子哇哇的吼叫声。

"糟糕！敌人又到这村子里来了！"全福说。

小虎从腰里嗖地拔出撅枪，说："真他妈的，跑到哪里，哪里有敌人。队长，咱们赶快冲出村去吧！"

"不行啦！"高大龙沉着地说，"不要慌，敌人来的一定不少，我们只有这么几个人，怎么能冲出去呢？"

"那怎么办？"小虎说。

"有办法！大家镇静下来！"大龙忙向雪莲摆了摆手。

这时，雪莲和她爹，就把锅从锅台上端了下来，在锅台里边搬开一块石板，露出一个洞口来。

小虎和小青一看，说："哦？怎么你家里有地洞啊？"

"怪不得这么漂亮的大闺女，不往村外跑。"小青这才明白了。

"小嘎子！快钻！快钻呀！哪里来的这么多话呀！"大龙说着就把小青的脖子一拍，小青便先钻进去了。全福第二个钻了进去。小虎个儿长得发实，又胖一点，费了点劲儿，才溜了下去。

大龙先让雪莲下去，他最后一个进去。

雪莲爹忙堵上洞口，又把锅搬上锅台，下边搭上火，就烧起来了。

不多一会儿，就听见门外有鬼子和伪军的声音，喊着："开门来！开门来！"

雪莲爹忙应声说："来了，来了！"还没来得及开门，"哐啷！"一声，门轴就被踢坏了，一页门扇倒在了一边。

一个日本队长带着几个鬼子和伪军，凶狠狠地走了进来。

这个日本军队长，就是浅野公平，中上等个子。后边跟着的翻译官，名叫黑水滔。三十多岁，山西太原人，家里是个大地主，曾在日本留过学。他穿着一身漂白布的裤褂，头发梳得光光的。

这是从黑风口据点来的敌人，他们来这里一方面是配合扫荡，搜查八路军，另一方面是找寻花姑娘。所以他们趁着夜晚，悄悄地进入大田村，挨门挨户地搜查。

雪莲呢，早被那些无耻的汉奸看在眼里，想把她抓去献给日军队长。所以他们一进门，就先搜寻白雪莲，可是寻了一阵，什么地方都搜遍了，也没有搜到，那个黑水滔，问雪莲爹：

“把你的姑娘白雪莲藏到哪里去啦？快说！不说打死你这个老东西！”

“哎呀！老总，我哪里晓得呀！她今天天不亮就跑到村外去了，到这会儿还没有回来呀！”

黑翻译官怪眼一睁：“不说就打！”两旁的鬼子和伪军一齐上手，噼里啪啦，一时把老头子给打晕在地。

敌人把家里的东西打了个稀巴烂，还嫌不解气，走出门去，放了把火，连房子也点着了……

大田村又燃起了一片火光，在这夏天的黑夜里，烧得通天红。

第三章
母亲的心

话说敌人这一扫荡，把大冉庄糟蹋得真惨，有不少房子被烧得七倒八歪，也有的变成了瓦砾堆。虽然已经过去七八天了，可是街道上还是很少有人出现，没有被烧的人家，门也是整天关闭着，即便是有人——不是老头，便是老太太，他们也是不轻易出来的，除非是为了抱柴火，或者是要到井边打水，刚露一下头，就又马上回到屋里把门关起来，只怕又出点什么事儿，人们日夜像坐着没有底的轿，揪心啊！

因为黑风口据点离这里不是很远，那里据点的敌人，正在赶修炮楼子，打围墙，围墙外边又要挖两丈多深，三丈多宽的大沟，还要建碉堡，安吊桥，做工事，垒枪眼。他们以为建好这些东西，住在里边就保险了，八路军也就不能收拾他们了。

敌人每天要村里派出人去当民夫，要这要那，谁被抓去谁倒霉，所以村里年轻人都不敢在家里待。房子被烧成这个样子，谁家还顾得上收拾呢？

高大龙家里的三间房子，也把一面烧得前檐塌了下来，门前堆满了破砖烂瓦，出来进去都不方便，他无心去整治整治，也是过了一天算一天。

正午的太阳，晒得那些被烧焦的木头和瓦砾，好像都要冒起烟来似的。和房子一同被烧死的人和牲口，虽然早已经埋了，可是在这样炎热的阳光下，仍然蒸发出一种难闻的气味。

人们在屋里听着天上地下的各种声响和动静。

树林里的嘎咕鸟儿，嘎咕嘎咕地拼命啼叫。人们听到这熟悉的鸟叫声，心里有种说不出的难过。

往年啊，每逢这喜鸟儿啼叫的时候，麦梢儿黄了，籽粒饱满，穗儿沉甸甸，多么喜人哪！男男女女，老老少少，欢欢喜喜地带着镰刀，上地里去收割，或者连麦根儿拔下来，运到打麦场上。今年呢，这鸟儿依然啼叫，可是丰收的麦子却被敌人踩平了，村子也变成一片荒凉可怕的景象……

这时，大龙的母亲从屋里走出来，提着一个罐子，一方面到井上去打罐水，一方面也是为了到街上看看动静。她在家里也实在闷得慌，因为自从那天敌人烧了村子以后，儿子由大田村回来，白天还是不敢在家里待；家里那个洞挖了个半拉子，晚上回来了，也没有心情再去挖。她发愁地问："龙儿，洞不赶快挖好，老是这样跑下去，怎么办呢？日子长了，哪里有马勺不碰锅沿的呀？"

大龙闷着头半会子才说："嗯，挖！挖！"嘴里虽这样说，可是他心里就像长着草一样，毛着呢！他下洞去挖了一阵，就又上来了。母亲说："怎么又不挖了？"

"娘，我心里有事，挖不下去呀！"停了一下，他又说，"你看，敌人扫荡得这么残酷，咱们的大部队都转移到山里去了，咱们这平原上，到底该怎么办呢？用什么办法和敌人斗争？我要去找区上的干部商量商量，这是关系到大家的事呀！"

母亲还是担心地说："龙儿，你要处处小心，和敌人作斗争，得多长几个心眼儿。要接受你爹闹高蠡暴动时的经验啊！为了老百姓的幸福，他牺牲了！和敌人斗，光有勇不行，还要学会智斗，只有智勇双全才能战胜敌人。你爹的血不能白流！你要继续你爹没有完成的事业！"

"娘，你的教导我永记在心里，我知道，老一辈人用血换来的教训，是非常宝贵的，我一定会继承革命前辈未完成的事业，把日本鬼子坚决打败！"他走近母亲，又说，"娘，打我爹牺牲后，你这身子骨就不如以前了，你要好好保重啊！"大龙说完就出去了。

就从这天晚上出去后，一直快三天了，还是不见大龙回来，做母亲的心里可就慌了，她想："为什么还不见龙儿回来呀！该不是出了什么事儿吧？我得出去看看！"于是，她提着罐子，先到西头赵有志家里看了看，想问问赵有志知道不知道大龙到哪儿去了。哪知道赵有志也不在家。她这才到井上打了水，又回到家里来。

放下罐子，摸摸这也不是，摸摸那也不是，水是打回来了，却没有心情去做饭。她在屋里待一阵，又到院子里去望望，坐立不安，心神不定。碰到这样的慌乱年月，唯一的儿子却不在家，她哪能不心慌意乱呢？一直等到半下午，大龙才回来，母亲这才放下心。

“龙儿，你怎么这会儿才回来？可把娘的心都急烂了，唉！……”

大龙摸了摸脸上的汗水，说：“娘，不要怕，我们和区干部都商量好啦，咱们这平原的工作，一定要坚持下去！准备先挖洞，好躲藏，然后发动群众，逐步开展地道，坚持武装斗争。一会儿区委书记他们就来咱村布置工作。”

正说着，母亲从窗户看见院里有个人影一闪进来，她再仔细一看，原来是村东头小秋的母亲，她忙迎出门去。

只见小秋她娘怀里，抱着一把独撅枪，便忙问道：“秋他娘，你这是闹什么呀，拿着个枪？”

小秋的母亲抱着枪，忙走进屋里来，说：“大嫂子呀，你是不知道哇，俺小秋有点不对劲！”

大龙一看，心里很奇怪，他想：她怎么会抱着枪？她不会放呀，一定是发生了什么事情。

“大婶子，你这是干什么呀？”他问。

“大龙，我就是来找你的，俺家小秋不知怎么的，浑身发烧，热乎乎的，还老是不退烧，一天一夜没有吃东西，连口水也不喝，睡下就不起来。”小秋母亲说着忙把枪递过来。

大龙心想：前几天还见他来呢，在街上活蹦乱跳，嘴里还小声唱着歌儿，逃难到麦地里，那精神头儿可大了，今天怎么就突然病了呢？他说：“大婶子，前几天他不还是好好的吗？他得的是什么病呀？”

“是呀，前几天他还活蹦乱跳呢！”小秋母亲把眼珠子咕噜咕噜转了几个圈子，又说，“俺小秋光发烧，不想吃东西，该不是夜里伤了风吧？”

大龙说：“小秋是不是吃了什么脏东西，染上细菌了吧？”

“咳，我不知道什么粗菌，什么细菌，反正是光发烧。”

“天气这么热，还会伤风？我看，恐怕是热的吧？”大龙母亲说。

“噢！对了，对了，大嫂说得对，也许是热的。”小秋母亲忙随机应变地说着，“咳，我也闹不太清，是真的！我还得赶快回去找个先生，先给孩子看看，不能耽搁！”

大龙说：“大婶子，小秋病了，你把枪拿来干什么？”

小秋母亲把声音压低了，向前凑近两步，说：“大龙呀，小秋的病，恐怕三天两天也好不了，又不能去打仗，你说我跟前放着这个家伙，干什么用啊？鬼子三天两头来，抓人抢东西，要翻出这枪来，可怎么办呢？多么悬哟！”她回头又对大龙母亲说：“大嫂子，你说是这个理吧？这年月哪儿不留心，稍一粗心大意，就是吃大亏丧命的事啊！”

“咳，秋他娘，那你说放在我这儿就保险啦？”大龙母亲说，“要抗日，就得担风险！”

“大龙是队长，你说不交给他，交给谁呢？快点把枪坚壁起来吧。这两天风头多么紧呀！保不定哪会儿就会出事哟！”

大龙只好接了枪。

“大嫂子，这个年月，不小心可是不行呀！谁能保得住谁呀！”小秋娘说着就扭身快步走了。

大龙在屋里来回走着，心里想：这到底是怎么一回事呢？小秋病了，为什么把枪交来？敌人安上楼子，又修公路，出来抓人抢东西……环境变了，人心也在变……

“龙儿，你还是赶快找个地方，把那把枪坚壁起来吧，要不一会儿发生情况，可怎么办呢？”

“娘，我知道，你不要担心，一会儿就藏起来。”大龙说，“娘，这么多年来，你老人家一直过着揪心日子，千万要保重身子骨啊！”

“龙儿，娘心里明白，高家为革命，献出了你爹一条命。儿呀，你要好好保住你这条命，完成你爹的事业。娘年岁大了，身子骨不如从前啦，再吃不住什么大难了。”

高大龙摸到娘怀里，贴在娘的胸脯上。母亲紧紧抱着儿子，沉默了好一阵子。

“小秋这孩子，平常表现得不错呀，难道他不想干民兵了吗？他为什么不来找我，偏偏叫他妈来呢？”大龙想到这里，又反过来考虑，“不，也许他真的病了，我是队长，应该赶快去看看他的病。”

于是，大龙告诉母亲后，便出门往小秋家走去。

他向东走了一截，刚拐过一个墙角，忽然听到背后有人瓮声瓮气地喊道："队长，我正找你！"

大龙忙停住了脚，回头一看，原来是他呀！

喊他的人名叫王老虎，高大的个子，方块脸盘，粗眉大眼睛，高鼻梁，他是民兵里有名的神枪手。

"老虎，找我有什么事？"

"区委书记康忠和区小队李队长，带着一班人到咱们村里来啦。"

"在谁家里？"

"在赵有志家，让我来找你，有事要谈，咱们快走吧！"

大龙也顾不得去看小秋，就忙和王老虎，先在村里布置妇女到各个路口压了哨，然后就赶快往赵有志家里走去。

区小队刚一进村时，就被一个叫牛秃的人看见。这个牛秃在村的东头住，因为他头上害过秃疮，落了一脑袋的小疮疤，所以人们都叫他"满天星"。这人还念过三年小学，识几个字儿。别看他长得不怎么样，坏心眼子可稠哪！家里有十几亩土地，也不好好耕种，好吃懒做，单想着装个神闹个鬼，来骗取人家的钱财。在抗战以前，就在村里搞过什么一贯道，好多人都上了他的当。后来八路军来啦，在这个地方搞减租减息，发动群众，才把他那套鬼把戏揭穿了，群众有气，弄着他到台上去坦白，骗取了人家多少钱财，统统交代了。这一两年来，他表面上装作拥护八路军，拥护共产党，拥护抗日政府，可是那心里却恨八路军、共产党咧！所以这次扫荡一开始，他就和敌人暗暗地勾搭上了。

"满天星"发现了区小队以后，就赶忙回到家里。他想：去不去报告皇军呢？如果他们在这儿只待一会儿就走了，把皇军诳来，不是扑个空吗？他摇摇头，不由得在桌前，端着水烟袋打转转，眼睛对着佛堂直出神。

正在这个时候，也真巧，他的姐夫胡九天找他来了。

胡九天比"满天星"大两岁，是大田村的一个地主，这个人在"五一大扫荡"以前就和敌人暗中勾上了。他比"满天星"更狡猾，过去在北平城和天津卫混过事。今天他到大冉庄来找"满天星"，也是商量给敌人搞维持会的事情。他进村来，怕被别人发现，便不走大街，偷偷摸摸，贼眉鼠眼地绕小巷子走，看见有人，他就赶紧躲开，等那人过去了，再溜着走，贼人总是胆虚的。

他一进屋，“满天星”手里端着水烟袋，忙笑嘻嘻地迎上来，说：“姐夫，你真是神人，来得正好，快里边坐！快里边坐！”

胡九天跟着走进去，在佛堂旁边的一张椅子上坐了下来。“满天星”忙把水烟袋递给他，把纸煤子噗地一下吹着了。

胡九天忙说：“嗳——我自己来，我自己来！”“满天星”把头一仰，拨着他姐夫的手，笑道：“一样！一样！一家人嘛！”

胡九天先呼噜呼噜地狠吸了一袋烟，然后问道：“有什么喜事啊，你那么高兴？”

“满天星”忙伸着个脖子，凑到他的耳朵跟前说：“我刚才碰见区小队到咱们这村里来啦！”

胡九天吹了一口烟，叫声：“哦？”

“满天星”接着又往下说：“只有十多个人……”

“在谁家里？”

“满天星”的眼睛，忙向外扫了一下，说：“在西头赵有志家里！”

胡九天晃着他那个大脑袋，把水烟袋往桌子上呼地一蹾，恶狠狠地说：“好！那还不赶快去报告皇军，把这些小子统统抓起来！过去咱们他娘的净受他们的气，闹减租，闹减息，闹民主，差点把我治死！一两个字不识的穷小子，也他妈的掌权啦。今天可轮着咱们抬头的时候了，我们要把权夺过来，治死他们！”

“满天星”揉着脑壳，连连地说：“对！对！该咱们出气的时候了！”可是他立刻又吸了一口长气，说：“姐夫，你说今天该怎么办呢？”他停了停又说：“报告了吧，要是他们待一会儿就走了，皇军来扑个空，不是咱们又坐蜡啦？土八路现在活动很诡秘啊！”

胡九天摸着腮帮子，紧皱眉头，沉思了半会儿，把手拍了一下，说：“这样好了，你在这儿盯住他们，他们要是转移的话，你就暗暗地跟着，看他们要到什么地方去。”

“姐夫，那你呢？”

“我去报告皇军！”

“好好好，就这样，就这样！”“满天星”说。

胡九天刚走了几步，又踅回来，倒吸了一口气，站住了。

“哎呀！我刚才来的时候，在村边上碰见一个妇女，还有个小孩，他们直用眼盯住我，该不是人家布置的暗哨儿？咱们也不能大意，土八路也学诡了，村里的暗眼睛也多了！”

“现在他们放哨，也变换了方法，也不带家伙，装着做点什么事儿，闹不清哪个就是暗哨，有时小孩子更不好对付。一出门屁股上都要长着眼睛才行，咱们干的这事，一不小心，脑袋就得搬家了！”“满天星”摸着嘴巴子说。

胡九天抓了抓头皮，吸了一口气，怔了半会儿说不上话来。

“满天星”也是在那怔着，拿起水烟袋又放下，还是没说话。

“那——”胡九天摸着下巴，想了好久才说，“我出了门，假装着回大田村去，绕个弯弯，再到黑风口去！”

“满天星”想了片刻，说：“行！就这样吧！不过，姐夫，你千万小心呀！”

说着，他们出了门，鬼鬼祟祟的，一个奔黑风口，一个去盯区小队。

第四章 突出重围

话说高大龙一走进赵有志家里，就看见区委书记康忠、区小队李队长和赵有志，在外间屋一条凳子上坐着，正在谈话。队员们有的在炕上躺着，有的在地下蹲着，都在休息。

这时，王老虎、全福、小虎、小青等，还有三四个村干部走进屋来。康忠和李队长忙站起来，和他们打招呼。屋里站满了人，马上就热闹起来了。康忠问高大龙："村里民兵们的思想情况怎么样，有什么新变化吗？"

"别的都还没有什么，就是今儿个小秋他母亲，把枪拿来交给我了！"

李队长插话问："大龙，她为什么呢？"

"她说小秋病啦！"大龙说。

"他得的什么病？"康忠关心地问。

"他娘说他发烧。老是不退烧，还不吃什么东西！"

"咦？病了为什么要交枪呢？"小青说。

全福噘着个嘴巴说道："说的是呀，病了难道就不会好了吗，为啥交枪呢？咳，这里头准有事！要不就有什么鬼点子！"

小虎腾地跳起来说："这小子我看他思想变啦，看着敌人这样疯狂，他就贪生怕死，交枪不干了……"

"小虎，情况还没彻底弄明白，你生什么气，发什么火？"大龙说了小虎几句。

小青歪着脖子说："前天我还见他活蹦乱跳的，怎么会病啦？我看他娘的思想一定有问题！”

支部书记赵有志忙按住大家说：“大家先别嚷嚷！也许小秋真的病了，大龙，开罢会到他家里去看看，到底得的什么病？想办法找先生看看！”

“我刚打算去呢，就听说老康来啦……”

全福把正吸着的小烟袋从嘴上拿下来，咂巴着嘴说：

“哎呀，老康，你说怎么办呢？敌人闹得这样凶，咱们能不能坚持呀？”

还没等老康回答，另一个民兵又接着说：

“咳，反正没办法，冀中平原这个地方没有山，敌人尽用飞机、大炮、坦克，净打他娘的什么‘化学战’……”

“什么‘化学战’，是叫机械化……”又一个队员说。

“敌人放毒瓦斯，就是化学玩意儿，怎么不叫化学战？那玩意儿更厉害，能把人毒死啊！”

“是呀，人家净是些好家伙，咱们呢？全是不知打了多少年的老套筒、破撅枪，最好的枪也不过是汉阳造。大部队又撤走了，剩下咱们这些民兵，还能顶得住？飞机、大炮、坦克都是硬家伙！”

这时区小队里一个队员，听得忍不住了，站起来说：“哼！咱们共产党就是要克服困难嘛！照你这样说，过去长征的时候，经过雪山草地，有时好几天吃不上饭，净用草根、树皮、野菜塞肚子，还得和敌人作战，那还怎么着？”

“咳，别说那些话，红军是在山里和国民党干仗，那好办多啦，咱们这儿反正没有山，不好办！要是有山的话，打他个十年八年的游击战也没有关系，敌人来了就和他转山头玩，气也得把敌人气死！”

“你说这平原上，一眼就看出好几十里地，跑也没办法跑呀！”

小青伸着长脖子，吼着大嗓门也说：“老康，这平原地面上，确实是不好办，我看咱们不如也到山里找大部队去，将来带着大炮和机关枪，再回来和敌人干，准能打败小鬼子！”

区小队里一个叫冯喜营的班长，生气地喊着：“不要吵！天都要叫你们吵翻了，瞎叽叽什么！叫你们来开会，是叫你们来吵架的？”老康忙拦了他一把，摆了摆手，意思是说：“你少说两句，别给大家泼冷水。”他忙笑着说：“同志们，请静一静。”老康刚要讲话，忽然门跟前站着的一个民兵喊道：“你们瞧，那不是小秋吗？”大家的眼睛全都跟着他的手指朝门外望去。

只见小秋从院子里连蹦带跳地跑进屋里来。他一看这么多人，忙说：“怎么，大家都在这里呢？那我来得正好哟！”

大家瞅着小秋，全怔住了。

大龙忙走到他跟前说：“小秋，你娘不是说你病了吗？我刚才还说去看你哩！”

“哪？”小秋瞪着黑溜溜的眼珠子，天真地摇着脑袋，莫名其妙地说，“我可没有病呀！”

“那你娘怎么说你病啦！”小虎说，“你是真发烧，还是假发烧？这可得说清楚呀！”

小秋摇着手说：“没有，没有！大田村我姑姑病啦，早晨我娘叫我去看我姑姑，我哪儿病啦？”稍停，又说：“我刚回来，在东头碰到队长大龙家大娘，说区上的同志们来啦，我没有进家，就赶忙跑来啦。”

“那你的枪呢？”小青问。

小秋忙摸摸身上，急切地说：“哎哟，我还在家里放着呢！是不是有战斗任务呀？我赶紧去取。”说着就呼地飙出门去。

“小秋，回来！回来！这不是你的枪呀？”高大龙忙从腰里抽出来那支还没有藏起的枪。

“怎么，你拿来啦？”

“你娘说你病了，一会儿半会儿好不了，就把枪交给我了，我不知是怎么回事，还没藏呢。”

“哦！我知道啦，原来是这么档子事！前几天她就听了旁人的谣言，说敌人把我们民兵的名单都弄去了，可了不得啦！整天劝着我别干啦，我没同意，谁知道她今天趁我不在家，就把枪交啦，真是！”

老康忙笑着去握他的手，又拍了拍他的肩膀，说：“小秋，你真是个好同志！”他又回头对赵有志说：“老赵，你想法给老太太，耐心地去好好说说，让她老人家别害怕，八路军还在冀中平原上，共产党和老百姓一起抗击日寇，和老百姓同生死共患难。”

“好，我去谈。”

高大龙对小秋说：“枪还是交给你，以后这枪可不能离身哪！这是宝贝，这枪就是生命。”

大家全都哗地笑了。

这时，有个妇女进屋来，说大田村胡九天到“满天星”家里待了一会儿，就又回大田村去了，“满天星”又鬼鬼祟祟在村里溜来溜去，他们许有什么鬼。老康一听这个情况，忙和赵有志商量，赵有志说：“村干民兵们已经都来了，就赶快开会吧。再派两个民兵去放哨，大概不会有什么问题。”

老康想了想，说：“好吧！那咱们就快一点开吧。”

大家静下来以后，老康的讲话就开始了：

“同志们！敌人这次大扫荡，来的风头很硬，到处烧、杀、掳、掠，用最残酷的手段来扫荡冀中平原，我们的斗争，今后也就更艰苦了。在这个时候，群众的思想是很混乱的，干部里有些人的思想也是波动得很厉害。但是，同志们，在这个紧要的关头，我们每一个共产党员，每一个干部，都要能经得起考验，在火热的斗争中，我们要炼不化，颠不破，我们会越炼越强，要和红军那样，有勇气粉碎一切困难，和敌人进行坚决斗争。现在和过去的环境不同了，我们的工作方式方法也要改变，由明的转到暗的，由集中的活动转到分散的活动……有的人看到我们的大部队转移了，心里有点慌，沉不住气。同志们，大家要了解，敌人这次扫荡，集中了精锐部队三十万人，又配合着飞机、大炮、坦克，我们的部队在平原上，目标太大，活动不方便，所以为了保存有生力量，上级有计划地让他们暂时离开这里，不久就会打回来的。有的人会说，大部队都走了，我们民兵还能够坚持吗？刚才也有同志说，我们和大部队一同到山里去，这是不对的。敌人正想把我们拔个干净。”他讲到这里时把声音提高了，“可是，同志们！我们坚决不能这样做！不能上敌人的当！在任何困难下，我们都要坚持！在我们共产党人面前，是没有困难的，因为我们勇于克服一切困难！没有山，我们可以把平原变成山！你们会说，平原怎么会变成山呢？这个山，就是冀中的广大群众，只要我们大家抱成一个疙瘩，想办法和敌人斗争，真理在我们这一边，就会创造出世界奇迹来！在‘五一大扫荡’以前，我们不是也曾经挖过地道吗？那时因为没有经验，挖一道沟，上面棚了些棍子柴草，经不了两场大雨，就塌了。现在我们不棚了，我们从地下掏！”

全福咂巴着嘴说：“哎呀！那可慢啦，千年不动的土，挖起来，这可不是个小工程呀！”

老康继续说："人常说，不怕慢，单怕站，只要大家齐下手，铁杵磨绣针，功到自然成！一月不成，两月，两月不成，半年！现在地里的青苗已经一尺多高啦，不到一个月，我们的青纱帐就起来了，那时我们就更方便，可以利用青纱帐作掩护，大量地开展地道！我们将来要做到从地下东家通西家，南村通北村，整个地下变成一个地道网，到那个时候，我们可以利用地道来主动地打击敌人！消灭敌人！"

说得大家不由得都高兴起来，咧着嘴儿不住地笑。

老康说："现在马上就散会，回去就开展地道！"他又和赵有志，还有高大龙具体谈了谈，让大龙他们把大冉庄的工作，根据会议上谈到的情况，具体布置一下。

区小队的队员们，他都准备分散到各个村去进行活动，帮助村里开展工作。

大家正要走，冯喜营忙说："先别走，这儿的饭已经给咱们做好了，大家吃了饭再走吧！"

"咦？"老康皱了一下眉头说，"你怎么做饭也不哼一声，一会儿发生了情况怎么办呢？"

村长说："已经做好了，就让大家吃吧！"

"对啦，情况哪里会来得这么巧呢？"冯喜营嘟着嘴说，"我这也是好意嘛！"

大家中午饭都没有吃，肚子早饿得够呛，便留下吃了起来。

老康沉默着……

这时太阳已经点地了，一个民兵慌慌张张地跑进来，急得气也喘不上来。

"队，队……队长，敌人进村啦！"

"啊？"大家吃了一惊，"哗啦！"一下，枪都顶上了子弹。

"我先去看看！"王老虎说。他端着枪一闪，站在门口，向四外张望了一下，看见敌人从东头进村来了，他赶紧溜在一个矮墙后边，瞄着走在最前边的一个敌人，"当！"的一声枪响，就把那个家伙打倒了。

李队长在屋里喊："大家不要乱，听我指挥，咱们冲出去！"

老康提高了嗓门，斩钉截铁地说道："同志们！大家要镇静！听李队长的指挥！大龙，村里的民兵跟区小队一起往外冲！"

“对！民兵们！跟上一块突！谁也不许掉队！”大龙喊叫着，“越是紧急时刻，越要沉住气！”

“冲！”民兵们一声吼，“我们决不掉队！”

李队长把盒子枪在空中一挥：“区小队的同志们，跟着我往前边冲！”说着一扭身嗖地就飙出了屋子，大家跟着唰地一下拥到院里来，民兵们也跟着跑出来。

李队长在墙头上向外张望了一下，看了看敌人来的方向。

这时，神枪手王老虎，仍在和敌人顶着打。

“老虎！敌人有多少？”

“村东头进来十几个敌人，被我放倒了几个，其他的全趴在屋角背后不动啦。”

李队长回过头来，对着两个队员说：“你们两个过来顶着打，不让敌人抬起头来！掩护着大家往西冲，老虎，你跟着往出突吧！”

“不！让他俩跟着冲吧！我一个人在这儿顶着就行啦，敌人冲不上来！”

这时，刘全福的脸都吓白了，大龙说：“全福，把胆子放大点，紧跟着我，不会出事的！他这一说，全福的胆子仿佛也跟着大了起来，端着土撅枪，喊了声：“好！冲！”跑上来紧紧地跟着大龙一起往外冲。

区委书记老康前后关照着每一个同志，大家一个跟一个地跳出了院门，伛着腰，朝两边奔去。

王老虎打了几枪以后，也跟着撤下来。

哪知他们跑到村西头的时候，发现西边房上也有敌人，枪弹像雨点似的朝他们射来。李队长一看，见这里的敌人比东头的还多，便忙喊道：“趴下！打他妈的！”

他们和敌人顶打了一阵，又赶快往后撤。刚撤到十字街口那个大石碾盘旁边时，发现南边也有十几个敌人向他们扑来，北边也响起了枪声，处在四面包围之中，周围的枪声打得多激烈啊！大家心里都很着急。全福死死地跟着大龙跑来跑去，还不断地开枪射击敌人。李队长急得头上的汗珠咕噜咕噜地往下淌，身上的衣服全湿了。

老康看见敌人一层一层地包围上来，情况非常紧急，便说：“李队长，我看这样吧，我带一部分人把敌人的火力引到东边，你带领着大家朝南突围出去！”

“不！老康，现在来不及啦，我们这儿留几个人顶住，然后大家一起往出冲吧，火力更集中些。”

“还是我来顶住吧！”王老虎端着枪粗声粗气地说。

“对啦！”小青把脖子一歪，说，“神枪手，我陪着你！咱俩打。老康，你还是带着大家往出冲吧！”

小秋早憋着劲呢，他说：“我也留在这儿，和敌人干！老康，你快点带着大家往出突吧！”

“队长！队长！快一点，敌人全包围上来啦！”

李队长抡着盒子枪，指挥着大家往南冲。

“当！当！”王老虎和小青，还有小秋就朝东边打起来，敌人的火力也像放鞭炮似的从东边打过来。

李队长带着大家往南冲，快出村时，王老虎、小青、小秋也跟了上来。

这时，前边后边的敌人又夹击上来。

两个队员牺牲了……

他们只好向旁边一个胡同里，分别掩护着退却。可是敌人的火力还是那么强，眼看着又有好几个队员和民兵倒下了。

他们刚从北边冲出村子，村外道沟里便有一股鬼子和伪军截击上来。

“李队长！向东！”老康指着东边的一座学堂说，“那个地方地形有利，容易掩护，一出村就好办了，我们坚决从那个地方冲出敌人包围！”

中心学堂旁边有块苇子地，苇子长得很好，打人胸脯那么高，大家全都撤到那里，趴下不动了。

老康和李队长看了一下，东边敌人火力薄弱，便决定无论如何都要从这儿冲出去。

“轰！轰！”大家的手榴弹一个跟一个地扔出去，炸开了一条道。

土、烟在一起向外飞溅……

“冲呀！杀！”

吼声一片。李队长在前边领头，一下子冲出了苇地。

追上来的敌人，“叭！叭！”向他们射击。

李队长头上中了一枪，倒在地上。

大龙急步跑上去，想要背起他来，可是他已经没救了。

"大龙！快带着大家冲吧！"老康喊着。

他忙捡起李队长的枪，喊着："同志们！坚决地打！"

一阵一阵的手榴弹声——"轰！轰！"

枪声："当！当！"

"冲呀！冲呀！……"

"杀！杀！……"

他们冲出了包围，一直朝东南跑去。

天已经黑定，他们跑了一阵，便在一个大土埂旁边停了下来。老康让大家休息一下，喘口气。大龙检查了一下人数，区小队里连李队长一共牺牲了四个人，民兵牺牲了三个人。

全福呢，正在旁边吱呀吱呀地叫着。

"怎么？全福，是不是哪里受伤啦？"

全福停了半会儿才说："没有受伤，是我这脚疼。"

"你看他娘的，脚疼可算什么事呢？还在那里哼哼唧唧的。"王老虎粗声粗气地说。

"咳！"小虎说，"全福嘛，这次表现还算不赖哩，上次在麦地里，吓得腿都软啦，差点走不动了。今儿个你看他跟咱们一起往出冲，还向敌人开枪还击呢，也能跑动啦，这就算进步不慢呢。"

说得全福高兴地咳嗽了两声，不紧不慢地说："是啊！谁不是慢慢练出来的？"

"好！"赵有志一听，笑着说，"全福一次比一次进步呀，好好干，将来争取当个战斗英雄。"

小青在旁边坐着顺手摸了摸全福的脚，笑着说："哈！怪不得他娘的脚疼，你们看他两只脚穿着一只鞋。"大家一听全笑了。

老康哩，坐在那里喘了口气，便向大家说："同志们！我们胜利地突围出来了！可是我们想一想今天的事情，为什么一到大冉庄就会被敌人发觉呢？一定有汉奸报告了敌人。现在这环境一变，那些坏家伙们就暗中投降了敌人，明着是人，暗中是鬼。可是，我们的警觉性还提得不高，所以吃了亏。你们想想，今天在还没有开会以前，就得到一些情况，但是我们当时估计不会有大问题，既然把大家召集到一块儿了，就想把这个会赶快开了。会已经开完了，就应该赶快散开，不应该再在那里吃饭，耽误时间，你们想想，如果不吃饭，我们就全走了，还会发生什么事情吗？”

“是呀！真糟糕……”

“是谁叫做的饭？”

“现在这个情况，差一点时间，就会死人呀……”

“今天我们的七位同志就这样牺牲了，真痛心！”

大家你一言我一语地说着。冯喜营在那里低着头没有哼声。

分散的时候，区委书记老康还再三地叮咛着大家：

“同志们！记着我们的工作：开展地道，很快地开展地道！这个工作比我们吃饭还重要呢！一顿饭不吃，我们可以挨过去，地道迟挖一时，我们就时刻有生命危险。我们就很难站住脚，我们脚都站不住，还怎么和敌人坚持斗争呢？请大家回去赶快行动起来，共产党员一定在里边起积极作用和保证作用。”

“老康！你放心，不成问题。”大家一致地说。

朦胧的月色照在大土埂上，一个个黑色人影朝四面八方散去，逐渐地消失了……

清水河的水在翻滚着，怒吼着，那种澎湃汹涌的声势，像要压倒这黑夜里的一切。

第五章
空中跳舞

这天晚上，大龙刚吃罢饭，等了不到一会儿工夫，小青、老虎、全福就都来了。

“你们都吃过饭了吧？”

“吃过啦，吃过啦。”

他忙端过凳子来，说：“你们先在这儿歇一会儿，我派人到村口去放哨，一会儿咱们再动手挖。”

小青把长脖子一歪说：“咳，年轻人有的是力气，还歇什么，你去派哨吧，我们先支架着。”

“对啦，你走你的好了，别招呼我们啦！”

“好吧，我去赵有志家找小虎，一会儿就回来。”大龙说着就出去了。

小青问大龙的母亲，过去挖的那个半拉洞在什么地方，母亲小声地说：“就在那个粮食囤底下，你们跟我来。”她端了一盏麻油灯，引他们到跟前。老虎用劲把那个囤子挪开，只见有一块二尺见方的木板盖着洞口。小青把木板揭开，端着灯往下照了照。

“过去嘛，我就催大龙，让他早点挖个洞，他总是不挖，敌人一扫荡，紧挖慢挖，可就来不及啦。你们看，只挖了那么深的一点儿，就顾不着了。”他母亲说。

“这次咱们大家一起挖，就快了。”一个队员说，“大娘，开始我们对挖洞这玩意儿，也没有信心，打鬼子嘛，就得枪对枪，刀对刀地干！”

"咱们开始吧！"

"大娘，劳驾你老人家在门口给我们张望着点，有人进院子，你就咳嗽一声，我们就停住。"

"好吧，我就去。"她说着就出去了。

老虎又点着一个小灯壶，全福到院子里把辘轳搬过来，安在洞口上边。小青拿过篮子系在绳上。

"全福，你就在上边等着摇辘轳好了。"小青说着便带着镐头下洞去了。

他们在下边哼哧哼哧地挖起来。

全福背靠着辘轳腿蹲下，他从衣服袋里摸出小烟袋，装上旱烟，对着灯吸燃，在那里吧嗒吧嗒地咂着，吸完了一锅，又要装第二锅的时候，就听到小青在下边喊道："全福，全福，快绞哇！不能老是吸烟啊。赶快把烟戒掉。"

"来啦！来啦！"全福忙站起来。

"你到哪里去吸烟啦？"

"咳，我就在旁边吸了锅烟，哪儿也没有去。"全福说着就忙握着辘轳把，吱呀吱呀地绞起来。

高大龙在村边压了哨，又到别处看了下，然后赶紧回到家里来，他一听见那声音忙说："嗨，你们不把辘轳轴上多膏点油，你听响声多大啊！吱呀吱呀的。"

"就膏，就膏。"全福把那篮子土绞上来，又说："队长，土倒在哪儿呢？"

"我来倒，你给辘轳轴上膏点油吧。"

全福给辘轳上膏油，大龙把土提出去倒在猪圈里。

只听小青和老虎在下边说着话：

"小青，你快点，供不上我装篮子啦。"

"你光说快点，这么硬的家伙，像凿石一样……"

"小青啊，你就是来个马三枪还行，没有后劲。来——看我的。"

"瞧你的吧，这个土谁也不敢吹牛。这儿是几千年来，没有动过的老陈土。"

大龙在上边听着，不由得笑起来，和全福说："你不知道，这个地方的土就是硬。"他想了想，走到门口去，说："娘！今天黑下这活很重，你去给大家烙点饼子，等会儿吃。前院门关着呢，不要紧。”

“好吧，我就去烙。”说着她便去抱柴火。

大龙咕咚一声，也跳下洞去。辘轳一上一下地绞着，谁也不说话，都闷着头暗着使劲干活。下边只有“哼哧哼哧”的劳动声和辘轳发出的那种呼呼的滚动声。麻油灯的黄烟，仿佛也在紧张地加着油似的，跟着摆来摆去。

差不多过了有两顿饭的工夫，忽听到前院外有人叫门。大娘忙走到洞跟前，小声地说：“咳，前边有人叫门呀，怎么办呢？”

全福停下辘轳，忙把他们都叫上来。

“有人，有人。”母亲和全福同时小声地说。

大家立刻都紧张起来，全福眼睛直打闪，嘴巴哆嗦着，忙噗地一下吹灭了灯，说：“这……这……”

大龙用沉着的口气稳住大家：“不要紧张，咱们外边放着哨哩，没有听见动静，怕是自己人吧？不过也得提防一下，大家带着家伙，跟我到院子里来。娘，你到前边去开门。”

他们全闪在黑影处，他娘走到门跟前，问声：“谁呀？”

“是我，大娘。”门外的人答应着。由声音听出是小秋，大家才放了心。

他娘开了门，小秋走进来。大家一同到屋里。

“小秋，你怎么这会儿来啦？”老虎问。

“好家伙，弄得大家都紧张了一阵子，真是。”小青也跟着说。

小秋笑了笑，说：“你们不知道，我在老赵家里挖了一阵，人太多，施展不开，我说到妇会主任家里去帮助她们挖吧，咳，那里人也不少，干得更劲大，想插手也插不进去。在老赵家碰见小虎，嗬！干得可邪啦！他说让我到这儿来，我才来了。”

小青摇了摇脑袋说：“咦，你该不是又让你娘扯住后腿了吧？”

“没有，没有，”小秋蹦起来说，“我告诉你们，今天上午赵有志到我家去啦，和我娘谈了好大一阵子，开始她还是不让我参加民兵，后来老赵说：‘这个年头，你让他待在家里就保险啦？只有大家坚持和敌人斗争，才有出路；你看小秋他舅舅的闺女白雪莲，抗日可积极啦，整天东奔西跑的！’你猜我娘说什么？”

“她说什么？”小青问。

“她说：‘咳，别提雪莲啦，她从小的时候就不像个女孩子，七八岁就和男子们，一同跳到清水河里去耍水哩！这孩子她娘过世早，让她爹给惯坏啦。’”

“和男孩子一同下水”这句话在大龙脑子里闪现，他忽然忆起童年时候的一段往事来。

那年夏天，清水河发大水，河堤崩溃了，滚滚的水向田里奔流，村里的人们急着来堵堤。那时雪莲在她姑姑家里，和他还有小秋在一起玩。这次他拉着雪莲的手，小秋跟着，三个人往河堤上跑去。

他们赤着脚，把裤脚挽在大腿上，跑啊，跑啊，天空阴得黑沉沉的，呼呼地刮着大风，白雪莲的头发被风吹得撒了满脸。空中的燕子吱吱地叫着，穿来穿去，浪花掀得有四五尺高，吼着，滚着。

到了堤上看见大人们在忙活，他便跑过去帮忙堵。雪莲、小秋也跟着动起手来，把衣服都弄湿啦。人们一看，有的说：“好！谁家这么小的闺女也来啦？”

那时白雪莲才十岁，小秋才七八岁，现在都长大了……他想到这儿，不由得笑了。

小青看着他的脸色，心里想：“你看队长，一听人家提起雪莲，他又不自在了。”只听小秋又讲下去：“老赵对我娘说：‘现在的闺女，和你们那会儿不一样啦，跟男人一样干事，你说怎么不好？像你们过去那样受的制，大门不出，二门不迈，整天围着锅台转，就好？’说得我娘也笑了。”

大龙娘这时端过烙饼来，说：“饼子烙好了，大家趁热乎吃吧！”小青拿着饼子就往嘴里塞。

大龙说：“小青，外边哨放的时候长啦，你带着两张饼子，去把他换回来。”

“好！”小青拿着饼子，带着枪出去了。

他到村子的东口，换了岗，在那里站了一阵，只听夜风吹动树叶，唰啦啦地响，远远从水坑里传来青蛙“呱呱”的叫声。

他看了看周围，也没有什么动静，心想：半夜里敌人还会出来？在这儿站岗，这不是瞎子点灯，白费油！还不如回去挖地道呢！

刚走了几步，他又想：回去吗，万一出了事怎么办呢？

他想着，想着，想出了一个妙办法。

他跑回自己家去，抱了个地雷来，在路口埋上。

“这会儿反正好老百姓不会出来。万一鬼子来了，从这儿过，地雷就报告啦，还不是顶个哨？”他这样想着，就往回走。

他又回到大龙家里来。

“你怎么又回来啦？”大龙忙问，“谁在村外站岗？”

“谁站？黑蛋替我站着呢！”小青说。

“黑蛋？谁叫黑蛋？”

“你猜吧！”

“咳，”老虎说，“该不是这家伙抱了个地雷去吧？”

“是吗，小青？”大龙忙问。

“嗯。”

“为什么？”

“为什么？咳，给那儿站个人，那不是馏饼抹油，白搭吗？”

“呃？”大龙严肃地说，“小青，你的心里头总是比别人道道多。可不能那样，这地雷要是叫自己人踩了，怎么办呢？快去刨出来。”

小青抹了抹耳朵，还想说什么，小秋一边笑着一边推着他：“快去，快去！”

“这小子他娘的真嘎！”推小青出了门后小秋说道。

事情也真巧，小青还没有走到村东口的时候，偏偏“满天星”牛秃从大田村他姐夫胡九天那里回来了，走到村口，把那颗地雷踩响了，“呼隆！”一声，一下子把他打得有几尺高，跳了个半空舞，跌下来躺在那里，直“妈呀！妈呀！”地大叫……

第六章

地下搏斗

“他娘的，真怄气！什么观点，什么主场，我懒得听！连一个土民兵队长都有资格批评我？”冯喜营心里烦得要死，他一边走着，一边自言自语。他这个人因为过去在国民党旧军队里待过一段时间，养成了许多坏习气，闹地位呀，看不起这个，看不起那个，更不虚心接受别人的批评。昨天晚上区上开会研究工作时，有人又对他的作风提出了批评，他直到今天还恨人家呢！

他到大田村来布置护青苗的工作。一路上嘴里像有个小猴儿在翻筋头似的：跟这些人能干出什么名堂来吗？都是土头土脑，没有什么文化水平，而且现在的形势……

鬼子已经在各处安上了钉子——建立了据点和炮楼。接着又计划要挨村挨户地清洗扫荡，摧毁我们的下层组织，建立他的伪政权——所谓“爱护村”。要每个村给他们组织维持会，派联络员。

黑风口据点的敌人，三天两头地出来，到附近村子里“讨伐”。在大田村把老百姓全轰到广场，八字胡日军队长浅野公平哇啦哇啦地讲了一套什么“中日亲善”“大东亚共荣圈”，翻译官黑水滔也跟着翻译了一通。

可是人们耷拉着脑袋，谁听他那些屁话！从这个耳朵里进去，又从那个耳朵里出去，当刮了一场风。

鬼子走了，谁也不愿做孬种，给敌人维持。也有少数的坏蛋，下边叽咕着，要想法维持，可是也不敢公开说。这样一直折腾了十几天，敌人来了好多次，维持会还是组织不起来。

胡九天呢，就像屁股底下着了火，可坐不住了。本来嘛，他想去日本人面前露一手，取得皇军的信任。可是他又不敢在村里声张得太厉害，怕民兵们拾掇他，弄得自己脑袋瓜儿在肩上长不稳。他想：要组织维持会，非先把村里的抗日积极分子抓起来不可。

他在街上碰见了冯喜营，忙笑嘻嘻地迎上去。

“冯班长，这么多天怎么不到咱家里去坐坐？”

“咳，现在环境这个残酷劲，哪能顾得上啊！”

“咳咳，可不是，可不是！”胡九天老奸巨猾地说，“嗯，班长，今天到咱村来有事吗？”

“我要到周喝子那儿去，今儿个下午得布置护青苗的事情……”冯喜营讲到这里，忽然感到有所失言，便忙停住了话头。因为在“五一大扫荡”以前，他常到胡九天家里去，有时还在他家里住宿。一个原因是他家里的房子干净，住着非常舒服；再一个原因是这房子院墙高大，住在里边晚上发生情况好预防；还有另外一个原因，那就是胡九天有个女儿叫秀秀，今年十九岁了，打扮得花枝招展的，一副狐狸精样。她一见了冯喜营，就拉他去家，好吃好喝地招待着。冯喜营总被她弄得晕头转向。

胡九天呢，自然也喜欢冯喜营到他家里，这有两个企图：一是他要巴结区干部，从中讨得某种便宜；再一个是他要从冯喜营口里得到一些消息。后来他暗中勾结了敌人，就更容易施展他的阴谋，尤其在“五一大扫荡”以后，他就想把冯喜营作为对象，拖下水。

可是冯喜营呢，因为群众对他这种行径，尤其是他和胡九天的关系，反映了很多意见，区里对他提出了严肃的批评，说他的立场不稳，因此他后来到胡九天家里去得少了……

今天又无意中对胡九天说出护青苗的事情来，一想起大家对他的批评，便梗住了，脸上青一块紫一块的，显得极不自然。

胡九天望着了那样儿，忙点了点头收场：“咳咳，回头见，回头见！”

胡九天回到家里，心里嘀咕着，在桌旁端着个水烟袋兜了好几个圈子，后来他把水烟袋往桌上一撇，自语道：“对！就这样！”便立刻出去了。

冯喜营去找民兵队长周喝子，周喝子不在家。于是他便想着到白雪莲家去坐坐，他很早就在白雪莲身上打过主意，可是白雪莲不理睬他。他也知道雪莲和大龙很要好，一见到他们俩在一块热乎乎的，他心里就很气恼，暗暗地说："大龙这个小子，庄稼老斗，满脑袋的高粱花子，白雪莲怎么就看上他了呢？"

他到了白雪莲家里，在桌旁的一条凳子上坐下，右腿搭在左腿上，嘴里叼着根烟卷，问雪莲村里妇女工作搞得怎么样，这个咧，那个咧，问得雪莲心里怪厌烦的。一直磨蹭到快中午了，雪莲不耐烦地说："冯班长，你来咱村到底有什么事？快说吧！"

"我来布置护青苗。"

"那你找到队长了没有？"

"找啦，他没在家。"

"那你去找村长谈谈吧，别耽误了你的事。"

"我稍待会儿就走，"冯喜营看了看白雪莲，又说，"雪莲哪，听说敌人到村里来抓你，是真的吗？"

"敌人不光抓我，是抗日干部他都抓。"雪莲没好气地说，"抗日干部和民兵，是日本鬼子的死对头，能不抓吗？"

最近，雪莲几乎每天都得钻洞，就像捉迷藏似的，因为浅野公平一心要抓住她，可是每次来都扑个空。雪莲虽然一次一次地都在洞里躲过去了，可心里却像压着一块石头似的，越来越重，越来越重。

"叭！叭！"忽然村里响起枪声来了。

"敌人来了，这这这怎么着呀？"冯喜营着慌地说，"怎么办呢？跑不出去啦！"

"别慌！别慌！"雪莲一面说着，一方面又考虑，让不让他下洞呢？时间不允许她多想。这时，也顾不了别的，便忙叫她爹把锅掀开。

"冯班长，快点下洞吧！"

"哦！"冯喜营一看有洞，便忙钻下去了。

白雪莲紧跟着也下去，把洞里边的灯点着。

冯喜营到了洞里，看了看雪莲，便问："雪莲，这个洞是什么时候挖的呀？想的可真好！口儿留在锅台腔里，敌人可是不容易发觉呀！聪明，你真聪明！"

"冯班长，你悄悄待着，别问啦。挖得可早了，以后别给旁人说。"

"嗳，我怎么能对别人说呢？"冯喜营说着就往雪莲跟前凑，"咳，雪莲，老实说，我听说敌人抓你，可为你担心啦！你说你这样好的人样，万一落到敌人手里，多可惜呀！”

白雪莲越听越逆耳，忙离他远一点，说：“你别哼声，敌人快来了。”

“哎，雪莲，咱们再往里钻，再往里钻！”

“在这儿待着就行啦！”

冯喜营一下控住了她的手腕：“走吧，走吧，雪莲！到里边去咱们好说话呀！”

“干什么拉拉扯扯的？你要往里走你自己走吧，我不去！”雪莲甩开他的手说。

冯喜营怔了一下，接着嬉皮笑脸地向她跪下了，说：“雪莲，雪莲，我想了你这么多日子啦，你……你……”

雪莲看他越来越不像话，便忙往后退。冯喜营呼地从地上爬起来，扑上去，把她抱住了。这下把雪莲气坏了，“啪！”就给了他一个耳光。“你松手！你松手！”雪莲使劲一甩，就把他甩开了。冯喜营哪肯罢手，第二次又扑上去抱住了她。白雪莲真着急呀，又不能大声喊，恐怕敌人在上边。两人扭着都摔倒了。雪莲顺手在地上抓了一把土，朝冯喜营脸上就撒，把他的眼睛弄得睁不开了。

“我好心好意让你下洞来，怕敌人把你捉去，你这是干什么，不要脸！你还守八路军的纪律不守？做出这样不要脸的勾当！”

冯喜营紧紧地抱住她，两人正扭打着，忽然从洞口跳下一个人来，把两个人都吓了一跳！冯喜营急忙松开手。白雪莲仔细一看，下来的正是大冉庄民兵队长，自己的心上人——高大龙。

大龙在大冉庄开了会后，决定和大田村的民兵联合起来护青苗，于是便赶到大田村来。哪知他刚进村，敌人就来了，所以他就赶紧跑到雪莲家里躲藏。

雪莲朝冯喜营唾了一口：“呸！不要脸的东西！”大龙一看，忙问：“咦！这是怎么回事？”

“怎么回事？敌人一来，我好意叫他下洞来躲藏，可他就……”

大龙一听气得把拳头一攥，说：“冯喜营，你这算什么玩意儿？”

冯喜营蹲那里揉着眼睛，吓得心里腾腾直跳，只怕挨揍，忙说：“高高高队长，嗳嗳嗳……”嗳了半会儿也没有找着词儿。大龙真想上去踢他两脚，往前跨了两步，冯喜营忙往后闪开。

正在这时，听到上边鬼子进屋来了，哇啦哇啦地喊着，用枪把在屋里乱捅。只听雪莲爹的声音：“太君，锅里水开啦，喝水吧！”

鬼子在屋里翻腾了一阵，什么也没翻出来，骂了一声“八格牙路！”就走了。

雪莲爹到门外去，见敌人真的出村了，便忙把锅端开，把雪莲他们叫上来。

“哼！”高大龙怒视着冯喜营，“什么东西！咱们见了老康再说！”

雪莲爹见到这样情景，撅着胡子感到莫名其妙。冯喜营只怕他说穿，便红着脸急忙脱身出去了。

雪莲趴在案子上哭起来了。大龙蹲在一边直生气。老头子越看越糊涂了。“这到底是怎么回事呢？一个走了，一个哭，一个生气。雪莲，你哭什么呀？”

大龙怕老人听了生气，便忙说：“没有什么事！”回头对雪莲说：“雪莲，光哭有什么用啊！找到老康再和他算账，我看这个家伙一定有问题。雪莲，可要小心点，你家这个洞……”他又忽然想起地说，“嗳，我来的时候，听说老康在大冉庄，我先去找他把这事谈谈，回头再找周喝子。”

“好吧，你道上也要小心点！”雪莲擦着眼泪，把他送出门去了。

冯喜营呢，从白雪莲家里出来，闷着头走到周喝子家里，周喝子也从地里回来了。他们正在谈着话，忽听街上人们乱哄哄的，周喝子忙走到门口去瞧。

“糟糕！敌人又进村来了！”周喝子说。

“啊？”冯喜营惊叫着。

“冯班长，我家的洞还没有挖好，咱们赶快溜出村去吧！”

“不行！不行！已经来不及啦！”

周喝子忙从腰里嗖地拔出枪来，把胳膊一挥，说：“那咱们就冲出去吧！”冯喜营忙按住他的手说：“咱们两个人，怎么冲呀？”他向窗外瞧了一眼，又说：“敌人快到门口了，快把枪坚壁起来。”

周喝子还要说什么，冯喜营又接着喊：“这会儿还迟疑什么，快！快！像这种情况我比你经得多啦。”说着就把两把枪塞到炕洞里去了。

胡九天带着十几个鬼子和伪军闯进屋里来了。马上十几支枪口对着他俩："把手举起来！"

"搜！"胡九天命令两个伪军把周喝子和冯喜营身上搜了搜，也没有搜出什么来。

"冯班长，周队长，把枪交出来吧！"

"不是的，我们是老百姓！"周喝子说。

一个鬼子端着明晃晃的刺刀，逼近周喝子，横眉怒眼地说："干什么的？说！"

"没有枪！"周喝子大声地说。

"咳咳咳，"胡九天笑着说，"周队长，只要你出头给皇军维持，枪不交没关系，还留下你用。"

"呸！"没有料到周喝子朝他脸上唾了一口，"我是中国人，为什么给你们这群野兽维持？你他妈的是中国人吗？把鬼子看得比你爹娘老子还亲！"

这下把黑翻译官骂火了，扑上去想打他两个耳光，周喝子一闪，没有打着，反被周喝子"当！"的一脚踢了个屁股蹲儿。鬼子一看，哇的一声上来，一刺刀就把周喝子挑死了。

站在旁边的冯喜营早吓坏了，脸白得就像一张纸，浑身直哆嗦。两个鬼子的刺刀往眼前一刺，吓得他扑通一下跪倒了，不住地叩头，口里叫着："哎呀，太君，你们说叫我怎么着，我就怎么着！可千……千万不能动手呀！"

门口忽地闪进胡九天来，忙向鬼子鞠了一个九十度的大躬，把手一举说："饶了他吧，太君！他是个好人，愿意给皇军维持！"鬼子哇里呱啦地说了些什么，又摇了摇手，冯喜营就站起来了。他从炕洞里拿出枪来，引着鬼子往雪莲家里走去。

雪莲爹一见他，心里想："坏了，坏了！"

"你家里有八路，快快放出来！"一个鬼子说。

"没有，没有，你们不是来搜过了吗？没有哇！"雪莲爹说。

冯喜营苦笑了一声说："咳，老人家，别说啦，人家都知道了，瞒不过了，快把锅搬开，叫雪莲和高大龙出来，没有事！"

雪莲爹一听，心里突突直跳，暗想："这家伙投降敌人啦！"他眼睛瞪着冯喜营，两手气得打战。"冯班长！你发昏了！我……我家里哪有干部呀！”

“咳，瞒不过！瞒不过！”冯喜营说着，便上去把锅端了下来，往地上呼地一摔，差点把锅给打烂了，他掀开洞口，“他们都藏在这里！”

鬼子一见，哈哈大笑，对着洞口喊：“花姑娘的，快快地出来，跑不了的！”

“太君，洞里没人，那是藏东西的！”雪莲爹说。

“八格！”一个鬼子在他胸口打了一拳，把老头子打了个趔趄，几乎歪倒。

鬼子让伪军下洞去搜。伪军们畏畏缩缩，你看我，我看你，不敢下。“快快地下！”鬼子用枪逼着，伪军们只好冒着险下去了。

冯喜营心里想：“高大龙呀，高大龙！你还要到区委跟前去反映我吗？还批评我吗？老子今天先拾掇了你，雪莲也是我的。”可是等了一会儿，伪军们都上来说，洞里没有人。冯喜营愕然了。

“啊！没有人？！这是怎么回事呀？怪事！刚才还在，他们会跑到哪儿去？”

“说的是没有呀，他们早到村外去啦！”雪莲爹说。

原来雪莲早就感觉这个洞不保险了，因为有好多人都钻过，她怕有人暴露了，所以在屋院内的猪圈里又掏了个秘密洞，而且计划得非常精密，两个洞在地下只隔着薄薄的一层土，万一敌人发觉了，她可以用铁锹把那层薄土捅开，从另一个洞口逃走，今天哩，第二次鬼子一来，加上冯喜营刚从这个洞出去，她就怕出事，所以她便藏到那个秘密洞里边去了。

敌人搜了一阵没有搜着，冯喜营又亲自下去看了看，上来说：“真奇怪……”他怀疑地看着雪莲爹，便和伪军鬼子走了。

“无耻的家伙！”雪莲爹站在门口对着冯喜营的背影，咬牙切齿地骂着，又回到屋里来。

第七章

桥头脱险

且说白雪莲从洞里一上来，便知道冯喜营投降了敌人。

“爹，冯喜营不是个好东西，今天在洞里他对我就没安好心，坏透了！”

“哦？怪不得他那会儿慌慌张张地走了，你要早点告诉我，我非敲断他的狗腿不可！真不像话！”老人气得连连跺脚，“真给八路军丢脸！坏种！坏种！”

老人和女儿的心更焦急了。敌人今天来抓她，明天来抓她，加上冯喜营这一投敌，这个秘密洞，总有一天会被敌人发觉的，这可怎么办呢？今后的日子就更难熬了！

老人要不时地到街上去看看有什么动静没有，晚上觉也睡不着，街上狗一咬，鸡一飞，他就忙起来去瞧瞧，为女儿揪多大心啊！

第二天一早，雪莲起来洗了把脸，连饭也顾不得吃，就告诉爹，她要去找高大龙，商量怎样来对付敌人。冯喜营的投敌，使现在的形势越来越紧迫，越来越严重了。

她出了村，就朝大冉庄走去。

穿过一垄高粱地，又一垄高粱地……

“咦？”她忽然停住了脚，心里直突突地乱跳！她看见前边高粱地里，有个人影一闪，她仔细一看：糟了！糟了！那个人正是冯喜营呀！真是冤家路窄，怎么偏偏又和他碰在一起了？她真不相信自己的眼睛，莫非是眼花了吗？为什么大清早他也会到这里来呢？她停住脚再仔细一看，一点也不错，就是那个坏家伙！

跑吗？离得这么近，已经来不及了。她便拿定了主意，看他怎么办，再想法来对付他。

“哈！是雪莲呀！”冯喜营得意地端着枪走到她跟前说，“昨天下洞找你没有找到，你和高大龙到哪儿去啦？”

“无耻的东西！你还有脸来见人！”白雪莲骂着，眼里冒着可怕的光。

“嗳嗳嗳，别骂，别骂，好姑娘，我说你今天起来这么早，到哪儿去呀？是不是又去大冉庄找高大龙？”

“哼哼！”白雪莲咬着牙，说，“到哪儿去呀？我来捉拿你这个汉奸！”

“哈哈哈！捉拿我？口气不小，好吧，好吧！看谁捉拿谁？姑娘，乖乖的，反正今天你是逃不脱了！”

白雪莲咬着嘴唇，看着他手里的枪，见周围还是没有人，便放声哈哈哈大笑起来。冯喜营看她笑得有点怪，不禁吸了口气，说：“咦？你笑什么？”

白雪莲大声说道：“笑什么？你死在眼前还不知道！你瞧你背后站的是谁！”

冯喜营听了，大吃一惊，以为是高大龙来了，忙扭头去看，白雪莲眼明手快，行动利落，一个箭步抢上去，“啪！”的一掌把他手中那支枪打落在地上，紧接着她忙扑过抢那支枪，冯喜营也跳过去抢，两个人抓住枪谁也不肯放开，在地上扭在一起滚来滚去。

冯喜营一翻身，压住了白雪莲的胸脯，白雪莲牙一咬，使劲儿一拱，又把冯喜营翻了下去。他一把抓住了白雪莲的头发，使劲往地上一按。白雪莲一面骂着，一面拼命地挣扎，把头使劲一缩，一绺头发被揪了下来。

白雪莲急了，张开口狠狠地在冯喜营的肩膀上咬了一下，连衣服带肉咬下来一块。冯喜营“哎哟！”叫了一声，一松手，白雪莲把枪夺过来了，她按着机头就搂火，冯喜营赶快又抓住了枪，“叭！”的一声打空了。

两个人抓住枪又滚起来，白雪莲不住地搂着枪机，“叭叭叭……”都打空了。

他们在那里滚呀，滚呀，一直滚到交通沟旁边，咕噜一下，两个人都滚了下去。

后边的敌人已经赶到跟前。

冯喜营在下边大声喊着："太君！快！白雪莲被我捉住啦！"

几个鬼子跳下沟去，把白雪莲提了上来。

长八字胡浅野公平，得意地笑着说："哈哈哈，花姑娘的哟，好好，快快地带走！"

几把刺刀逼着白雪莲朝大冉庄走去。

原来鬼子这次出来，是要到村里去抓老百姓砍青苗。他们想把沿公路两旁的高粱苗儿，统统砍光，使民兵和游击队没法活动。他们让冯喜营在前边走，探听情况，正巧碰上了白雪莲，并且把她捉住，浅野公平自然是高兴极了。他挥动着皮鞭，大声说："快快地到大冉庄去抓人，砍青苗的！"

敌人很快扑到村里，人们有的溜出村外躲起来，有洞的人家，年轻的小媳妇和大闺女，早钻进洞里去了。躲藏不及的人，就被抓到街上来了。

冯喜营带着几个伪军，忽地闯进高大龙家院里。高大龙的母亲高大娘，没有来得及躲开，就被冯喜营看见了，他站在院里喊："高大娘出来吧！今天是没处跑啦！"

高大娘用梳子梳了梳头发，从屋里走出来，怒视着冯喜营站住了，因为大龙早告诉了母亲，说区小队上的冯喜营那个坏蛋，已经投降了日本鬼子。要千万防止他破坏，所以母亲思想上早有准备。

冯喜营晃着皮鞭，在她面前转了两圈，说："高老太太，把心里放明白点，大龙真是个大傻瓜，抗日有什么前途？说不定哪会儿就被皇军打死，多么危险啊！"

高大娘仍是怒视他，没有吭声。

"你告诉大龙，让他过这边来干，我保证他没有事，还有官做。"

"冯喜营！你家里有父母吗？"

"老太婆，你这是什么意思？"

"日寇是来灭亡中国的，是来杀害中国人的！你不知道？"

"那是共产党的宣传！日本皇军来中国搞王道乐土！"冯喜营恬不知耻地说，"让中国人安居乐业。我投到浅野公平手下，同他一样吃香喝辣的，同样做官发财！"他停下又说，"你这样顽固下去，没有好下场，大龙更没有好下场！”

高大娘又梳了梳苍白的头发，挺起胸脯，向前走了两步，指着冯喜营的鼻子，说道：“姓冯的，你不光出卖你的灵魂，连你父母，你祖宗的灵魂，都出卖给日本鬼子，出卖给日本帝国主义了！无耻，无耻之辈！”

“你要造反哪！不想活啦！”冯喜营嗖嗖地甩着皮鞭吼道，“高大龙在哪儿？他是不是藏在你家地洞里？”

“你这个民族败类！昨天还满口说抗日抗日，今天却变成无耻之徒，帮助凶恶的日寇，杀害中国人！我儿子大龙会和你算这笔账的！”她说着要向前去扇他的脸，并大声说：“打倒日本帝国主义！打倒民族败类——冯喜营！”

冯喜营火了，扬鞭向高大娘抽去。

这时，浅野公平带几个日本兵闯进来，一看这个阵势，他说：“冯队长，她是什么人？”

冯喜营忙赔笑说：“浅野队长，这个老太婆，就是这村民兵队长高大龙的母亲！”

“高大龙在什么地方的？”

“她太顽固，死活不说出高大龙在什么地方！”

浅野公平看着高大娘那副仇恨而愤怒的样子，挥起皮鞭吼道：“不说，死了死了的！”

冯喜营又朝高大娘身上、头上狠抽几鞭子，再踢几脚，把老人家打瘫在地上。

冯喜营挥了挥鞭子和浅野公平闪出院去了。

过了一会儿，村支部书记赵有志和女儿赵兰香闪进来，来到高大娘跟前。赵有志忙把高大娘抱在怀里，连声喊：“大嫂，大嫂！”兰香也喊：“大娘，大娘！”

没有回答。高大娘身子骨本来就不大结实，有心脏病，哪经得起敌人这样的毒打啊！她晕了过去。

“大嫂，你醒醒啊！”赵有志担心地说。

“龙儿，龙儿……”她微弱地说。

“大嫂，龙儿不在家……”赵有志说。

她又断断续续地说：“龙儿，为我和你爹，报……报……”

“大嫂，大嫂……”

她带着悲愤与世长辞了……

敌人抓了好多人出村来。

人们在前边走着，无精打采地低着头，谁要是停一下，鬼子就把明闪闪的刺刀向谁胸前逼刺。冯喜营在后边喊着：“快点！别他妈慢腾腾的！”有的人斜视他一下，心里厌恶地说：“你他妈的是中国人做的，还是日本种！过去嘴里叫的哇哇的，谁料你今天给敌人干起来了，什么玩意儿！”有个叫马洪顺的老头，忍不住说：“这庄稼苗儿是老百姓的命根子啊！砍了让我们吃什么呀！”一个鬼子当头给了他一拳，横眉怒目地吼着：“八格！不砍苗子，统统杀了你们的！”

人们走到地畔上，对着一片一片绿油油的高粱苗儿，暗暗地掉眼泪。

敌人要把沿公路两旁，五里地以内的青苗，全部砍掉。人们看着自己一把汗一把汗亲手种出来的庄稼，今天要被砍掉，心里是多么难受啊！人们咬着牙，拿起镰刀来，就是落不下去，砍一棵苗儿，就像在心头扎了一刀似的！可是敌人的刺刀在后边逼着，不砍行吗？

砍下一棵苗儿，就像在自己身上割下一块肉。马洪顺站在自己的地头前，一阵风吹来，那弯弯的青叶儿，唰啦唰啦地响，他看着苗儿，又看看镰刀，真把老头子给难死了。

一个鬼子看见他不砍，跑过来一枪把子就把老头打倒了。

这时，高大龙带着民兵，为了保护青苗，从大冉庄那边绕过来，一发现敌人，就开枪打起来，敌人一下子乱了。

马洪顺心一狠，也不知哪里来的那股劲，抡起镰刀就朝一个鬼子的脑袋砍去。那个鬼子晃了几下，跌倒了。他忙抓起那支枪，朝北边高粱地里跑，另一个鬼子一看，就向他开枪射击。马洪顺忙卧倒在高粱地里，回过头朝敌人还击了两枪，又爬起来往前跑去。

高粱地射出来的枪声更激烈了。枪声是从两边打过来的，鬼子朝西边猛扑过去。

王老虎和李永池几个民兵，在那边高粱地趴着，瞄准敌人开枪射击。老虎真是神枪手，“当！当！”两枪，就把前边两个敌人打倒了。

一个民兵说：“咱们才有五六个人，抵挡不住一百多号敌人啊！”

“往后撤吧！”王老虎说完，他们就往后退。

敌人见他们跑了，喊着："捉活的！"又向他们猛扑过去。

白雪莲呢，早被几个鬼子押在了一个坟套里，藏起来了。

这时，趴在青苗地里的马洪顺，看见敌人向西扑去了，他爬起来往北跑。北边有小虎和大田村的民兵们在那里趴着。看见敌人追老虎和永池他们，便从后边打起来。鬼子见北边也有枪声，便立刻把队伍分成两路，一路朝西边追，一路由浅野公平亲自率领着向北边猛扑过来。眼看着敌人追近了，小虎扔出一颗手榴弹，几个敌人倒在了地上，其余敌人全乱了。

高大龙和全福、小青他们，又从东边向敌人袭击过来。浅野公平一看，到处是枪声，便反过来向大龙他们扑来。

这时，追老虎他们的敌人，也踅回来了。两边向大龙他们夹击过来，冯喜营一看，忙向浅野说："队长，那就是大冉庄的民兵队长高大龙，这家伙可是个干将！"浅野说："捉活的！"大龙抡起盒子当当当一阵连发，鬼子又倒下两个，浅野公平还让鬼子往前扑，一颗子弹"嗖"一声，从他耳边擦了过去，他趴下不动了。

两边敌人又扑过来，小青他们一阵手榴弹扔出去，把敌人炸得散开了。

高大龙他们赶紧往大田村撤退。敌人一窝蜂似的从后边追上来。敌人追着追着，看着高大龙他们进了大田村。

这时，天空稀稀落落地落下雨点。"哎呀，下起雨来了，怎么办？"黑翻译官说。浅野公平迟疑着。"长官，"冯喜营说，"下雨不要紧，后边打枪甭管他，我们到大田村去捉高大龙！"

敌人朝大田村追来。刚走到村口，"呼隆！"一声，一个地雷爆炸，几个敌人被炸得躺下不动了。浅野气得瞪着圆彪彪的红眼珠，哇啦哇啦怪叫。

冯喜营带着鬼子和伪军进了村，挨门挨户搜查，把村子闹了个鸡飞狗跳，折腾了好一阵，一个民兵也没有搜到。

原来高大龙他们，进村没有停留，就从西北角上，顺着一条小道朝大冉庄跑去了。村外敌人的哨兵发现，就朝他们开枪，向他们追去。

这时，天空打着闪，轰隆轰隆的雷声由远而近，唰唰的雨点，也越来越密。

他们一跑进村，就钻进了一个小胡同，敌人追上来，呼啦一下把村子的西南角给包围了。

大龙他们不住地向敌人射击，敌人把兵力集中在小胡同周围，像拦网绳似的向里压缩。高大龙看着这里不能坚持，便说："同志们，向西边突出去！"可是敌人的火力，封锁得非常紧，出不去。

"冲呀！大家跟上！"高大龙在前边抡着盒子枪，拼命地喊着。

"冲呀！""冲呀！"大家一阵投手榴弹，像黑老鸦似的飞了出去。

尘土扬了起来。

破砖烂瓦乱飞，硝烟罩满了胡同。

他们冲出胡同口，直朝西北边奔去。

敌人紧跟着追上来。他们急着想从另一个胡同逃出去，哪知前边大街上，又有敌人包抄上来。高大龙一看，旁边是自己的家，外边实在支持不住了，便只好带着大家往家里撤。他们一进院子，敌人也赶到了。民兵们在门西边顶打一阵，就都退到屋里去，从窗口向敌人射击。

这时一个名叫肖立松的民兵，吓得脸黄煞煞的，说："这……这怎么办呀？"手里的枪也跟着他一起发抖。大家紧张得也没搭他的茬。全福也苦着个脸不哼声。

敌人喊着："土八路！快快地交枪吧！""不交枪统统的砍头！"敌人逼近了门口。

"轰！轰！轰！"屋里一阵手榴弹扔出来，把敌人炸退了。可是没过多久，敌人又冲了上来，民兵又扔出几颗手榴弹，把敌人打退了。

小青挨近大龙的耳边，小声说："队长，手榴弹全扔完了，子弹打得也差不多啦！……"

他心里有主意，很沉着地说："再打一会儿就钻洞走！"

敌人心里也有点胆怯了，躲在院子墙角处不动。浅野公平满脸的雨水往下滚。雨声、雷声，越来越紧，敌人全在雨地淋得像落水鸡似的。冯喜营挨近黑翻译，叽咕了几句，敌人就用枪逼着白雪莲在前边，往屋里冲。

"高大龙！交枪吧！小心打着了白雪莲！"

屋里民兵们一听到"白雪莲"三个字，全怔住了："怎么，白雪莲被敌人捉住了？"

高大龙心里直突突，说不出话来，过了会儿才说："小青，快把洞口揭开！"他向大家招了招手，让他们快点下洞。

敌人见屋里一点动静也没有，便冲了进来，可是端着枪一看，一个人也没有。敌人用刺刀这里刺一下，那里捅一下。冯喜营悄悄进来，稍停一下，便跑去把洞上的盖子掀起来，大声说："你们瞧，民兵们都钻进洞里去啦！"

鬼子又让伪军们下去看，伪军们全吓毛啦，谁敢下去呢？你推我，我推你。一个伪军站在那里，鬼子在后边逼着，不下也不行，他刚到洞口，只听"当！"的一声响，那个伪军便烂泥似的倒在了洞口。浅野公平还要再让人下去，黑翻译官忙走上前说："队长，我看这样吧，让白雪莲叫他们上来！"

"好的，好的，花姑娘，你的去快叫他们上来！"浅野公平说。

白雪莲说："好吧！让我下去叫！"

"不行！"黑水滔说，"下去叫？你倒想了个好办法，连你也不上来啦，就在上边叫。你对高大龙说，快点上来吧！只要他答应给皇军干，还可以让他当更大的官！"

白雪莲蔑视地哼了一声，说："那你们叫吧，我不叫！"

两个鬼子的刺刀，一齐向她胸前逼近："快叫，快快地叫！"

"不叫！不叫！"白雪莲挺着胸慷慨激昂地大声说。

"嗨！好厉害的黄毛丫头！给我打！"黑水滔说了这一声，忙又瞧了瞧浅野公平的脸色，便摆了摆手没让打。

"你们打吧，打死我也不叫！呸！你们这些不要脸的狗汉奸！"白雪莲扬起头，毫无惧色地骂着。

冯喜营拉了拉黑水滔的袖子，说："算了，折腾她半天也无用，干脆挖吧！"于是，他们又在村里抓老百姓，到高大龙家挖洞，因为青年人都跑掉了，所以只抓来十来个老头儿。

敌人用枪逼着，这些老年人心痛，眼里含着泪花，他们知道这洞里是自己村里的民兵，为了保护人们心爱的青苗儿不被活活砍掉，才被敌人从野外赶到这儿来……

高大龙他们在洞里，听着上边咚咚的镐声，知道是敌人在逼着群众挖洞，他们心里多么焦急啊！

"队长，咱们向外冲吧！"小青说。

"等一等！"他松了一下说，"不要急，敌人挖不长久的，外边雨下得那么大，现在天都快半下午啦，敌人得赶天黑回到据点去。再者说，小虎和老虎他们还在外边，说不定会来搭救我们！”他停了一下，又说，“万一不行，我们等天黑，再从那头的口子往出冲！”

上边敌人喊着：“洞马上就挖通了，快投降吧！八路军大部队，都被我们消灭了，你们还干个啥？”

敌人嫌挖得太慢，又在村里搜抓来些人挖。一直从屋里挖到院里，洞里的人们一下着了慌。“队长！不行啦，咱们从墙外边那个口子冲出去吧！”小青着急地说。

“好！”高大龙说着，人们便往那头跑。谁知那头也被敌人发现了，也有镢头挖地的声音，两头向一块儿挤。这时大家可全慌了，往这头跑不行，往那头跑也不行。

肖立松可吓坏了，喊着：“队长……队……不……不行啦，咱们交……交枪吧！”

“什么？”高大龙厉声说，“交枪！你要嚷出来，我立刻打死你！拿好你的枪，准备往外冲！”

“高大龙！跑不了啦！把心眼儿放活泛一点，你交了枪，我们保证太君不打不骂，还要提升你，可你为什么要担这样的风险呢？要硬骨头，死了对你有什么好处呀？我看还是把枪交了吧！”冯喜营在上边减着。

“好！今天你的命就在我的手心里操着，叫你死，你不能活！”——上边的声音。

高大龙一听，肺都要气炸了，他在下边大声骂着：“冯喜营，你这个无耻之徒！你祖宗是不是中国人？环境好的时候，你披着人皮，今天环境坏了，你就投降日寇，变成一条恶狼，屠杀中国人！”他越说声越高，“我娘被你活活打死！血债要用血来还的！”

冯喜营越听越火，便向老百姓说：“挖！快挖！一定掏出高大龙！”

洞眼看着要挖完了，肖立松吓得不行了，喊着：“冯……冯班长，我交枪呀！”就要向外跑。他这一下几个人脸色都变了，小青把枪掉过来“当！”就是一枪：“你交枪！你见阎王去吧！没有骨头的东西！咱们大家谁也别做孬种，活一块活！死一块死！”

“同志们！我们是中国人！要当民族英雄，决不向鬼子低头！”高大龙喊着。

他这一说，民兵们的精神大振。

“同志们！准备好，马上向外冲！”高大龙大声喊着就冲到洞口，“当！当当！”一排子弹连发就冲出来了。敌人一刺刀扎着他的右手腕，枪落在地上，敌人扑上来，将他紧紧地按住了。

紧跟着冲出来的是小青，他胳膊上中了一枪，两个鬼子很快扑过去，把他抓住。全福一出来就被绊倒了……

一个鬼子对着洞里喊着：“里边的土八路，缴枪不杀的！”他还没有喊完，洞里“当！”的一枪，正好打在鬼子嘴里，子弹从后脑勺出来，跌了个狗吃屎，栽到洞坑里去了……

冯喜营拿了一条绳子，走到高大龙跟前，说：“来吧！捆上点，高队长，今天受点委屈！”

“用不着，老子又不跑！”

几个鬼子上来，把高大龙的一条胳膊捆住，小青和全福也全被捆上了，只有白雪莲没有被捆。

雨声还是那么大，雷声还是那么响。天也快黑了。鬼子和伪军带着高大龙、小青、来生、全福，还有白雪莲出村去了。

白雪莲和高大龙，被敌人押着在前走；后边一批敌人押着全福和小青他们。

天眼看就要黑定了，电光从西北天空绕向东南，一闪画了个圈儿，“吭啷啷！”一个炸雷，震得人耳朵嗡嗡鸣叫。倾盆大雨哗哗地往下倒。

雨再大敌人也得赶回据点去，因为晚上不敢在村里过夜，怕民兵收拾他们。

一阵一阵的狂风暴雨，把田野里的树木吹得弯来倒去，就像喝醉了的醉人似的。

当他们要穿过大清河大桥的时候，刚走到桥头上，河西岸突然响起一片枪声——这是王老虎、小秋、小虎、春来，还有大田村的民兵们，在那儿截击敌人。

高大龙趁机抬起一脚，把旁边的一个鬼子踢倒，一个箭步上去从他手里夺过枪来，其他敌人正要朝他开枪，白雪莲眼明手快，一个飞步过来，抱住高大龙一滚，扑通一声就滚到大清河里去了。

他们俩都是好水性，敌人想开枪打，可是在水里找不着人头，鬼子喊着：“他们统统淹死了的！”哪知高大龙和白雪莲，在水里游到离大桥二十来丈远的地方，露出水面来。敌人喊：“水中有人头！”正要开枪打，两人又不见了。

小青和全福他们，因为在后边走，听见枪声，敌人一乱，他们就甩开敌人，有的朝南跑，有的朝东跑。敌人朝他们开枪射击，小青身子一窜，来了个鹞子翻身，就钻进河里去了，全福不大会水，拼命地朝高粱地里钻去……

这时河两岸的枪声，打得更激烈啦，有的鬼子被打死，有的滚到河里淹死，有的伪军也被打死了。其余的敌人，哇哇叫着，向黑风口据点奔去，浅野公平在前边，冯喜营、黑水滔紧跟在后边跑。

雨，下得还是那么紧。

雷，打得还是那么响。

浪花还是拍打着那大桥头。

第八章

天然屏障

话说区里知道冯喜营投降了敌人后，所有的干部都转移到新的地方，同时也向村里干部作了传达，要大家提高警惕，防止这个无耻的家伙来进行大破坏。

敌人的扫荡，一天比一天紧迫，一天比一天残酷了，并且在各个村里建立了维持会。

牛秃当了大冉庄的维持会长，赵全忠当了副会长。

胡九天呢，跑到双镇上当了鬼子的大乡乡长，他的女儿秀秀也到黑风口据点和伪军队长冯喜营结了婚。

表面上看起来，像是敌人的天下了，实际上呢，敌人是在中国土地上作战，并没有把冀中的人民征服。维持会里都有我们的人，在暗中掌握着，拿大冉庄来说，赵全忠便是一个。

共产党员们、民兵们，活动得更欢了，他们领导着群众，积极地开展地道。

两个多月过去了，随着时间的推进，地道也在迅速地发展着。

人们在这样极端残酷的环境下，过着艰苦的日子，和敌人在生死线上斗争着，熬过了整整一个夏天。

青纱帐起来了，人们就像在疲倦的时候，得到了一个休息的机会，但是绝不是休息——怎么能休息呢？

八月的天气，满地的高粱秆儿，长得有屋脊那么高，人们看着自己的庄稼，脸上都露出了笑容。

丰饶的原野啊！一望无际的绿色田园，连一些山坑塔也没有。一条一条的河流，昼夜不息地奔流着。庄稼长得支棱棱的，多水灵啊！

秋风吹打着青纱帐，沙沙作响，太阳晒着粉红色的高粱穗儿，闪闪发光。

青纱帐好像一片青海似的，一起一伏地荡漾着。

人们虽然怀疑庄稼不一定能捞到手里，可是庄稼人凭着什么活呢？民以食为天，到时候和鬼子一起抢呗，抢到多点算多点。不，也许到那个时候，咱们的大部队就从山里打回来，把小鬼子赶跑了，大家能够收个安然庄稼也说不定。

你站在一个高坡地方，在一阵风吹过后，穗儿一低头，可以隐约看见远方有一个一个的小席棚，就像瓜园里的那种窝棚一样，这便是民兵们休息的地方，在这儿是不容易被敌人发现的。

这些窝棚和敌人的岗楼对峙着，楼上的膏药旗，在高粱地里看得一清二楚。敌人在岗楼上也可以看到窝棚，可就是不敢下来。民兵们有时待得闷了，就朝着岗楼上"当！当！"放几枪，敌人便慌了，乱喊又乱放枪。

青纱帐里变成了会场、办公室，有的人说："这倒不错，空气新鲜！"一个调皮的民兵看了看大家说："咳，不光空气新鲜，睡觉也自由，你看多舒坦啊，铺着地，盖着天，你到哪里去找这么大的炕呀，我在家里炕上睡觉，有时候一打滚，咕噜一下就摔下来了。这个呢，打跟头也没有关系，摔不着！"逗得大家都笑了。有的说："敌人要不逼着我们，谁能到这青纱帐里开会、办公啊！"有的说："别的倒好说，就是风吹雨打太阳晒，可真他妈的够呛！你看我这嘴里，都成'崩瓷'的啦，直向外冒血津。"也有的说："抗日嘛，找自在不行，干革命就得这样，是个吃苦的活！真金不怕火来炼，这样的环境才能锻炼人嘛！"

从"五一大扫荡"以后，人们每天都提心吊胆地过着日子，说个话儿都得看看周围，也不敢放开嗓门。现在呢，人们自由地在田野里走来走去，说话声音也敢提高啦。有的抖了抖身上说："现在人身上轻松多啦，出气痛快多啦！"

"不光大人们痛快，就连那些小学生们也在青纱帐里，大声念抗日课本！"

"小学生们闹得更欢了，儿童团还集体唱抗日歌曲呢！"

这是几个家里有孩子的人，在大声地说着。

大冉庄的民兵们，在大田村的东南上，搭起了几个席棚，黑夜白天都在这里待着。没有敌人的时候，就在地里干活或搞识字班，敌人出来了，便马上集合起来，绕着圈子去截击敌人，敌人在明处，我们在暗处，主动权在我们手里，敌人要追我们吧，可是一扭身就不见人了。开枪打吧，那子弹碰几棵高粱秆儿，就落在了地上。

这样，敌人到村里来要粮要款的次数，无形中减少了。维持会也在我们手里控制着，不给敌人送粮、送款。

高粱穗儿也都要成熟了。这时候，我们在青纱帐里开始了一个大的工作，就是借用青纱帐的隐蔽，很快地把地道从这个村伸向那个村。我们黑下挖地道，白天就在窝棚里休息。

一天上午，旁人都休息了，高大龙正在一棵柳树下坐着擦枪。忽然，他听见背后高粱叶子唰啦唰啦地响，扭过头来一看，白雪莲正朝他走来。她挎着一支撅枪，枪把上拴着一块红绸子，擦着高粱叶儿，摆来摆去。她那散在两颊上的头发，像黑油似的，衬托着红润润的脸蛋儿格外好看，他看着雪莲甜蜜地笑了。

"干吗看着我只顾笑？有啥好笑吗？"

"我，我是笑你怎么也到这儿来啦？"

她抿着嘴儿笑了笑说："你怎么一个人在这儿待着？"

"嗯，我擦枪呢！"他又问，"你从哪儿来啊？"

"从我们村来，老马在这儿吗？"

"没有，他晚上一定来。"高大龙说，"你这两天村里的妇女发动得怎么样？现在要把咱们两个村的地道连起来，你们妇女们可得好好配合呀！"

"没问题。我们大田村的男人们到村外来挖这条大干线，村里的地道由我们妇女们包啦。"

"行！真有两下子！"

"有两下子？你放心吧，我们妇女在什么活上也不落后！"

她忽然想起什么似的又说："嗳，看你那鞋头破成什么样子啦，像个鲢鱼嘴似的，那跑进去个蒺藜不扎了脚丫子？"

"怎么不扎脚呢！事情忙，顾不上缝它！"

"会缝吗？"

"母亲在世的时候，学会了，不过缝得不好。"

白雪莲怕他想起母亲被敌人杀害的情景心里难过，忙从身上的挎包里取出一双新鞋子来，说："你穿穿，看合脚不？这两天工作忙，夜儿黑下我一直赶到鸡叫，才把底子绱上啦。"

他笑着忙接过鞋来，穿在脚上挺合适。

"咦？你怎么做的呀？照哪里替的鞋样呢？"

白雪莲笑了笑，红着脸说："就是按你脚上的鞋剪的样呀！"

"你什么时候剪的，我怎么不知道呢？"他奇怪地说。

"嗯——"雪莲摸了摸头发说，"那天你到我家里去，在炕上睡着了，我替下的鞋样子，你怎么会知道呢？"

"噢，我说怎么不知道呢！"

雪莲又问："小青他们呢？"

"挖了一夜的地道，现在他们都在窝棚里睡觉呢，睡得可香啦。"

白雪莲看着他说："大龙哥，那你怎么不睡呢？不累吗？"

"不，这两天忙得很，好久没有擦过枪啦，我得抽工夫擦擦，要不发生情况，就来不及了。"

雪莲说："那也得小心点身子骨，我看你这两天脸上瘦点啦！"

他笑了笑，没有言语，只是摸了摸脸蛋。

雪莲从挎包里掏出两个熟鸡蛋，说："快吃吧，给你煮的。环境越残酷，身子骨越结实才能和敌人顶住干！"

他刚吃完鸡蛋，她说："胸前一个扣子怎么掉啦？"

"夜里挖地道时蹭掉了。"

"快缝上吧！"雪莲说着从挎包里掏出针线和一个扣儿，"靠近一点才够着缝呀。"

他向她跟前凑了两步，她在他胸前一边缝扣，一边说："你擦的这把枪好使吗？"

他看着她说："可不胜我原来那把枪呢！不勤擦着点，哪行啊？"他又说："我想起那把盒子，就想起了李小队长，他带着我们突围，一出那块菜地，我们冲呀，冲呀，可是敌人一重重地包围上来，李小队长就在那时牺牲了。我扑上去从血堆里抓起他那把枪。我拿着它和敌人打了几次仗，现在呢，叫冯喜营那个坏蛋拿去了，有一天我要夺回那把枪，打死这个不要脸的家伙！”

“呃！我们一定要给他报仇！”雪莲激动地喊着。

雪莲收起针线。

在青纱帐里，民兵们又活跃起来了，这使人回忆起在“五一大扫荡”以前的黄金时代。那时民兵们在天不明的时候，就都到村外广场上去练跑步，掷手榴弹，打靶子。男的一队，女的一队，男的全穿着一身青，头上扎着白毛巾，走起路来就像一阵风；女的穿着一身蓝，挎着土撅枪，枪把上系着红穗子。他们围着大广场子转圈，喊着“一二三四！”唱着响亮的抗日歌声。围观的人们向他们鼓掌。

村里敲着锣鼓，过年过节的，都有红红绿绿的秧歌队扭在大街上，儿童们打着霸王鞭，踢腾踢腾地跳来跳去，真是一片欢乐景象。

各村里都有村剧团，自己编戏自己演，想唱就唱，想玩就玩。这个村里敲着钟，开大会呀，闹选举呀，闹民主呀，闹减租减息呀。那个村里打着锣，咣！咣！咣！也在广场上集合。

人们多么自由，多么痛快啊！

日本鬼子扫荡以后，环境变了，人们在黑夜里还一直追念着过去自由的生活，这可以给人以安慰，给人以斗争的勇气！

现在在青纱帐里，民兵们又慢慢地扩大起来。“五一大扫荡”以后掉了队的人又回到队伍里来。有些妇女也来啦，“五一大扫荡”后被敌人摧垮了的女民兵队又重新整顿起来了——雪莲当了队长。

青纱帐——可爱的青纱帐！天然的屏障！它，的确是民兵活动的好地方！

白雪莲和高大龙在一块儿坐着，她看了看他的手掌，说：“看你的手都起泡啦！”

“这是挖地道摇辘轳把磨的呀！”

“我给你挑挑！”她从挎包里取出针来。

他们俩的头拢在了一起。

微风吹拂着高粱穗儿，在“唰——唰——”响，蟋蟀在高粱根底蹦跶蹦跶……

这时，远处传来一阵歌声：

青纱帐，青茫茫，
一片青海没有边疆。
青纱帐里是战场，
抗日英雄里边藏，
鬼子来吧，
叫你在这里灭亡！
啊！青纱帐，
保卫你呀，打胜仗，
保卫你呀，有食粮，
胜利在你身边，
我们为你歌唱！

白雪莲忙站起来说：“你听，准是小青和小秋他们，又到马洪顺的瓜地吃西瓜去了。”

他笑着说：“这两个小家伙挖了一夜的地道，不累吗，也不睡会儿？”

“哈，你光说人家，你不也……”雪莲说着就挑破了一个水泡。

突然，“唰！”一把土从高粱地的上空落了下来，撒在了他们身上，他俩忙站起来！

“谁？”

“哈哈哈哈……”从高粱地里传来一串笑声。

“一定是小青他们，真调皮！小青！小青！”大龙叫着就朝笑声那边追去，雪莲也跟着去了。

第九章 村村相连

话说夜里，秋风吹动着高粱秆儿，唰——唰——

虫儿唧唧地乱叫。萤火虫，飞来飞去闪着荧光。满地散布着诱人的花香。星星一闪一闪地在眨眼。弯弯的月牙儿挂在树梢头。

村里的人们刚一吃罢晚饭，就一溜一群地朝高粱地里走去。

马洪顺老汉快五十岁的人啦，劲头比青年人还足，每天晚上都来。今晚刚吃罢晚饭，嘴里咂着个旱烟袋，又从瓜园那边过来啦。有的青年人说：

"马大伯，你该歇歇啦，怎么也跟青年人一顶一地干哪！"

"咳，我心里真着急，这么大的工程，庄稼眼看着就熟啦，要不赶快握起，这青纱帐一倒，可就不好办了！我去多一个人多一分力量，别看我年岁大啦，黄忠八十不服老，我得撑到底！"接着他又说："我还打算把这地道通到我那边瓜园去呢，那是收拾敌人的好地方！利用水井和西瓜园，让敌人先吃西瓜，后跳井而死！"

"那行吗，离得可不近！"站在旁边的一个中年人说。

另一个青年人插嘴说："洪顺叔咋不行？上次敌人砍青苗的时候，他一镰刀就把一个鬼子给砍倒啦，还得了支枪，真称得起是老英雄！"

一提起这回事，马洪顺可乐啦，摸着胡子说："那回事，真是气得我没办法，当时也不知道哪儿来的那股劲，我打算老命不要啦，和敌人拼了，哼哼，他们开枪没打住我，他们打不住我呀，他们还嫩得很哪！"

另一个人说："洪顺叔真行！谁不服？"

"满天星"呢，在村口黑影处站着，看见一群一群的人都走完了，他想："挖地道？他们在什么地方挖呢？折腾得这么厉害？要是让黑风口皇军知道了，我能受得了哇！我跟他们去瞧瞧，看清楚了，再去找我姐夫胡九天去！"他便悄悄地跟在后边，偷偷摸摸地往地里走去。

民兵们呢，有的回家去吃饭了，有的把饭送到地里来吃。大龙呢，家里也没有人做饭，自己又不敢在家里闪面，只好去雪莲家里吃，后来青纱帐起来了，雪莲的爹索性把饭送到地里来。他看着雪莲爹那么大年岁啦，每日三餐地送来送去，心里感到很过意不去。为这事他非常苦恼，但是又有什么办法呢？他只好衷心默默地感激这位老人。他有时候对雪莲说："莲，爹这么大年岁啦，老给咱们送饭，你说这个事，天天送……"雪莲说："咳，这个年头，叫敌人赶的，又有什么办法呢？爹又不是外人，他老人家只要看着咱们两个人不出事，就是再辛苦受累，也是心甘情愿的。"

的确，白雪莲的爹，把一切希望都寄托在他的身上。日夜盼望着，把日本鬼子快点赶出去，使雪莲和他能够早日完婚。他只有这一个宝贝蛋女儿，让敌人捉得不敢在家里待，整天东奔西跑的。再说女儿也大了，叫他怎能放得下心呢？他有时晚上也睡不着，在炕上翻来覆去的，吸了一袋烟，又一袋烟……

可是雪莲只要经常跟着大龙，他仿佛就觉得有个靠儿了，因此，每天做饭、送饭，那还有什么说的？

今天区委书记老康和区助理员郑一农也来了，他们到青纱帐里检查地道挖得怎么样。晚上雪莲爹送饭来，他和老康、郑一农、雪莲一起吃饭。

"老人家，你辛苦了！"老康说。

"没有什么，没有什么，"雪莲爹连忙说，"这个年头还说那个，这不都是叫鬼子逼的呀！咳，咳！"

老康早知道，大龙和雪莲恋爱的事情，老人的意思他也知道。为了安慰老人家，便说："我看等环境好点了，就给他俩把这亲成了，您老也就放心了。"

这下说得大龙和雪莲，两人心里热乎乎的，虽然是在不大明亮的月光底下，两人也不好意思地低下了头。

老人吧嗒吧嗒地吸着旱烟，说："可不是？我也是这么想呢，听你这一说，就更放心了。”

“咳，打倒日本鬼子再说吧！抗战是第一位的！”大龙在黑影处硬着头皮蹦出了两句。

白雪莲心里扑通扑通直跳，耳朵竖得长长的，听着，不念声。

老康一边吃饭一边想：他们的生活这样困难，雪莲和大龙对抗日工作又这么积极，两个人又都是很好的共产党员，倒不如把他们调区上去。区小队自从“五一大扫荡”以后，被敌人摧残得七零八落的，李队长也牺牲了，剩下几个人，由区长自己带领着，也不是个长久的办法。高大龙有文化，能看书又能写小文章，要是把他调去，把区小队重新整顿一下，让他当队长，对工作也有好处。雪莲这个姑娘也挺聪明，又勇敢胆大，是个拿得起放得下的闺女，她和大龙的文化水平一样，都是高小毕业，都能写两下子，在这个区里的妇女中，照她这样的还是不多，要是把雪莲调去了，当妇会主任，这区里的妇女工作，准能开展得活跃起来。同时他俩的生活也就可以解决。他这样想着，可是没有说出口来。他准备找区长他们研究一下再说。

这时候，村里来挖地道的人们，都陆陆续续地到高粱地里来了，民兵们也吃罢饭来啦。老康他们忙迎上去：“大家都吃过饭啦？”大家说：“吃过了，吃过了！”他们也问：“老康，你们吃过了吗？”老康说：“刚吃过，刚吃过。”他又对大家说：“坐下吸袋烟，才吃罢饭，压压食再挖！”

全福在那里高兴地叫着：“哟，今儿黑下来了这么多人哪！没有二百，也有一百八九！”

另一个人说：“人们挖地道的劲头越来越大，连五六十岁的老头子也全来啦，人怎会不多呢？”

只听那边小青又在大声地叫着：“动手挖吧！早点动工早点歇！”

全福笑着说：“你听，小青这个孩子，人家刚吃罢饭来，不叫吸袋烟，他就在那里咋呼，年轻人性子真急！”

这里大家也嚷着：“咱们也动吧！”

大家哗哗地都动起来了。二十把镢铲一字儿摆开，一个和一个的距离有八丈多远，有的是昨天晚上挖的个半拉子，有的是新开的口子。

从大冉庄到大田村是要挖一条长干线，在干线旁边掏一个像井似的口子，直挖下去七八尺深，然后拐到干线正身，继续平着往前挖，挖到五六丈远，到运土不方便时，就在前面正道的旁边又挖一个口子。每当一段挖好了，即把旁边的口子用土填平，再用夯打实，使其不能进水。

马洪顺和雪莲爹两个老头儿，看着这样的场面，高兴得很！雪莲爹撅着胡子说："嗬！这工程真是不小啊！要从地下掏，可得费把子劲！我活了快六十岁啦，这是头一次住着。"

马洪顺摸摸嘴巴，说："这工程可和修万里长城相比呀！这地道——地下万里长城啊！"

一个中年人说："你们两位老人说得对，自打开天辟地以来，这恐怕也是头一次，咱们是干古人没有干过的事！"

"在地下掏土，我担心的是掏着掏着坍塌一块，那不砸坏啦！"一个三十多岁的人这样冒不失地说了两句。

马洪顺忙说："咳，你这个人怎么也算个庄稼汉，连土性也不懂，大田村和大冉庄这一带呀，净嘎嘎的小红土质，甭说挖一丈多深，就是两丈浮土也塌不了。咱们挖了快七八天了，你看哪一块塌过？"

民兵们和群众凑合在一起，分段一同去挖。大龙带着十几个人，在昨天晚上没有挖成的那一截动起手来。他嘴里嘟着个小灯壶，下洞去了。有的青年小伙子光着膀子，连鞋都脱啦，卷起裤腿，把胳膊向左右腾腾地伸两下，说："有劲儿就在这个活上用，过去人们常说，天下的重活数土工——脱坯，打堤，盘炕，抹房顶。现在还得加一条——挖地道！"

跟着又下去了四五个人，区委老康和郑一农、雪莲、雪莲爹、马洪顺也下去了。

一种新挖的土腥味，向人们的鼻子扑来。地道两旁有放灯的地方，隔不多远就有一盏小麻油灯。

前边已经有人开始挖啦，只听见劳动的声音。雪莲爹走到跟前说："来，我挖一会儿！"

有人说："老大伯，不行，你还是看着，上去吧！"

"不，我来！我来！"

"对！叫白老大伯来两下试试！"有的笑着说。

雪莲爹把袖子一挽，接过镐来，掏了几下。

"算啦，算啦！"别人只管喊，他却不理那个茬儿，还是掏。一个人想扑上去把镐夺过来，另一个人忙说："你等一等，叫老大伯把瘾过足。"

老康看着不由得笑了。

不一会儿，把老头子挣得满头直冒汗。

大龙说："算了吧，你歇会儿吸袋烟。"他上去接过镐便挖起来。

雪莲爹喘了口气，拍了拍腰腿说："我这不是年轻时候了，给胡九天找长工那年，从麦秸垛上翻下来，把腰闪坏啦，现在虽然上年纪了，还不怕呢！"

大龙扭回头来对雪莲说："你引老康、助理员，还有你爹，到北边去看看。"他向老康说："那边是咱们这十几天挖下的，差不多有三里长啦！"

"好。"雪莲说着就拿了一盏灯，引康忠他们往北走，越走越深，走了三袋烟的工夫，还没有到头。

"哎哟！啧啧啧，我的老亲戚，这么大的工程哟！照这样下去，冀中平原的土，差不多得翻一遍啊！"雪莲爹伸手摸了摸头顶上的土说，"这上边的浮土蛮厚呀。"

"七八尺呢！"雪莲说。

"咳，怎么走这么远也不憋气呀？"爹又问。

"有气眼啊！"雪莲说着把灯往头上一照，只见上边有碗那么粗的一个窟窿，"这就是气眼，差不多十多丈远有一个，气眼留在敌人不容易发现的地方。"

她爹高兴地说："老康，这玩意儿挖好了，敌人可是没有办法啊！"

老康说："等咱们把地道挖好了，大家的生命财产也就有了保障。那时鬼子就不敢进咱们村来了。"

雪莲引着他们，到了那头出口的地方，说："从这儿出来了，那边还在挖呢！"

这头是小青带着十几个人在挖。他们正在向北掏，听到背后有人说话，忙回头看了看："嗨！老康！郑助理员！你们从那头过来啦！"

"我们来看看，这里土质怎么样，还好挖吧？"老康问。

小青把脖子一伸说："土质差不多，挖得挺得劲！"

"咱们区的土质我了解了，都不错，从大冉庄到大田村这一带，土质更好一些！"老康说。

"小青，土质好，地道挖得更好才行！"雪莲笑着说，"你们可得加油挖呀！别当乌龟，落在旁组的后边！"

“那还用说呀！我们这里有后劲呀！不是吹牛皮，你们瞧吧！”小青调皮地说，“老康，你看我们挖得怎么样？提提意见吧！”

“不错！不错！大家可费了力气啦！大家累不累？累了歇会儿。有劲匀着使！”老康说。

“不累不累！”

“把这段挖完再歇！”

大家你一句我一句地说着。

老康鼓励大家说：“大家一条心，什么困难就都不怕。别看现在鬼子闹得这么凶，村里也给他‘维持’啦，他们笑不了几天，不久就叫他哭也哭不及，我们要把他们消灭在冀中平原这块土地上！”

“是呀！只要大家齐了心，什么事都好办！”大家齐声说。

有的说：“是啊，不是有句老话吗？‘大家齐了心，黄土变成金。’只要大家的心合在一块儿，没有难事！就是有座大山，也能搬走！”

雪莲说：“别耽误你们的活。老康，咱们上去再到北边看看！那边还有七八个辘轳呢！”

老康点了点头说：“好吧！”他们就出了洞口，从高粱地里往北走去。

一处一处的辘轳在呼噜呼噜地响，人们在不断地忙碌着。

月牙儿偷偷地移开树梢，北斗星的勺柄指向正东。天空的银河显得多么清朗啊！突然有一颗流星，像火箭似的射向远方。

他们这边已经把那截地道挖好了，大家都上去，把口子用土填平，抬着夯在打。大家一边打夯，一边口里轻轻地哼着歌儿：

冀中区呀，
大平原呀，
要把平原变成山呀！
咳呀！咳呀！……
地道挖得远又远，
村与村紧相连。
咳呀！咳呀！……
干线通往南大冉，
神槐树下造党员。

咳呀！咳呀！……

忽听老槐钟声响，

胜利歌声天下传。

咳呀！咳呀！……

他们打实了洞口，顺着高粱地再往前发展。有的人在拔高粱秆，大家互相照顾着："小心点！别摔了穗儿！"他们在那儿又开了一个口子，正要准备往下挖，忽然远处"当！"的一声枪响，大家都怔了一下。

"有什么事吗？"

"是咱们放哨的人走了火吧？"

有人说："不会的，大概有事！"

有的说："莫非是敌人的密探出来啦？"

大龙忙说："大家沉着气，反正在高粱地里很保险，什么危险也没有。这个枪声好像在咱们村那边响，找几个民兵去看看。"他带上盒子枪忙朝北边去找小青、王老虎他们。

到了那里，老康、雪莲、王老虎及大冉庄和大田村的民兵全在那里，大家都拿起枪，准备战斗。

这时李永池和小秋，押着"满天星"找大龙来了。

"永池，什么事呀？"大龙忙问。

永池说："我和小秋在大路边放哨，看见有一个人偷偷摸摸地往这边走，我们喊了两声，问他是谁，他也不吭声，撒腿就跑，我就打了一枪，才把他噤住了。到跟前一看，原来是'满天星'，问他干什么来了，他支支吾吾地答不上来，我们才把他带来了！"

高大龙对老康说："老康，你看怎么办？"

老康说："我问问他。'满天星'！"

"在，在在。""满天星"忙鞠了一个九十度的躬，吓得浑身直打哆嗦。

老康又问："黑天半夜的，你跑到这儿干什么来啦？"

"满天星"结结巴巴地说："我、我、我是到地里看看庄稼，没啥事，没啥事，咳咳……"

老康严厉地说："没什么事？说老实话吧，你是不是来探听我们挖地道的事情来啦？"

“咳咳，哪里，哪里……”

老康大声地说：“老实告诉你，我们的地道，你要是告诉了黑风口据点的话，可得小心着点！这块地道就交给你啦，敌人要是破坏了的话，我们就跟你说话！”

“满天星”忙又鞠了几个躬说：“是是是……”

老康又说：“你要把眼光放远一些，鬼子是兔子的尾巴——长不了，我们不久就会消灭它！你姐夫胡九天当了铁杆汉奸，他的女儿秀秀也嫁给了冯喜营。你可不要跟他学，只要你不做坏事，村里的事多照顾一点，我们也会知道！再者说，群众的眼睛是雪亮的，谁做点坏事，人们心里清楚得很呢！谁做点好事，心里更明白！”

“满天星”忙说：“是的，是的！”

“好了，让他走吧！”老康摆了一下手说。

“满天星”吓得捏着一把汗走了。

高粱地的镢铲又继续呼噜呼噜地响开了。

小青扳着马洪顺的肩膀说：“洪顺大叔，我口渴啦，想湿润湿润！”

马洪顺笑着说：“你口渴了，问我干吗？”

小青用手比了个西瓜，说：“弄颗这个来吃吃好吗？吃了好挖地道，将来地道挖好了，我们藏在地道里保护你的瓜园，鬼子要来吃西瓜，我们给他来个地道战！再上一个井底战！你看好不好？”

“你真是个嘎小子！”马洪顺捋着胡子说，“这西瓜园里安有暗机关，鬼子进园吃西瓜，叫他有来无还！”

大家听了老人的话全笑了。

第十章
初战告捷

这天上午，民兵们都在窝棚里休憩，只有全福在树上放着哨。

忽然望见从西北方向过来一股敌人，朝大冉庄奔去了。他想：一定是双桥镇的敌人到村里去抢粮食，因为前几天他就听说，西边小店村的粮食被敌人抢了。

他忙溜下树来，朝窝棚那里跑去。

“快！快！队长！”

高大龙正在休息，听全福喊叫，便忙骨碌一下爬起来，问道：“什么事呀？”

“敌、敌人进村啦！”

“啊？从哪里来的敌人？”

“从双桥镇来的敌人！”

“有多少？”

“很长的一溜子，我看顶少也有百八十个。”

他忙把民兵们叫起来，说：“双桥镇的敌人到咱们村里去了，现在咱们马上绕过村西边去，截着敌人的回路，打他个伏击！”他说罢，就带着大家从高粱地里哗哗地朝西奔去。

民兵在大路旁的高粱地里布置好了。王老虎和李永池偷偷地爬出去，在路上埋了两个地雷。永池说：“敌人哪怕是踩响一个呢，也算没白埋！”他俩又赶快隐蔽起来。

有一个民兵小声地说："这回我们要摸支'黄三八'！那使着才过瘾呢！"

又一个民兵搭上说："要不得匹日本大洋马骑骑！得不到洋马，闹辆脚踏自行车骑骑也行，既省事儿，又甭惦记着喂。"

小青把脑袋扭近小秋的头，说："小秋，这次咱俩一人闹顶钢盔戴戴，那玩意儿可不错，又可以当瓢用，到了冬天晚上又可以撒尿，一举三得，你说怎么样？"

小伙说："你小子净想些怪事，我什么也不要，我只闹双大皮鞋，以后演戏的时候，化装可就方便啦！"

小青说："装日本人，光穿皮鞋也不像呀，咱们俩合起来，不就得了吗？"

赵有志的女儿兰香和雪莲在一起趴着。兰香说："雪莲姐，你说这撅枪要是卡住壳子了可怎么办呀？"

雪莲把身子扭过来说："这枪不同盒子，盒子卡住壳子得用筷子通。这好办，这么一撅，子弹壳自然就掉出来啦，然后顶上子弹再打！"

兰香这是头一次打仗，趴在那里腿直哆嗦。

"兰香，你那腿哆嗦什么呀？"雪莲问。

"没动弹呀，我不知道！"

"你看，把土都蹬了个坑儿，还说没哆嗦呢！"

"雪莲姐！"兰香说，"打起仗来什么样呀？说是不害怕，谁干过这个呀？"

"我告诉你，"雪莲说，"我打过两次仗啦，一会儿打起来，你不要起来乱跑，千万沉着气，跟着我，看我怎么动，你就怎么动，胆子是练出来的！"

他们等了好久，终于，敌人在村里抢了三车粮食，出村来了。

顿时，高粱地里的枪声响成一片，敌人乱了，他们也开枪向高粱地里的民兵还击，可是子弹一碰着高粱秆儿，滴溜儿一下就落在了地上，一点劲儿也没有。

激烈的战斗，在青纱帐里展开了。野鸟惊得在天空里乱飞，野兔吓得四处乱蹦乱窜。

"当！"

兰香咬着嘴唇打了一枪，浑身一抖，闭着眼睛不敢看。

“兰香，快打呀！”雪莲喊着，“别怕！敌人上来了！”

兰香瞪着眼说：“在哪里？”

“那不是？你看！”雪莲指着前边的敌人说。

兰香长了长精神，又顶上子弹打起来。

“对！仗就得这样打！”雪莲鼓励兰香说。

大龙指挥着队员们，顺着高粱根的当儿往前爬。他们拼命向敌人射击，敌人有的滚下马来，有的倒在地上，一声一声地惨叫着。

一个新参加的队员喊着：“队长，打着了打着了，你看滚呢！”说着把头抬起来，用手指着给大龙看，大龙赶快把他的脑袋向下一压说：“你嚷什么！你不想活啦！姿势要低！”

全福也忙搭上说：“爬到这边低洼处来，身子别乱动，眼睛盯着敌人！”

小青瞧了他一眼，说：“全福，你这算行啦，进步得真快！”

几颗手榴弹扔了出去，敌人更乱啦。

一个伪军吓得往高粱地里钻过来，小青和小秋在豆秧底下趴着，他没有看见，小青猛然喊了声：“缴枪不杀！”那伪军吓得忙说：“哎呀！八路爷，我交！我交！”说着两条腿跪下把枪横着举在脑袋上。

敌人乱窜乱跑，“轰隆！”一声，道上一颗地雷炸响了，一股黑烟散开了，几个鬼子躺下不动了。永池高兴地叫着：“好！我担心今天又白埋了呢！”

老虎说：“为什么只响了一个呢？莫非另一个引火线坏啦，真糟糕！”他的话没落音，第二颗地雷又开了花。

敌人那个狼狈劲真够瞧的，有拖拉着枪的，有丢了枪只顾逃跑的，有的帽子不知飞到哪儿去了，也有的像稀泥似的，歪在地上吓得不敢动了。

敌人跑到公路上，再也不敢耽误，就逃回双桥镇去了。

民兵们那股子高兴劲儿，几乎都蹦起来。大家在打死了的鬼子身上，取得战利品。

小青把一顶钢盔戴在头上，他装着日本鬼子的样儿，歪着脑袋瞪着眼睛，说：“你们土八路大大的厉害，在高粱地里打伏击！路上埋地雷！我是太君的干活，我的人死了死了的！”

小秋拾了块小石头，向他的钢盔上打去，只听“当啷！”一声，石头打在钢盔上，蹦起来。

小青回过头来说：“你好大胆，敢打太君！”

小秋只得了一只大皮鞋，挂在套筒枪上，摇晃着说：“他妈的，只捡了一只，这演戏还是化不上装呢！”

小青说：“行！要演鬼子狼狈逃跑，一只才妙呢！”

这时，村里人都来啦，赵有志也在里头，他们把民兵们围住，高兴得了不得！

有的说：“这可下好啦，咱们老百姓的命根子夺回来了！”

有的说：“要没有咱们这民兵，粮食这会儿都快到双桥镇啦！”

有的老年人欢喜得流出泪来，拉着民兵们的手，想说话也说不出来。一个老太婆拉着雪莲的手说：“雪莲，你也打仗来呀？”

雪莲笑着说：“有好几个敌人是我打死的呢！”

“哎哟！”老人说，“人家雪莲真有本事，敢放枪打鬼子。真是稀少哇！”

另一个老婆婆说：“俺回去叫俺小花也参加民兵，一块儿打鬼子去！看人家雪莲闺女多有本事啊！”

小青把钢盔摘下来说：“大娘，你看我是谁呀？”他把钢盔又戴上。

“看，小青多调皮呀！真是个好孩子！”老人笑着说。

一个老大伯兴奋地拍着大龙的肩膀说：“大龙，你指挥着咱村民兵，打得真好！真漂亮！呱呱叫！”

他拉了拉赵有志的袖子说：“有志叔，我看这样吧，别在这儿待时间长了，赶快把车吆回村里去，调查一下，看都有哪些家的粮食被抢了，赶快分给大家。”

“对，我也是这么想，区委老康说，要和敌人抢时间！”赵有志说罢，就忙和大家把车吆进村里去了。

第十一章
好大袖筒

车子到了村里的十字街头，就停在那棵神槐树下，石碾盘旁边。

人们围住的那棵神槐树像个智慧的老人屹立在十字街头。那口古钟在树上高高悬吊，好像随时能发出警鸣，让人们不要忘记过去的斗争史，更要警惕凶恶残酷的日本鬼子，进村来杀人放火！

村里党支部书记赵有志，靠在神树身上，拿了一支红铅笔在纸上记着，问谁家丢了多少粮食。

兰香在旁边帮着爹问："李大叔，你家丢了多少？"

"二斗！"

"爹，李大叔丢了二斗，快记上！"

她又问："刘大嫂，你呢？"

"大概有一斗半吧！"

"俺家二斗半！"

"俺家一斗半！"

"不要乱！一个一个说！"兰香喊叫着，"爹，记快点，要抓紧时间啊！"

正在这时，"满天星"戴着一副黑圈眼镜，摇头晃脑地走来了，他贼眉鼠眼地看了看大家，便歪着个脖子，把嘴伸到赵有志的耳边，悄悄地说："有志呀！慢一点，慢一点！"

"怎么？"赵有志问。

“你来，我有话给你说！”“满天星”拉着赵有志到了一个墙角背后，“这粮食不能分呀！”

“为什么？”

“黑风口据点的太君，向我们要粮食，催了好几次啦，凑还凑不上呢，怎么能分呢？这粮食咱们先拉到维持会去再说吧！”

赵有志说：“那怎么行呢？这粮食是从群众家里抢的，还得分给大家，黑风口据点太君要，咱们再想办法！”

“满天星”摇了摇头说：“分了再收就收不来啦！”

赵有志还要和“满天星”争说，只见马洪顺跑来说：“有志呀！大家都等着你呢，有话不会等一会儿再说！”

“嗯，就来！就来！”赵有志说着就跑过去，弄得“满天星”目瞪口呆没话可说，只好扭扭屁股，回维持会去了。

“满天星”自从当了维持会会长以后，可就牛开啦，你看他，头上戴着一顶缎子帽盔，上边还有个红疙瘩，上身穿件黑布褂，下身穿青羽缎裤儿，在人前装模作样的，把他在以前搞一贯道时的那种派头又拿出来了。

他老婆呢，生来就是一个好吃懒做的人，整天串东家，逛西家，说个长，道个短，说个媒，拉个纤，能把黑说成白，那片嘴像膏了油儿，死人能说活喽，所以人们都叫她“油滑嘴”。后来因为八路军来了，村里人们觉悟提高啦，好吃懒做的二流子，在人面前吃不开了，再者说，大家揭穿了一贯道的骗局，再不吃亏上当，所以她的嘴和腿也不那么欢了。现在这“满天星”一上台掌权，她的劲儿可就又来了，满街又串开啦，一碰上卖烧饼果子的，她就连吃带拿，有时钱也不给就走，说声：“明天来了一起给！”这些卖小吃喝的，也知道她是常照顾的买主，便说：“有牛会长的面子，没关系！没关系！挂上好了！”一天总是在她门前转来转去。

她家斜对门不远，就是那座小学校，这个小学校在“五一大扫荡”以后，也被敌人摧垮了，人们也没有心情再让自己的孩子去念书了，因此，这座房屋便闲空着。“满天星”一看是个好机会，就索性把它做了维持会的公事房，在里边办起公来。

他家的西北角上，不远处就是那座土地庙，也是他和老婆常去的地方。

他有个叔父叫趴鼻子老软，这个人从小就无家无舍。事变前，他曾在国民党张荫梧军队里当伙夫。后来他跑回来，人们又见他跟着一个旧戏班子瞎混搭，又当底包又打杂，名角登台，他就打扇送水。有时也见他跟着吹鼓手一起混，跟着人家打锣敲梆子；抬杆打墓，偶尔也少不了他。办红事时，他帮助抬花花轿；办白事时，抢着个大柳条斗，跑在前边撒纸钱儿，抓一把向上一扬满天飞。反正是哪一行也混，混一天少一天，少一天——咳，就少一天。他就这样稀里糊涂混了半辈子，一直到现在，还是灶王爷绑在腿肚子上，人也走了，家也搬了，光棍一条，连个老婆也没有。

“满天星”这下可用着他了，让他在维持会里，既打杂又做饭，外带当通信员，这正合趴鼻子老软的心愿，是个好差事，又能吃顿饱饭了。

为这件事，赵有志和“满天星”吵过几次。敌人又抢又要东西，村里人哪家都闹得缺吃少穿的，维持会里还要用这么一个人，吃谁的呢？还不是羊毛出在羊身上，村里人们供给着他。

“满天星”呢，一有点公事，就要吃点好的，割肉哇，打酒哇，大吃大喝。他老婆“油滑嘴”，那鼻子真尖，像只猫儿似的，可灵啦，一嗅见腥味儿就跑来啦。她头上总是戴朵小红绒花儿。

有一次赵有志看见她走进伙房去，先稳稳小绒花儿，然后，笑嘻嘻地对着趴鼻子老软说：“趴鼻子叔，你今儿个又忙活什么呀？忙不过的话，我来帮助你做。”

趴鼻子老软忙咧着嘴说：“哟！还敢劳你驾，我自己就办啦，我自己就办啦！”

“油滑嘴”一边说着话儿，一边看着那大块肉，直往嘴里填。

趴鼻子老软忙说：“你吃着味道好吧？别烫着嘴，这肉油多！”

“油滑嘴”肉也吃啦，酒也喝啦，很满意，临走的时候还说：“真好吃，我给孩子带点！”

趴鼻子老软就给她用张烙饼把几大块肉一卷，塞在她手里。

赵有志对这样的大吃大喝非常反对，和“满天星”闹了又闹，吵了又吵，吃喝的次数这才少了。

敌人三天两头来村里，要这要那，“满天星”为讨皇军的喜欢，就在村里胡摊乱派。

赵有志对他说：“咱们得搪着点啊！这是个无底洞也是个无底坑，多会儿也填不满！你送得勤，他要得多，咱们能拖几天，就拖几天，能扛住就不给他送！实在不行了，就少送点，应付应付。咱们在这村里住，是这村的人，乡亲们可无论如何不能得罪，每个人心里都有数，要是逼反了，咱们哥俩就得吃亏！”

“嗯——”每当这个时候，“满天星”就拉长了声音，半晌不言语。

牛秃虽然恨赵有志，可是有时候也觉着他的话有道理，他心里想：前几天大孟岗村维持会长三拐子，就因为欺负老百姓太厉害，逼出人命，晚上给土八路掏出去枪毙了。这儿要闹得太厉害了，神槐树下的土八路要了自己的脑袋，可不是闹着玩的。

刚才为了分粮食的事情，两个人又闹僵了。赵有志呢，不管怎么样，是在保护群众的利益，先把粮食分了再说。

粮食分完了，快半下午的时候，从黑风口来了十几个伪军，全骑着自行车，还挺新呢，一看就是保定自行车厂的产品。这伪军里有个班长叫仇一耳。他们到了维持会，“满天星”忙叫趴鼻子老软端上茶，拿上烟来。

仇一耳架着个腿，坐在板凳上，抽着烟，喝了口茶，说：“怎么样，上次给你们村要的粮食和木料，都准备好了吗？”

“满天星”瞪着个眼睛说：“哼！粮食叫双桥镇那边来的人，抢到半路上，被土八路打劫下了……”

仇一耳奇怪地说：“哦？他们把粮食运到哪里去啦？”

“粮食——”

没等“满天星”说完，赵有志忙接上说：“他们还不是都运走了，还能给咱们留下？”

“满天星”噘着嘴，连哼了两下。赵有志一看，这个家伙要瞎说啦，便忙解释道：“你看我们会长直着急，脸上还直冒汗，我们花了好大力气，才把粮食凑起来，正准备送呢，怎知道双桥镇的皇军，跑来乱抓鸡，乱抢粮食，刚运出村不远，叫土八路截走了，这可怎么办呢？”

仇一耳说：“唉！怪不得今儿个上午，我们在楼子上，听到这边打枪呢！土八路有多少？从哪儿来的呀？”

“谁知道呢，只听枪声打得紧，谁敢到跟前去呀？”赵有志说。

“满天星”在那里叼着根香烟，拼命地抽，喷出一口一口的浓烟，拧着眉不哼声。

仇一耳说：“早叫你们送，你们总是拖着，再限你们三天，非交齐不可，皇军那里催得紧，说个钉子便是个铁，要不到那个时候，咱们大家都不好瞧！”

“满天星”忙点头哈腰地说：“是的，是的，我们一定照办！”

赵有志倒吸了一口气说：“仇班长，这个村里老百姓实在穷，庄稼还没有收，谁家有多少粮食呀！费了多大劲，闹得娘哭娃喊的，才凑了这么点，你说再要凑——”

“那不行，我交不了差呀！”仇一耳说。

“满天星”站起来说：“有志，我看这样吧，咱们就在三天吧，这是皇军的命令，咱们也不要叫仇班长太为难啊！”

赵有志忙接上说：“是呀，咱们都站的是一个饭碗，谁还不知道谁的难处，我们再慢慢想办法，反正怎么着也得过去！”他又给仇一耳点了根香烟，说：“不过仇班长啊，说实在话，现在老百姓都没啥吃，有粮食吃的，全村也找不出几家来。你说找他们要吧，要命有一条，要粮食没有，咱们也不能把他们逼反了。”他又把声音压低了说：“我说班长，这是咱们哥俩说知心话儿，这青纱帐起来了，可不是闹着玩的，土八路出没无常，你说有吧，又看不见，你说没有吧，不知从哪儿突然钻了出来，逼在眼前，时时刻刻都得小心点！”他用手指比了个八字，说：“这个可是大大的有，连我们晚上睡觉，都提心吊胆的，睡不好，狗一叫，心里就扑通！你说，你们在炮楼子里，那倒好办，天黑了把吊桥一拉，多保险，谁能进去呀？我们在这外边，时时刻刻，都有掉脑袋的危险！”

听他这么一说，仇一耳也不哼声了，自顾在那里抽烟。

“时时刻刻，都有掉脑袋的危险！”这句话就像一把锋利的尖刀，在“满天星”心里刺了一下，使他立刻想起，那天晚上青纱帐里，康忠警告他的话，如果对村里老百姓欺压得太厉害了，自己将会落得什么结果！可是他又想到，皇军那边让他好好干，将来会提升他，地位会更高。今天这事情要叫皇军知道了，还得了吗？照实话说了吧，八路军一定不饶，再者说，这村神槐树下，地下共产党更厉害！他想到这里，长叹了一口气，说：“唉！真作难呀！”

赵有志一听，忙借题发挥，说：“是呀，我们会长真作难！你说这土八路，明着是没有啦，可是暗里多得很哪！夜儿里下把标语，都贴到维持会门口了，上边写的那话儿，吓死人！”

"满天星"说："嘿！可不是！可不是！吓人！"

赵有志说："仇班长，我去拿来你瞧瞧！"说着他就跑到里边一间小屋去了。

他赶紧拿了张纸条，趴在炕沿上，用铅笔写着："快送信给高大龙，让他们在野外，道两旁布置好，打敌人个冷不防！"他抽出墙盒上那块砖，将纸条塞进去，又赶快把砖堵好。

这墙里边是通往地道的口儿，每当敌人一进维持会，里边马上就布置了人，听着外边的动静，如果有什么重要的事情，赵有志马上就可以把消息从这里传到神槐树下，碾盘旁边小杂货铺里的人，一直传到野外高粱地里。

那墙里的人，接到这个纸条，很快从地道里奔往野外，去找队长高大龙了。

赵有志从桌子上，拿了一条标语，匆匆忙忙地走出去，展开给仇一耳看："你们这些汉奸，卖国贼！再敲诈老百姓，毒打老百姓，小心你们的脑袋！"

"咳，他妈的！土八路这么厉害呀！"仇一耳说。

赵有志心里暗暗地说："这么厉害？等会儿还有厉害的，让你瞧瞧！神槐树下的老百姓，不是好欺负的！"他看了看，说："仇班长，你说怎么办呢？这粮食——"

"粮食晚两天送，那木料无论如何今天得送去！"仇一耳说。

"班长，你不知道吗？过去修炮楼的时候，村里像样的树都砍伐了……"赵有志说，"这两搂粗的木料，可到哪里去找呢？"

仇一耳板着面孔，一字一句地说："哼哼，那不行，这是皇军的公事，一点不能含糊！"

赵有志突地站起来说道："对，你说得对！公事就得公办，一点不能含糊！咱们哥俩是一样的脾气！不过，仇班长，你回去后，对浅野公平队长多说几句好话，我们会感谢你的！"

"这木料今天不能送到，也得想个别的办法呀！"

"这还有什么办法呢？"赵有志说。

仇一耳转了转眼珠子，说："什么法？除了死法都是活法嘛！"

赵有志想赶快把他们打发走，在维持会吃顿饭，又是鱼又是肉，还得喝好酒，花钱会更多。于是，便把仇一耳叫到屋里去。他忙从腰里摸出五千联合票，悄悄地塞到仇一耳袖筒里说："仇班长，小意思，给弟兄们置盒烟抽吧！老实说，实在太困难了，心有余而力不足，要不然的话，多给弟兄们弄点，也算不了什么。"他又凑到他的耳边，手里撇了个八字，小声说："昨天晚上天一黑，这个就来啦，来了好几百号人，你说不给他们闹点行吗？我和牛会长两面为难啊！"

赵有志故意说昨天晚上有几百号八路来，吓唬仇一耳，好让他们快点走。

果然有效，仇一耳听了，忙摸了摸那一只耳朵，脸色都变啦。

"班长，你看，天眼看着就快黑啦，说不定一会儿又……"

仇一耳心里打鼓，不敢久留，快步走到院里，带着他的人骑上自行车，便朝村外奔去了。

趴鼻子老软把这些事都看在眼里，摸了摸趴鼻子，心里想："要木料，要木料，装得真像，结果呢，给袖筒里塞了几个钱，就把木料带走了！"他自言自语地说道："哎哟——好大的袖筒啊！那么多大木料都带走啦！"

其他伪军还在闷葫芦里，来要粮食要木料，可什么也没有捞到，白跑！仇一耳心里可毛着呢，只怕有八路出现，两只眼睛好像不够用似的，东张西望，有只小鸟儿飞过，他都吓得一晃脑袋。当骑到高粱地跟前的时候，在前边把车子拼命蹬得飞快。他想从小道上，很快地绕到公路上去，那儿路面宽阔，土八路不好埋伏。可是还没有骑到公路上，高粱地里就"当！当！"响了几枪，把中间一个伪军打倒了。后边的几辆自行车子，都哐哐地碰在了一起垛了起来，连人带车全倒在地上。

仇一耳和前边那几个伪军，听到后边的枪声，更吓毛了，飞也似的蹬着自行车逃跑了。

这时，高大龙和白雪莲，还有永池、小青、小虎等十来个民兵，从高粱地里嗖嗖地钻出来，喊道："不准动！""不准动！"一个伪军刚一爬起来，就被王老虎"当！"一枪给打倒了。第二个伪军又想爬起来逃跑，白雪莲一枪又把他打倒。第三个呢，吓得尿了一裤裆，再也跑不动了，趴着举起了枪。

他们走到跟前，先收了枪，那个尿裤裆的伪军，吓得跪在地上直磕头，连声叫着："八路爷！我我我……"没等他说完话，高大龙便吼着："站起来！以后你们再到村里来，敲诈和杀害老百姓，一个也不放你回去！"

"当！"永池对伪军开了一枪。

"这不是对牛弹琴嘛。这些不要脸的汉奸，对失去人味的东西讲什么理！一个好玩意儿也没有！"

高大龙说："永池，你看你！不该这样干，对伪军进行教育，我们要做争取瓦解敌人的工作，放了他对我们瓦解敌人有利，干吗非打死他不可？"

"对了，对了，争取瓦解敌人这一条，我忘了！"永池红着脸说。

"区委书记康忠不是对我们讲过几次吗？有些伪军我们得争取，不能随便打死。以后千万不能这样干，争取伪军，瓦解敌人，这是我们党的政策！"高大龙说着带领大家，又回到高粱地里去了。

第十二章 神树传说

经过区委会研究，要充实壮大区小队的力量，决定调大冉庄村民兵队长高大龙，到区小队担任队长，同时刘全福、杜小青、王老虎、李永池等也到区小队上来。区委还决定，大田村的白雪莲到区里担任妇会主任。

日子过了不久，青纱帐砍倒了，平原上又是没有一点遮挡，一眼看出很远很远，鬼子又开始了他的大扫荡。

敌人这次秋后的扫荡，就是想要实行所谓的“囚笼政策”。这是很狠毒的一手，就是广修封锁沟、封锁墙，到处建立碉堡。又大修公路和铁路，幻想着以铁路为主，公路为辅，碉堡为锁，将冀中平原分隔成许多小块，然后，再来一块一块地进行“清乡”，反复扫荡，最后把我们的抗日力量一网打尽，变成他的确保区。

因此，每个村庄又陷入了非常混乱的状态。敌人为了修碉堡，拉吊桥，今天要砖，明天要木料，村里的人们，每天都被逼着在弄木料，拆墙上的砖，用大车给敌运送。开始时是锯榆树，等人们把榆树都锯光了，还是不够用，接着又锯杨树、柳树，杨树、柳树锯光了，只剩下一些梨树啦，杏树啦，桃树啦，大红枣树……这些果树，经过多年精心培养，花费了多少精力，多少心血啊，是人们最心爱最舍不得的！但被敌人用枪逼得没有办法，人们含着眼泪也得锯下来。有的人说：“我这片梨树园的大鸭梨，驰名北京城、天津卫，从我老爷爷那一辈起，一直辛辛苦苦养到现在，谁看到不流口水啊！四代人花了多少心血呀！今天就全要砍光了，我操他个八辈儿祖奶奶的，这是他妈的什么鬼年月哟！”

有的老年人说：“我家这片水蜜桃儿，年代可久远啦……”

“老大爷，听说你家的桃儿，还向皇帝进过贡呢……”

“是呀，听我老爷爷讲，”老人来劲儿了，“清朝乾隆皇帝，喜欢到全国各地巡察民情，了解百姓生活，喜欢得到第一手材料，上朝时大臣想欺骗，他就当场说破。有次他到云南巡察民情回来时，路过这里，走到咱村那棵古槐神树下边，让随行人停了下来，说又累又渴。村里人们见乾隆皇帝来了，便急忙洒水净街，铺上黄土，热烈欢迎。村里早派人到我家桃园，选择了最好的大桃儿，送到神槐树下，乾隆一看，非常喜欢，忙拿起个儿最大的桃儿，也不擦洗，用手掰开，核儿上很干净，不粘核儿，乾隆很奇怪，左瞧右看，是头一次见到这种桃儿。咬一口，蜜水就往嘴里流，像蜂蜜一样甜，甜得乾隆皇帝连连点头，他说：‘这样清甜味美，可称天下第一桃。皇帝是金口玉言，封我家这片桃园为‘天下第一桃园’。”

有人对老人讲述的桃园故事很感兴趣，便又问道：“乾隆皇帝还说什么话来？”

老人更来劲儿了，挺挺胸脯说道：“乾隆皇帝一连吃了三个大水蜜桃儿，肚子鼓绷绷，坐在神槐树下，一张大藤上，觉着又凉爽又舒服，比在皇宫里自由得多，痛快得多，头慢慢仰在藤枕上，眯眯着眼儿。这时，神槐树上空，突然出现条神龙，围神树帽儿，旋转飞舞，人们又喜欢又惊奇地看着。从树上吹下来的微风，轻轻扫过乾隆的脸儿，乾隆觉着全身的疲倦，完全消逝了，他忽地站起来，天空那条神龙也不见了。他抬头看着高大而又茂盛的神树帽儿，双手摸摸粗壮的树身，问道：‘这槐树，是何人所栽？’旁边一位白发老人说：圣上，这树究竟是何人所栽，谁也说不清楚。听老人们传说，明代永乐初年，明成祖朱棣强迫山西居民移居河北平原，移民局设在洪洞广济寺那棵大神槐树下，移民穷家难舍，故土难离，可不走又不行，官家有命令啊！于是，有人夜里悄悄地挖棵小神槐树，带到河北平原，将槐树栽活于此地。乾隆皇帝听了神槐树的传说，非常高兴，连连点头称赞说明朝朱棣做得对。人口密集的地方，人多地少，生活很困难，移民到宽广的大平原地区，开荒种地，广栽树木，百姓日子就好过了，很英明嘛！乾隆皇帝再看看高大的古槐树说：‘可称古槐神树。要好好保护它，如有破坏者，轻者可问罪入狱，重者定斩不赦！’众人点头连声说，遵旨遵旨。乾隆皇帝又说：‘所有森林树木都要保护好，才能保护水土，遮挡住风沙袭击，百姓才能富足，过上好日子！’”

砍树老人停了一会儿，又说这片桃林，每年桃儿熟了，先选最好的送进北京城，给皇帝进贡。后来传说，还给慈禧进过贡呢。那个老太婆嘴可馋啦，老是吃不够，还派宫中公公，到神槐树下来等着，叫人摘桃儿亲自拉运回京城。

砍树人们听完老人讲述的故事，都气坏了，愤怒地说：“祖上传下来的蜜桃园，今天要砍掉了！别看东洋强盗这么折腾，常言说：‘糟得紧死得快！’树砍了再长出来，人只要还有口气，就和小日本鬼子干到底！”

树木砍得快差不多了，田野里留下来的小枯松，看起来就像一块块钉板似的。

唯有那片水蜜桃园，按照区妇会主任——白雪莲的主意，有计划地把树帽儿剪掉，留下树骨架子，远看像片枯树杈，一点不显眼儿，再给伪军的头目多买几条好烟，打发打发，把伪军和鬼子哄过去。这样一来，就保住祖上遗传下来的有名的水蜜桃果园了。

敌人要砖更是逼得人没有办法，就是用砖窑烧砖也赶不上。有人把鸡窝拆了，把猪圈拆了送去，有人把院墙拆了送去，敌人还要，只好扒房檐条，简直把村里弄了个破破烂烂。

这还不算，提起挖封锁沟，那可真是要命，每天鬼子和伪军，赶着村里人们掘土、扔土。这封锁沟有大有小，大的是沿路两旁挖，公路通到哪里，就挖到哪里。沟身挖两丈宽，一丈深，土从沟下边扔上来，多费力气多么难呀！小的哩，是沿着村边挖一圈，这叫护村沟，沟身也有一丈宽，五尺深。最难的是挖护楼沟，沟身四丈多宽，一丈五尺深，再向下挖就要出水。这么大的动土工程，都要人们一镐一镐地挖，一锹一锹地丢上去。敌人用刺刀逼着，谁敢不挖呀？

在这种情况下，人们把庄稼都耽误了，没啥吃的东西，带着糠窝窝菜团子，也得撑着给敌人干。有的人因为肚子吃不饱，挖着挖着，实在撑不住了，眼一发黑，腿一软就倒在沟里。

敌人就这样，把冀中平原的土地，弄得像被魔掌撕破了似的，东一块西一块，破破碎碎的。一串一串的岗楼，一条一条的封锁沟，横三竖四地穿在一起，就像人们说的：抬头见岗楼，迈步登公路。

人们看着自己的田野，祖国的土地，美丽富饶的大好河山，被敌人这样蹂躏、糟蹋着，谁能不气愤呢?

人们就在这种悲痛苦闷中，挣扎着，斗争着!

人们知道，更清醒地认识到，我们的大部队为了保存有生力量，更有力地打击敌人，消灭敌人，暂时转移到山区休整，以利再战，他们会很快打回来的。当听到旁人，用手指比着八字说："嘿！咱们村里夜儿黑下，有这个来啦，有好几百号人呢！"人们心里是多么痛快，多么高兴啊！这就像在黑夜里，看见了一线火光似的，它给人以希望，给人以安慰，给人以斗争的勇气和力量!

敌人修公路、铁路，都逼着老百姓去干，你说人们哪能受得了哇！不拿起武器和敌人拼干，那才怪哩!

敌人实行"囚笼政策"以后，在村里进一步建立他的下层组织——伪青年团。建立伪青年团，是为了把青年抓到他们手里，替他们放哨站岗，村里有生人来就捆起来，送到岗楼里去。村里有八路军和民兵活动，就到楼上去报告。更主要的是，把青年组织起来，进行所谓的军事训练，作为鬼子的后备力量，随时可以抽调，补充鬼子兵力的不足。

开始时青年们谁也不干，后来敌人常到村里闹得厉害，没有办法，村里便提个名单来应付应付敌人。有人说："村里让咱干可以，为了不受更大损失，乡亲们别拿我当汉奸看，我是被迫无奈。"也有人这样说："挂个名就挂个名，反正明里是给敌人干伪青年团，暗地里和区上联系着，得了敌人的情况，报告给区小队队长高大龙，合着来搞鬼子，利用合法和武装斗争相结合，这种办法抗日更妙呀！"一个小青年摸着下嘴巴说："我看呀，伪青年团的事，等高大龙来了，好好合计一下再说吧！这是件大事。"小青年抬头一看，又说："你们瞧，高队长来了！"

高大龙快步走到跟前说："小秋，在老远就看见你了。"接着他把敌人搞伪青年团的阴谋，对他们说了一遍。他还把大冉庄伪青年团的名单看了一下，特别把小秋布置在里边当了团长。在这村安排好以后，他又到别的村去了。

这天下午，白雪莲到大冉庄来了，她到赵有志家里，找到了兰香。

兰香笑着说："主任呀，怎么有好些天不见你到咱村来？快坐吧！"

白雪莲也笑了："你这个调皮的闺女，什么主任长，主任短的，咱们是姐妹……"

兰香偏着个脑袋，笑着，闹着。

"嗨，你是区妇会主任，不叫主任，你叫我叫你什么呀？"

"甭叫主任，还是叫我姐姐好，咱们本来就是姐妹相称嘛！"

"好好好。"兰香走上去拉住她的手说，"雪莲姐，快坐下，吃过饭了没有？"

"没有呢。"雪莲说，"天还早着呢，等会儿再说吧！赵大叔上哪儿去啦？"

兰香说："咳，现在鬼子闹腾得这么凶，整开价要砖，锯树，要民夫，成立伪青年团……"她掰着手指头，"这个，那个，鬼名堂多着呢！我爹整天在维持会里，一会儿去那儿，一会儿又到这儿。敌人来了还得应付，和"满天星"明里斗暗里斗，忙得他连吃饭的工夫都没有。"

白雪莲点点头说："嗯，哪个村里都是这样。"

"哎，雪莲姐，我还忘了问你，咱们队长在哪？你俩常见面吗？"

雪莲说："看你这个调皮的家伙，工作这个忙劲儿，哪顾得上啊？再说他不一定在哪个村里住呀？今天到这儿，明天到那儿，我要去找他，耽误了工作，不叫人家笑话？"

"哟，你怕人家笑话？自个儿是区妇会主任，领导妇女打鬼子除汉奸，领导妇女求解放，争平等和男人平起平坐，你在会上讲过几次，妇女求解放，很重要的一项，就是打碎封建枷锁……"

"枷锁什么样？"雪莲打断她的话说。

兰香想了一会儿说："套在妇女头上，不对，套在脖子上的枷锁，看不见，摸不着，反正旧社会的包办婚姻，害苦了不少男女！"

白雪莲说："兰香，你这片嘴皮子练出来了，讲得不错，打有人类以来就有了爱情，没有爱情就没有美好生活，这是天经地义的事，但话又说回来，不论什么时候，都要把工作放在头位，打鬼子是头等大事，你说对吗？"

"当然对啦！雪莲姐，你和咱们区小队长，先相好一同打鬼子，劲头更足，给咱们抗日根据地，做出个样子让大家看看，和老年间的婚姻有多么不同！"

“兰香，你少说我和大龙哥……”

“雪莲姐，你和高队长在那片蜜桃园里，边走边说笑，那股亲热劲儿，肩膀挨得那么近，比水蜜桃汁更甜，我全看见……”

雪莲打断她的话说：“我和高队长，在蜜桃林里，商量如何应付敌人，保留下那片祖宗遗传下来的蜜桃园，让后人们来食用咱们这儿最好的特产。”

“对呀，打鬼子保护蜜桃园，是第一位的，可你俩挨得那么近……”兰香瞟雪莲一眼说，“我看那是抗日和恋爱同时进行，雪莲姐，你说对吗？所以我说，让你们做出个样子，既坚决打鬼子，可以献出自己的生命，把日寇赶出中国去！又不忘爱情，有爱情打鬼子的劲头更足！你说说，这理儿对不对？”

“兰香，这么说，你有相好的啦？”

“没有，我年岁还小，再找也找不到像高队长那样帅气又壮实且文武双全的美男子哟！你说是吧？”

“你这个闺女真可气！”雪莲赶着就打兰香，“我撕破你的嘴皮子！”兰香围着桌子转，连说带闹。

这时，门吱呀一声被推开了，赵有志走进来。

“什么事啊，你们这么热闹？”

两个闺女谁也不哼声，把头扭到一边去了。

赵有志又问：“雪莲，你什么时候来的呀？”

“我刚来一会儿。”雪莲说，“咱们村里这几天，情况怎么样？”

赵有志说：“咳，可把人们给制苦啦，鬼子整天要木料，要民夫，这一闹腾，咱们挖地道的事，可就耽误大了，大家累上一天，你说黑下挖谁还有劲呀？不挖吧，咱们这儿坚持工作怎么办？真是弄得人顾了这顾不了那。不过，你和小队长出了个好主意，把祖上留下的神槐树保护下了，宝贵的水蜜桃园也保护下了。村里人们伸出大拇指，称赞你们，保护下这两处传家宝，真了不起！”

雪莲说：“桃园和神树暂时先不说。咱们得想办法和鬼子斗争，在新的形势下，想新办法，你看这样好不好，男子白天去应付敌人挖沟，晚上咱们组织妇女挖洞，兰香，你看咱们村里能不能这样做？”

“雪莲姐，咱们是半边天嘛！男子能干的事儿，女的都能干！我看没有问题。”兰香信心十足地说：“我家这个洞，就是我和东邻家玉女合着挖的。明天咱们召集一些妇女里头的骨干分子，开个秘密会，好好发动一下，你在会上再给大家打打气！”

“好吧！”雪莲说，“兰香，你这口才越来越好，我打气，你给大家鼓鼓劲！”

“雪莲姐，我这点本领，都是跟你学习的呀！”

赵有志看着这两个闺女，劲头那么大，心里很是高兴。他把锅子烟点着了，吸了一口，说：“今儿个黑下召集伪青年团员，在我家开个会，雪莲，你来得正好，你和大家拉拉，怎样应付敌人，怎样和咱们区上联系，定什么暗号，高队长把小秋安排在伪青年团里，还当团长，这孩子很能干，又能团结人……”

白雪莲答应了参加晚上的会议。

吃罢晚饭，伪青年团员们陆陆续续地都来了。他们正要开会，忽听院门外有咚咚咚的敲门声。

大家急忙到院里去，很警惕地听着。

只听外面的声音：“开门吧！我们是八路军，刚从山里开回平原来，路过你们这儿，又累又渴又饿，打算找点吃喝，老大伯，咱们都是一家人，快开门吧！”

有的人一听，心里挺乐，忙说：“是咱们的大部队回来了，开门吧！”说着就要去开门，雪莲忙拉住他小声说：“别忙，别忙！现在敌人的诡计多着呢，经常假装八路军，试探老百姓，好多人上当，吃了大亏！咱们仔细看看，再开门不迟！”

她忙搬了个凳子，放在院墙跟前，站上去，趴在墙头上，乘月色偷偷向外一看，哎呀！我的天哪！果然不错，就是敌人！

外边依然在喊着：“快开门！快开门！我们都饿了！”

雪莲忙扭过头来，朝大家摆了摆手，跳下凳子，悄声说：“是敌人！是敌人！”

“啊！那怎么办呢？”大家都紧张起来。

雪莲把大家的脑袋拢在了一起，小声叽咕了几句，便到旁边拾了几块半截砖头，然后站到凳子上去。只听赵有志在里边大声喊着：“看砖头！”

雪莲在墙头上，暗视着敌人的脑袋，随着赵有志的喊声，嗖地一下，把砖头狠狠地摽了过去，只听“咣啷！”一声响，打在了一个鬼子的钢盔上，接着又是一砖头，打在一个伪军的光头上。

外边“哎哟！”叫了一声，伪军头上直流血，捂着光头哭叫着。

赵有志在院里又接着喊：“八路！你们快点走，眼睛放亮一点，我们村里住着皇军呢，我们报告了，一会儿叫你们一个一个都跑不脱！”

“打！”

“狠狠地打！”

“我们这儿是爱护林，皇军的天下，哪能容八路军进来，狠狠地打……”

小秋是伪青年团长，他可来劲了，引导着那伙子小青年们，你一砖，我一瓦，像下雹子似的，向院墙外打了过去。

这时外边的敌人可急啦，东躲西闪，大声喊着：“不要打！不要打！我们是皇军，不是八路！”

“我们打的是八路！”小秋高声说。

这时雪莲和兰香跑进屋里，快速钻进地洞里去了。

赵有志还是故意大声喊着：“小秋，不要上了八路的当，再打！把他们赶走！”

那些青年们，又是一阵乱砖头打了过去。

外边的敌人，都吓得溜到墙根去，防止挨砖头。一个伪军喊着：“我们真不是八路！”

赵有志是故意拖延时间，朝外边喊着：“我们不相信你们是皇军，一定是八路，想来骗开我们的院门，我们还要打！”接着砖头瓦片又向外抛开了。

赵有志又喊道：“小秋，快上房去打锣，叫皇军来包围他们，一个也不叫跑掉！”

外边日本鬼子哇啦哇啦地怪叫着。一个叫朱光完的伪军班长，也在外边说开了。

“赵会长，快开门吧！我们是黑风口据点，浅野公平队长手下的人，你连我的声音都听不出来吗？我是朱光完！”

赵有志稍沉，才把院门拉开，二十几个敌人走了进来，那个光头伪军还是捂着脑袋，不住哎哟哎哟地叫着。

赵有志忙说："哎呀！实在对不住得很！不知道是太君驾临，请多多原谅，我上当上怕啦！"他鞠了个躬，让鬼子到屋里去坐。

赵有志指着小秋他们说："这些都是咱们的人，今天晚上来开会，商量给太君站岗放哨的事情。小秋，你们快搬凳子来！"

那些青年们搬来凳子，让鬼子和伪军坐下。

鬼子的一个班长，撅着大拇指摇了摇，说着不大熟练的中国话："赵会长，你的大大的好，忠实于皇军的干活！有功的！"他的两只手拍着赵有志的肩膀，仰面哈哈大笑起来。

那个挨砖头的光头伪军，自顾捂着脑袋，在那里哼唧哼唧地出长气："今天真他妈的倒霉，偏偏打在老子的头上……"

敌人走了以后，他们的会又继续开起来，白雪莲给他们定了打更暗号，村里有敌人，梆必须连打三下，咱们工作人员就知道了。还告诉他们，要特别注意保护我们的秘密地道。对敌人报假情况，虚虚实实，真真假假，东东西西，南南北北，总之，千方百计迷弄敌人，像今天这样干，敌人上当挨了揍，还夸咱们有功。

第二天，雪莲和兰香召开了妇女积极分子会，动员妇女起到积极的作用，男人出去当民夫，妇女在村里加紧开展地道，和敌人的"囚笼政策"，作坚决的斗争。

散会了，人们走出赵家大门。

屋里只剩下雪莲、兰香和赵有志。

赵有志拿起旱烟袋，挖一锅子烟点着，狠狠地吸着，一时不说话，他在思索着什么事儿。

白雪莲看了他两眼，暗暗点头，说："大叔，我知道你在想什么……"

"你知道？我想什么？"

"和咱们区上商量的事儿差不多，这村要特别注意，保护那棵神槐树，神树的传说，全区人民都知道，它是咱们的传家宝，从古至今，神树上的那口钟都在鼓舞着人们；还有那片水蜜桃园，也要保护它啊！你说对吗？"

"是呀！神树远近闻名，人人都知道咱村有两件宝——神槐树和蜜桃园，我最揪心的就是，祖上传留下来的神槐树……"

兰香打断他的话说："爹，你心里千万要有数儿，坏事就出在坏人身上，我看最要紧的是高度注意村里坏人的动向，坏人最了解村里的事！”

“兰香真是个好闺女，心里路数真不少，说得很对，堡垒最怕从内部攻破，常说家贼难防，就是这个道理，所以我们要严防家贼！特别注意村里坏家伙的动静！”雪莲又说，“大叔，你肩上的担子，越来越重啊！”

赵有志在鞋底上磕掉烟灰，说：“雪莲，我脑子里思索最多的，是保护神槐树和树上吊着的那口古老的大钟，那钟声一响，是村里人们的灵气啊！远近几里地以内的人们听到，都有灵气！”

“大叔，那口古钟藏好啦？”

“藏好啦，眼下环境不允许，等环境好一点了，需要的时候，再把大钟悬吊在神槐树上。”赵有志想了下，说：“雪莲，你回去和康忠，还有小队长高大龙，好好商量商量，神槐树下，那儿是地道中心，如何挖好，将全村火力网布置好，从而更有力地打击敌人，这可是个大工程啊！”

雪莲说：“赵大叔，你想得真周到，我回去就和康忠、大龙他们商量，把你的意见，全盘端给他们！”

“将来在那儿和敌人打仗，地形有利，也是指挥中心啊！”

“大叔，关于全村地道网形成、地道作战指挥中心，再和康书记，还有高大龙合计合计，因为到别处参观过，他们有经验，根据地道需要，咱们会设计的。利用地道，神出鬼没，狠狠地打击敌人！”

“爹！你瞧，雪莲姐像水蜜桃儿一样，谁看见谁喜欢她，说得多来劲儿，一提到大龙哥，她就更神气十足……”

“兰香，这是谈正事，别把话扯远了。”雪莲推了她一下。

白雪莲离开赵家，到别的村庄去了。

第十三章
关公像前

话说敌人实行“囚笼政策”以后，到处分块进行“清乡”扫荡，到村里闹得挺凶。进村后先到各家各户搜查抗日干部、小股活动的游击队员，然后，到维持会大吃大喝一顿。

这天晚上，高大龙和康忠，还有二十来个队员，到小陈村去检查挖地道工作，了解敌人最近到村里来活动的情况。

小陈村离双桥镇据点只有四里多地。他们晚上召集地下干部开罢会，各人都分散到自己的“堡垒户”家里去歇宿，这样可以安全些。

这个村里有个周大娘，今年五十多岁了，她只守着一个儿子，名叫周永刚。大娘虽然那么大年岁啦，但对于抗日工作蛮热心，蛮积极的。永刚呢，在村农会里也是个积极骨干分子。他父亲周老大，过去和高大龙的父亲，为了不受国民党和地主老财的压榨，曾经领导农民，闹过高蠡暴动，打土豪分田地。保定府派出国民党军队进行镇压，搜捕永刚父亲和高大龙的父亲，这儿不能停留，他们跑到天津卫去躲藏，不久也被发现了，结果都被杀害，只丢下他母子二人。

“五一大扫荡”以后，敌人到处搜捉抗日干部，活动很是困难。谁能保证今天不出事，明天不出事呀！谁能保证有人被抓住，都经得住考验呢？因此，每个区干部，在各村里都有可靠的“堡垒户”，要不这样做，就很难存在。康忠在小陈村的“堡垒户”，就是周大娘家。

这天黑下，他便歇在她的家里。

第二天早晨，老康在炕上还没有起来，周大娘就轻轻地给他把饭做好了，玉米面饼，炒的青菜，还有一盘白菜。

大娘把他轻轻摇醒来，说："瞅你累成这个样子，不早啦，起来吃饭吧！"

永刚忙端过洗脸水来，老康一看，急忙跳下炕来："哎呀！起晚了，起晚了！"

他又忙对永刚说："哎，我自己来！永刚，怎么这样客气呢？"

"洗吧！快洗吧，洗完好吃饭。"永刚说着，把盆放在他的面前。

老康洗着脸，见永刚端着一"燕窝"玉米面饼，一碟子炒青菜和一碟子炒白菜，放在炕桌上了。他忙把脸抹了两把，用毛巾擦了擦，急忙走过去。

他仔细一瞧，说："大娘，这饼里掺这么多白面啊！"

"光烙白面饼你不吃，我才掺了点玉米面。"

"随便吃点什么就得啦！还是放着你老人家吃吧！把那玉米面窝窝头给我，窝窝头咽着顺当。"

"咳！"大娘拦住说，"已经烙了你就吃吧！还有这把白面呢，要不就得让你啃窝窝头，留下叫鬼子翻去，还不胜给你们吃了呢！你们黑夜白天地到处奔跑，把脑袋掖在裤腰里，死里来，活里去，为了打鬼子，为了老百姓，为了咱们的国家，担这么大风险，让你们吃点也是应该啊！你吃了大娘心里才痛快。"

老康说："不不不，大娘，还是拿窝窝头来吧！我吃着顺当，下去得快嘛！"说着就把"燕窝"端起来，要到锅台去拿窝窝头。

永刚和大娘忙上来拦住："你快坐下！"

"老康，你甭这样，就吃烙饼吧！那窝窝头是凉的，娘已经烙好了，咱们就吃吧！"永刚说。

"永刚，还是放着让老人家吃吧！老人需要补养，咱们年轻人身子骨好，吃什么都行。"

周大娘硬把"燕窝"夺过来又放在炕桌上。永刚把老康推到炕沿上坐下来，说："快吃吧！快吃吧！老打呱什么？"

周大娘故意绷绷嘴说："你要不吃，我可就生气啦。你看这又不是外人，你常住家里，说是亲戚谁也没的说，你说对吧？"

周大娘这些话，使老康再没说什么，推辞不过，这才拿起了烙饼，说："大娘，来，咱们都吃！"

大娘说："你打黑下还没吃饭呢，早饿得前心贴后背啦，快吃吧！我刚才烙饼的时候，就揪了两块吃过了，快吃吧，过一会儿就凉啦！"

屋里迎门的墙壁上有一个神龛，里边挂着一轴关老爷神像。神龛前边的半八仙桌上放有香炉、蜡台，墙根前放着一辆纺车。大娘说着就忙坐在那里，转悠着嗡嗡地纺起线来。

老康吃罢饭，坐在炕桌旁边，掏出小笔记本和绿杆自来水笔，在本上画着全区地道发展规划，他特别和大龙商量过，大冉庄神槐树下，中心地道网络，是全区发展的重点，他画得分外周到；然后，按照分区和县委的指示，根据本区实际情况，书写着如何利用合法斗争和武装斗争相结合的斗争方法，利用伪组织——维持会和敌人面对面斗争，粉碎敌人的"囚笼政策"，保护群众的生命财产。

这时，全福和小青很快从大门外闪进院，直奔北屋找老康来了。他们一进屋，大娘和老康，还有永刚忙招呼着，问他们吃过饭了没有，他们都说："吃过了，吃过了，而且吃得很不错呢，今天肚子很饱。"

小青总是比别人事儿多，走到神龛跟前，看了看笑着说："大娘，现在被敌人占了，过去咱们这儿是老解放区，人们思想开化多了，你怎么还这样迷信，供着关老爷像呀？他虽有青龙偃月宝刀，能杀鬼子吗？"

周大娘笑了笑，说："你不知道，说书先生说过，老年间关公过五关斩六将，古城之下斩蔡阳，这是老人们都知道呀！他是保国的英雄，所以人们喜欢他，供奉他啊！"说着就到门外给他们嘹哨去了。

全福掏出小烟袋来，挖上一锅烟点着，吱吱地吸着。老康问他们大龙怎么没有来。全福抽出烟嘴，说："我刚来的时候，队长还没有吃饭，正和村长在谈秘密挖地道的事情。村长说，西头的地道要从小兔儿家里通过去，小兔儿不让，怕把房子弄塌了，村长叫大龙去商量事情，做做小兔儿的工作……"

永刚越听越有气，忙插嘴说："你甭提小兔子啦，那家伙的底细我知道，什么怕把房子弄塌了，没有那回事，那家伙是个胆小鬼，怕事！树叶儿掉下来都怕砸个大窟窿！"

老康说："眼下环境这么残酷，小兔胆子小，怕把房子弄塌了，这是可以理解的，得慢慢进行教育，容他思想转转弯嘛！不能强迫，挖地道是大家的事。”

全福把烟锅在鞋上扣了两下，一团烟灰散落在地上，他把烟袋又装在口袋里，哼了两下，才说：“对呀，挖地道打鬼子是大家的事，众人动手干吗！可这人谁也不是生下来就胆子大，胆子也是练出来的呀！小兔这名儿起的就和小兔子一样胆子小，他会慢慢胆大起来。永刚，你说对吗？”

没等永刚搭话儿，小青先插嘴说：“呵！全福说的这堆话，挺合乎你的身份，说得好哇！全福进步真是一日千里，我得向你学习哟！”小青翘起嘴皮儿又说：“全福在村里刚参加民兵时，也和小兔一样，枪一响两条腿开颤，现在不了，打起仗来又沉着又勇敢！”

全福嘿嘿几声，没言语，蹲在了一边。

这时周大娘慌慌张张跑进来，着急地说：“快！快！不好啦！”

“什么事？”大家吃了一惊。

“双桥镇的敌人，到咱们村里来搜查啦！”

“老康，这怎么办哪？”

“敌人许是有目的而来！”

全福动作很快，一下就把枪顶上了子弹：“我看咱们赶快冲出去吧！”

“对！钻空子冲出去！”

老康忙用手按了按大家，说：“先别慌！大娘，你看见来了多少敌人？”

“哎呀，一大串子，好几十个呢，我也没看清楚，就来报告啦。你们赶快钻洞吧！”大娘急得跟什么似的说，“可不能让敌人发现喽！”

永刚忙把纺车挪开，走到神龛跟前，卷起那轴关公像，然后推开木板上镶砖又抹泥的洞门，说：“快！快下去，这儿敌人是不会发现的，这是神龛！”

“有关老爷保护，敌人有眼也看不见！”周大娘忙插话说。

老康考虑片刻，说：“大娘，这个死洞只通到院中的山药窑里，看样子敌人许是有目标而来，这洞被发现了，很不好对付，还是冲出去吧！”

周大娘急啦，忙说：“可不行！可不行！今天敌人来得快呀！正在大街上折腾！”她又把声音压低了说：“老康，已经迟啦，大白天怎么好向外冲啊！一出去正好撞上敌人，他们人多枪炮也多啊，那不是更危险！快进洞去！”

周永刚忙对准老康的耳朵，小声说了些什么，老康点了点头。

周大娘说：“永刚，快到门口去看着点，敌人来了，你就用力咳嗽一声。”

永刚忙到门口去了。

老康他们迅速地一个一个都下洞去了，周大娘关好洞口，再把关老爷神像放下来，香炉里点燃一把高香，香烟满屋缭绕，香炉阵阵喷香。她把纺车放好，又嗡嗡嗡地纺起线来。边纺线边想：康忠和大龙，还有小青和全福他们，都是平原上的火种啊！只有他们在敌人心脏里绞火。可鬼子千方百计搜抓他们，想扑灭这些火苗苗，可我就保住这些火种，等大部队从山里打回来，把炮楼子里的鬼子汉奸，都用大火烧死！可她又一想，万一敌人闯进屋里来，乱翻腾发现了洞口，那就不好办了。她停住了纺线，咳，咳……这可怎么办呢？敌人越来越鬼，花招也越来越多了，再加上有内奸告密，那就不好对付了……她再纺不下去了，忙站起来走到院里瞧看。

她听到街上敌人大声地吆喝着：

“抓住他，不能让他跑掉，去给土八路报信！”

“到各家去搜！高大龙，康忠两个区头子，都到这村里来了！”

“还有几个区小队队员也来了！”

一个鬼子的小头目，手按战刀说：“要统统的抓到，一个也不能跑掉的！”

“看他们能飞上天去！”一个伪军班长说，“得到可靠情报，高大龙和康忠还藏在村里！”

“我的天哪！敌人果真发现了区上的人，该怎么办？……”周大娘正想着，忽听敌人吆喝着：“到那边去搜，也许就藏在周婆子家里！”周大娘心里“咯噔”一下几乎晕倒，周永刚忙扶住了她，说：“娘，不要着急，大门关上了。敌人到哪村查户口，都是这样瞎咋呼，胆小的人就容易上当吃亏……”

“刚儿，今天和往日不同，敌人来得快又多，还吆喝着这村里有大龙和康忠他们。”她打断儿子的话，说着抢来一大沓子金钱纸，在神龛前划根洋火燃烧起来，并面对神龛跪在一个大蒲草墩子上，先说：“刚儿，今儿个要千万小心，王麻子又来了！”然后双手捧起，嘴里嘟念着什么暗语。

这时，只听哐当一声响，大门被踢开了，呼啦啦几个伪军和几个鬼子闯了进来。

双桥镇的敌人来小陈村，打着查户口的幌子，实际上是来搜抓抗日干部和区小队员。伪军班长姓王，个子不高但很敦实，由于脸上的麻子连成片，所以人们去掉王字，官号称他麻班长。他坑害人的坏心眼儿比他脸上的麻子还多，所以人们心里恨他，背地骂他比日本的东洋大狗还坏。他一进门就喝唬着：“大白天关着门干什么？！”

永刚说：“麻班长，怕村里的野狗进来伤人。”

“你们在捣什么鬼？”

“一个穷苦人家，能有什么鬼。”

“有穷鬼！”王麻子手晃皮鞭，向屋里一瞧说，“臭老婆子在干什么？！”

“我娘在为你们求神念佛。”

“为我们求神念佛？！”王麻子斜眼瞧着周永刚说，“区小队长高大龙，区委书记康忠，还有几个区小队员，躲藏在小陈村，是在为他们求神念佛，让老天爷保佑他们，不叫皇军逮住吧？！真是笑话！哈哈哈……”

周大娘在屋里听到王麻子的话，心里直敲鼓，坏东西们莫非要进屋来闹腾？她再添上几张金钱纸，火苗儿又燃烧起来。她捧着双手，嘴里嘟嘟囔囔有声，但谁也听不清楚她嘟念的什么语言。

日军小队长桥本三太郎，中等个子，留有一字胡，和黑风口据点的日军中队长浅野公平是同乡，在同一个军官学校毕业，他比浅野公平小两岁，两人前后来到中国，参加侵华战争。他带几个日军士兵，来到北房门跟前，探头向屋里一瞧，一股股烟雾由屋里向外喷冒，呛了一家伙，他忙缩回头，指着周大娘说：“她什么的干活？”

王麻子忙说：“太君，臭老婆子烧香念佛。”

周永刚忍着气，向桥本三太郎鞠个躬说：“太君，我娘为皇军祈祷，求神保佑平安，不吃八路的子弹……”

“现在是皇军的天下，太君就是天神！”王麻子狗仗人势地说，“皇军能有什么灾难……”

“麻班长，人常说：天有不测风云……”

"混蛋，胡说！"王麻子捅了永刚一拳，"甭要这一套来骗傻子。区干部藏在哪？！高大龙藏在哪？"

周永刚摇摇头没哼声。

桥本三太郎走到跟前，看了看周永刚，然后对王麻子说："屋里的搜查！"

王麻子听了主子的话，皮鞭一挥，对伪军大声说道："快去屋里搜查！"

几个伪军走进去，屋里又是烟雾又是纸灰尘，呛得伪军个个咳嗽、喘气，又流眼泪又流鼻涕，还得四处乱看乱找，其实什么也看不见。王麻子也走进来，站立在门口说："周老婆子，你搞什么鬼把戏，还供着关公像？"

周大娘捧双手说："老天爷保佑皇军和麻班长平安无事……"

"老天爷也能保佑你周老婆子无事？"

"观音菩萨停留天空，还坐在莲花宝座上看着人间呢……"

"你甭耍这一套，昨天晚上区小队长高大龙，区委书记康忠，还有几个小队队员，他们就藏在小陈村！"

周大娘心里说，鬼东西们甭瞎咋呼，区上的人就是藏在这里，也休想搜出来！

"疯老婆子，到底为谁祈祷？"

"麻班长，诚心为皇军祈祷，不让天上的雷公和闪电姑娘，打雷打雨损伤皇军……"

"说得比唱得还好听，你明明是为高大龙和康忠祈祷，不让太君抓住！小陈村人暗通八路，你周老婆子暗通八路！"王麻子呛得咳嗽几声，大声说："多用枪把子敲敲墙，蹾蹾地皮，看哪里有毛病，这老婆子装神弄鬼，其中一定有鬼，好好搜查！"

伪军屋里搜查，日军怕烟雾呛，没有进屋只在院里搜看。

桥本三太郎那对贼眼，东瞧瞧西看看，又看看屋里冒出的烟雾，在思考什么。

王麻子向里走了几步，来到神龛旁边，烟雾熏得两只眼直挤瓜。他忽地用皮鞭挑起关公像。

周大娘的心忽地一下吊到嗓子眼，心想王麻子挑下神像倒不要紧，就怕他们用枪向神龛乱扎乱捅。

王麻子挑着关公像说："老东西！关公像灵不灵！关老爷能保住土八路，不被太君抓住吗？你说呀！"

两个伪军吓得探头探脑看神龛，他们好像看到关公神像在慢慢抖动。

周大娘照样嘟囔着什么，但脸上津着汗儿。

正在这时，八仙桌上挂的那块红布里边，突然蹿出一只大黑猫，嗷——的一声嚎叫，从王麻子和一个伪军中间蹿出屋去。把王麻子和那个伪军都吓坏了，伪军腿一软跌倒在地上，嘴里说着："天哪！关老爷要显灵，耍大刀呢！"

"蹿出个什么东西！"王麻子吓得身子一歪，"哗啦！"一声响，关公像落了下来。王麻子好像看见那神像在动弹，关公似乎要睁开丹凤眼。他在舞台上看见过演关公的戏，听说关公只要一睁丹凤眼就要杀人，王麻子看着神像不由自由地向后退了两步。

随着神像的落下，周大娘差点晕倒，她定了定神说："麻班长，我求神保佑你，班长命大气壮，平安无事。"她说着又把像慢慢挂在神龛上。

"神龛里有什么鬼，快说！"王麻子上前撩起八仙桌前挂的红布看看，里边黑洞洞的什么也没有。为什么单单这个时候，有只大黑猫突然蹿出来？这个迷团团王麻子百思不得其解。

在院里的桥本三太郎，也看见突然蹿出来的那只大黑猫，忽然一怔，说："什么的干活！"

"太君，是只大黑猫。"王麻子和桥本三太郎看着从院里蹿上墙头逃走的黑猫，小声叽咕一阵之后大声说道："兄弟们，这院里没有土八路，到北头去搜抓高大龙和康忠，快！快走！"

伪军和鬼子走出周家大门，直奔村北头大街去了。

周永刚走到大门口，悄悄探头看着向北走去的敌人，心里的一块石头这才落了地。多悬啊！王麻子和桥本三太郎算是应付过去了，虽然关老爷像被弄掉，但没向神龛里乱捅实属万幸。他边向屋里走边想，我娘想的这一招真妙，她把那只大黑猫训练得能跟随她的声音和手势行事，又捉耗子又吓唬敌人，是只宝猫。

永刚走进屋，见娘已经站起来擦着脸上的汗水。他说："娘，今天好险呀！王麻子和桥本三太郎滚蛋了！"说罢，又去大门口看了看，回来说："娘，没事了，我看让康忠、全福、小青他们快点出来吧！钻敌人空子溜出村去为上策。”

周大娘摇摇头说：“永刚，这年月要比敌人多几个心眼才行！”

“敌人到街北头搜查，我看没有事了，下边太憋闷，还是让他们上来吧！”

“永刚，敌人鬼花招越来越多，猛然杀个回马枪，那就糟啦！”

母子俩正说着，突然听到“哐当”一声响，大门被踢开，桥本三太郎和王麻子带领伪军和日军又闯了进来。

周大娘仍跪在关帝像前烧纸念佛。

周永刚才知道娘的话是对的。敌人果然杀了回马枪，他头上冒出汗珠儿。

“有人暗中报告说高大龙和康忠，就窝藏在你姓周的家里！”王麻子晃着皮鞭说，“不说出来你就甭想活！”

“麻班长，你们翻过了，可以再翻嘛！”

桥本三太郎手按战刀，围着周永刚转了两圈，周永刚坦然站立，毫无惧色。桥本三太郎突然大怒，吼道：“把老东西拖出来！”因为今天他这一招失败了，所以很恼火，让几个鬼子兵把周大娘拖到院里来审问。

“老东西甭耍花腔，装神弄鬼来蒙骗我们，你明明知道区小队长高大龙和区委书记康忠藏在你家！你家地洞在什么地方？”王麻子晃着皮鞭说，“今天不说出来，休想活命……”

“打死我，我家也没有八路！”

“你还他妈嘴硬！”王麻子的皮鞭向周大娘脸上、身上抽去。

周永刚忙上前护着娘说：“你为什么打人！”

桥本三太郎拧着鼻子说：“你的交出土八路！”

“我家没有，你们到别处去搜查吧！”

桥本三太郎凶狠地说：“不打不会说的，给我打……”

日军和伪军的皮鞭和枪托，一时把周大娘和永刚打翻在地。他们脸上和身上被打得血迹斑斑。

桥本三太郎和王麻子大声吼道：“屋里和院子再搜查！”

王麻子用脚踢踢倒在地上的周大娘和周永刚，大声说：“院子里仔细搜查，挖地三尺也得搜！我就不信高大龙和康忠，还有区小队员，能生翅飞上天去！”

敌人在院里屋里乱搜查起来。

桥本三太郎和王麻子站立在院子中央，观察着周家大院里的动静。

一个伪军在院子南墙根前，一堆烂柴草里刨来刨去，发现一块木板，揭开一看吓坏了，大声嚷道："太君，麻班长，这儿有地洞，大大的地洞！"说着早躲到一边去了。

桥本三太郎走到周永刚身边，踢了踢他说："土八路藏在地洞里的？"

周永刚微微摆手说："那不是地洞，是农家的山药窖，装白薯用的，是家家都有的。"

桥本三太郎看看王麻子大声说："你们下去的搜查，一定抓住活的土八路！"

周大娘和周永刚听到桥本三太郎的话，心咚咚地跳，敌人真下窖去搜查，那就糟糕了，康忠和小青他们非开枪打不可，在地窖里来一场武打，那会是什么局面呢？他们正想着，又听王麻子说："快点下去搜！"

伪军走到窖口前，探头看看忙又缩回来，说："班长，万一窖里有土八路，明明是白送死嘛！"

另一个伪军说："班长，是个普通山药窖，家家都有的玩意儿，土八路不会藏里边，万一被发现是白白送死，土八路不是傻瓜！"

王麻子走到山药窖跟前，也不敢伸头向窖里边看，他想，如果山药窖里真有八路，朝上打枪一打一个准，白送死。他围着窖口转了两圈，摸摸麻子脸，忽然想起个鬼主意。

桥本三太郎和鬼子离窖口很远。他们摸不清这窖口里，会有什么意想不到的凶气，所以只是远远观察着。

王麻子走到桥本三太郎跟前，小声叽咕了几句之后，桥本说："好的，好的，你的高见！"

王麻子得意地对伪军说："今天让高大龙康忠和区小队员，在山药窖里一勺烩！"他让手下伪军掏出两个手榴弹，他喊道："一二，扔！"

只听"轰隆！"一声巨响，一股黑烟喷出窖口，冲上云霄。

第十四章 除夕之夜

话说周大娘在昏迷中，忽然听到爆炸声，浑身直打战，睁眼向西南边一看，只见一股黑烟翻滚着冲上天空。“天哪！康忠和小青他们，是被炸死了还是活着？敌人莫非知道他们躲藏在山药窖里？”她心里想。

过了一会儿，她听到：“娘！快醒醒，敌人滚蛋了。”周永刚年轻，虽然挨了敌人一顿皮鞭，但他身子骨结实，再加上用智，假装被打得很重，“哎呀！哎呀！”地乱叫，看见敌人滚出门，便站起来走到娘身边喊娘。见娘醒来便安慰说：“康忠和全福、小青他们不会有危险的！”说着他又到门外边，仔细观察片刻，敌人真的走远了。回来站在西边那个窖口上边，连跺三下脚，这是他们规定的暗号儿。他说：“听到暗号，他们一会儿就上来啦！”

原来周永刚按照区小队队长高大龙的意见，挖了两个山药窖，相隔不远，两个窖中间只留下薄薄一层土，必要时捅开就互相通了。除了神龛里的进口，西边那个窖还通往猪圈，在那儿有一个出口。这山药窖里的秘密别人是不知道的。

敌人发现东边那个窖口时，康忠和小青贴帮站着，全福在猪圈出口处端枪站着，这个出口处只用一块木板隔着。

如果敌人下来搜索，康忠和小青端枪准备着，下来一个打死一个。他们听到上边的对话，敌人要扔手榴弹炸窖，康忠说：“小青，快把通往西窖的土墙捅开，快！”

小青早憋着劲儿呢，抄起小短把铁锨，飞快几下，就把土墙捅开了，说：“老康同志，快到西边窖里去，敌人扔手榴弹也是白搭！”

“快！”康忠说着便和小青闪到西边那个山药窖里，他们刚闪到墙帮眼前，就听到“嗡——”的一声巨响，接着顺通道钻进一股黑烟，呛得他俩直咳嗽，流鼻涕打喷嚏。过了一会儿，听到上边三下跺脚声，知道是敌人走了，他们这才从关公像后边的洞口钻出来。

他们走到周大娘跟前，康忠扶她坐在一条板凳上。小青轻轻抚摸着她的鞭痕，生气地说：“逮住王麻子那个坏蛋，先削平他的麻子，然后吊起来揍他！”

“今天是大娘和敌人斗智，我们才隐蔽下来。”康忠说，“大娘，你受苦了。”

小青猛然扭头向东边一瞧，说：“黑猫回来了！”

蹲在东边墙头上的那只大黑猫，真像只神猫，那样机智，动作那么神奇，支起两只耳朵，正看着周大娘。

“这只猫通人性，实在惹人喜欢。”周大娘慢慢地站起来，向东边摆一摆手，那只大猫好像知道在叫它，噌地跳下墙头，直奔大娘而来，围着她脚边转了两圈，喵喵叫几声，大娘忙抱起它，顺摸着它身上的细毛。

“这小动物通人性，只要好好待它，慢慢熟悉了，也能教会他听话，看动作的。猫是我的心爱之物，像个小孩一样听话，猫不能杀鬼子，可它能吓唬敌人呢。”大娘抱着猫边向屋里走边说，“它一看到我的手势动作，就知道是干什么，今天它就吓了敌人一下子。”

周永刚说：“今天王麻子挑起关公像，要发现洞口时，我娘一个手势，黑猫就从神桌底下猛然蹿出，吓得伪军直叫，说关老爷睁眼举起青龙偃月刀，不好！快走！一只猫蹿出就吓得敌人退了出去。”

且说这日子过得真快，阴历年关快要到了，沿公路两旁的封锁沟大部分完成了。大雪纷纷下着，地面上雪堆得挺厚。可有的地方敌人还逼着人们用镐头凿土挖沟。

年关的时候，多数农家百姓准备过年，总准备些好吃的东西。敌人计划在年关时一方面进行“清乡”，一方面趁机抢东西，狠狠地大捞一把。

我们插到敌后的武工队、区小队要配合民兵，保卫群众的利益，让人们能吃上一顿团圆饺子，敌人要出来就把他们打回去，尽力让群众安然地过个年。

阴历年，一年一度的春节，是多么快活祥和的一个节日啊！这在农村人们的脑子里，不管是大人、小孩，还是白发苍苍的老人，都要欢欢喜喜地过个幸福的团圆年。

过去，农村旧风俗，每年差不多过了腊月二十三，烧灶王爷上天言好事，回宫降吉祥之后，人们就忙活起来。女人们碾米磨面，蒸白馒头、大红枣窝窝头，摊炉糕、煎饼，而且做得很多，全家人一直吃到正月十五月儿圆；男人们更紧张，今天杀猪，明天宰羊，又把院子和街道，打扫得干干净净，这是中国人自古以来就有的爱清洁，讲卫生的好传统。干完这些活儿，接着在门上贴红对联，贴大红福字，屋里贴年画、四扇屏。妇女们又忙活起来，捶捶浆浆的，给小孩们换新衣服，做花鞋、花帽，让别人夸自己的打扮最漂亮。男人们忙活着赶年集，买这个，买那个。市上卖鞭炮的，噼噼啪啪地放着爆竹，在招引买主；卖年画的顺墙壁张挂着各种各样的年画，红红绿绿，特别是一个大胖小子，光着屁股头上扎条小辫儿，笑眯眯地骑条大鲤鱼，上边写着“年年有余”表示大丰收的意思。一溜一行的，真好看，好一派新年欢乐景象。人们看见这个买点，见那个也买点，从人丛里挤来挤去，一会儿篮子填满了，褡裢里也装不进去了，里边塞满了菜呀，鞭炮呀，年画呀，门神呀，灶王呀，红纸呀，天花纸呀，一次拿不上，第二次还得到集市上去，有的人干脆推辆小虎车，到集市上办年货，得给闺女们买几朵头上戴的花儿，红头绳呀，另外还得买核桃、大红枣儿、花生、瓜子、柿子和柿饼，准备过年时，招待来拜年的客人、亲戚朋友和娃娃。有的人还给孩子们买了风筝左手架着，右手还举着特制的大糖葫芦。总之，喜欢什么东西，过年也不心疼，就放开手买呀，让全家欢喜就得。

日子逼得越近，人们忙活得就越厉害。你看男人们挤到街心大碾盘旁边，或者是找宽阔的大院，架起大铁锅，柴火在锅底呼呼烧起来，那些屠宰手们，把捆绑好的猪，放在支架好的门板上，猪儿蹬腿吱吱尖叫着，屠宰手只要刺杀一刀，血便在脖下喷流而出，落进大瓦盆里，血盆赶快端走，回家蒸血糕吃。屠宰手在猪腿上拉个口子，顺着口儿用力吹气，一直把猪全身吹鼓起来，然后，把猪放进热水锅里褪毛、洗净，不一会儿就变成又肥又胖，滚溜圆的大白家伙躺在门板上了。

你再听每家的案板上，叮咚叮当地响着，切菜呀，剁馅呀，擦萝卜丝呀。整天价烧着锅，不是煮肉，就是蒸馒头。你看年轻人们活火的，拿着红纸串东家，跑西家，找先生写吉利对子。先生家里挤满人排队等着，先生满头大汗为人们写对子，累得腰酸头晕但还不停地写呀写！到三十下午那就更忙啦，贴对子，贴门神。村外野地坟上燎草的鞭炮和村里街上的鞭炮响得噼里啪啦。娃娃们都穿上新衣服、新鞋袜或满街乱跑，喜眉笑脸，或拿着风筝跑到村外放起来，各自夸着自己的风筝飞得最高最稳当，有的顺绳儿还装有送饭的玩意儿，跑上跑下，别有一番风趣。这是儿童最快活的时刻。有等不得的人们，早早就打起锣鼓来，噔噔咔……噔噔咔……

民间历来有“守岁”的习俗，除夕之夜全家团聚，通宵不寐，大人叙旧话新，预祝来年万事如意，五谷丰登；小孩子们有的嬉乐玩耍，有的在灯下“赶回裙”(民间的一种游戏)，打花巴掌，有的在院里放鞭炮。

可是今年呢，世事弄得人也真寒心，谁还有心情去弄那些？一直到三十这一天了，还看不到一点新年的气象，村里静悄悄的，连街上的白雪，人们也懒得去扫它，孩子们窝在家里也不敢出去玩耍。

高大龙他们在大年三十这天下午，就在小陈村村外野地里埋伏着。双桥镇出来清乡、抢东西的敌人刚一露头，就被队员们迎头一击，给打回去了。他们准备到小陈村去，在那里站下脚，等到半夜的时候，再去掏胡九天。

他们在雪地里奔走着。

天空还飘飘地下着绞脖子雪，西北风依然呼呼地吹！天已经黑定了，地上的雪越积越厚，路根本就找不到。他们看着大方向，满洼踏地地朝小陈村走，脚下踏雪吱呀吱呀的直响。小青小声自言自语道：“这声音真好听，还蛮有节奏呢。”

“什么声音？”旁边一个队员问。

“你听我的脚下作乐——吱呀吱呀地发声。”小青风趣地说，“只有这时才能出现，美妙动听的风雪交响曲啊！”

“小青，你可真逗。”大龙说，“今年除夕之夜，我们要在风雪交响曲中度过了。”

“队长，这才有历史意义呢。”全福插话说。

早晨吃过一顿饭，直到现在还没有吃，肚子饿得咕咕叫。小青拍下肚皮说："全福，你听听我这肚子里也作小曲呢。"

"都到这份上啦，你还有心情找乐子！"队员蹦逗说，"省点力气走路吧！"

"蹦逗，越在艰苦时候，越该找乐趣，这叫革命乐观主义。"小青说。

正是三九天，又冻又饿，小青这风趣的话儿，逗得大家直乐呵，但肚内无食的滋味，也真够受的，每人只好把腰带再紧一紧，踏着没鞋帮子的雪，朝前奔走。

高大龙看了看队员们，没有一个泄气的，个个情绪都那么乐观。这是战胜日寇的平原火种，是人民的希望啊！他说："同志们！小青的精神很好，作为一个抗日战士，一个革命者，就应该有这种乐观主义精神，迎着困难上！我们的困难，要和当年工农红军两万五千里长征相比，那就差远了。他们一次又一次突破国民党军队的围剿，取得一个又一个的胜利。红军渡过金沙江，强渡大渡河，有的战士牺牲在铁索桥下。红军长征路上，那艰难就更大了，爬雪山，过草地，没吃没喝，吃着野菜、干皮带还得走呀，爬呀……有多少英雄的红军战士，躺在雪山上，与白皑皑的雪山做伴；长眠在草地上，与草地做伴。为了中华民族的解放，为了人民的幸福生活，献出了他们宝贵的生命。"大龙喘口气，又说："我们要好好向红军学习，像他们那样，压倒一切敌人！压倒一切困难！下定决心和日寇长期斗争下去！直至把东洋强盗彻底打败，从中国领土上赶出去！"

队员们越听越有精神，忘记了自己是在大雪中奔走。

全福早憋着劲儿呢，他说："要和红军相比，我们还是幸福的，这算什么艰苦！"

小青脑子转了几圈，说："我想，在延安，毛主席窑洞里的灯光还亮着。"

"哎呀！小青你有千里眼？怎么会知道毛主席窑洞的灯光还亮着？"

"老虎，你的脑子太粗。"

"我粗？！"

"是呀，你想想看，毛主席领导红军长征时，有些诗和文章，是路上和晚上写的。"小青边走边说，"现在毛主席领导抗击日寇，对不对？"

"这还用你说嘛！"全福说了一句。

"现在比长征时，条件好一点了吧……"

"我说小青呀，别拐弯绕圈子啦，你倒是快点说呀！"老虎是个粗人，他着急了，打断小青的话说："真急死人哪！"

"《论持久战》，咱们都读过了吧，现在咱们就是按毛主席《论持久战》说的做呢。"小青摸下鼻子说，"我听说毛主席爱晚上办公和写书，《论持久战》一书，就是毛主席在灯光下写出来的。我说毛主席窑洞里的灯光还亮着，你们说不对吗？"大家听了小青的话，觉着有道理，都顺气了："毛主席太辛苦了。"

小青稍沉又说："毛主席领导人民抗日，尤其是咱们冀中平原，区小队和民兵的抗日活动，毛主席也在看着呢……"

"咱们挖地道，毛主席也知道？"蹦逗蹦出两句，"咱们在雪地夜行军，毛主席也知道？"

"咱们平原创造地道，和日本鬼子开展地道战，毛主席和朱德总司令准知道！"小青对答如流。

高大龙说："咱们到周大娘家里去，做点饭吃吧！"

"没关系，有的是力气！"这是全福的声音。

"只要群众不遭害，少吃两三顿饭心里也痛快！"老虎粗声粗气地说。

在这样抗击日寇的年月里，几天吃不上一顿也是常有的事，把脑袋掖在腰里和日寇干，朝不保夕，也成了习惯，所以大家铆着劲儿只顾赶路，谁也不再轻易哼声。

因为是在野地里行军，深一脚，浅一脚的，有时踩在一个坑里，咕噜就陷倒了，旁人忙把倒了的小青拉起来，说："慢点，慢点！小青，今天你是怎么啦！"

"我在练老头儿鳅被窝呢，倒挺好玩。"小青拍着身上的雪说。

"真是个嘎小子！"

一会儿这个跌一跤，一会儿那个又趴下了。全福的鞋底掉了，脚被窝得挺痛，但他咬着牙，也不吭声。

走到南洼里，突然扑通一声，一个队员掉到井里去了。

野地里的井，老百姓怕冻坏了帮，所以每年一过"大雪"，就用柴火棚起来，上边盖着一层薄土。这一下大雪，就和平地一样平，所以那个队员一脚把柴火踩透，栽到井里去了。他在下边哎呀哎呀直叫。

高大龙忙让大家把腰带解下来，联结在一起，然后把一头放下井去，向下喊着："蹦逗，你把绳头儿拴在腰上，我们把你吊上来！"另一个队员说："拴结实点，别吊到中间，绳儿解开又掉下去，摔得更够呛！"大家在上边用劲往上拉呀，拉呀，一小会儿就把蹦逗拉上来了，大家忙问："摔得不要紧吧？"

蹦逗上牙打着下牙直发抖，说："没……没关系，就是冻得够呛！……可我舌头底下还出……出汗呢。"

小青是在全福后边，揪着绳儿往上拉，他看见全福的裤子秃噜下来，露出白白的屁股蛋子，心里乐了，这可是个好机会，拉上蹦逗之后，他放下绳儿，朝全福屁股蛋子上，狠扇了一下子，说："全福，这块白的是什么玩意儿，软乎乎的！"

"你这嘎小子真坏，乘人之危打我屁股蛋子！"全福急了，"你要小心点，等有机会，我非把你的屁股打成两瓣不可！"

"赶快把湿衣服脱了，穿上我这棉袍吧！"高大龙忙脱着自己的棉袍说。

蹦逗身上的衣服紧脱慢脱，等脱下来时，已经冻得"咣啷咣啷"的了。他忙摸上队长大龙的棉袍，他越看这件棉袍，越觉着有点熟悉，他想起来了，说："队长，这是雪莲姐为你做的那件棉袍吧！真暖和呀，身上直出汗。"

"蹦逗，少说几句吧！暖和就好。"大龙说，"快走吧！"

大家继续朝南走着。

西北风吹动树梢，嗖嗖作声，卷起的雪像扬场一样，在空中乱飘乱舞。

快到村子跟前了，前边有条一丈多深的封锁沟，拦住去路。

高大龙仔细察看一会儿，说："这村子周围只留两条道，一条人行小路，一条能走大车道，咱们顺着沟边往西绕，那儿有条人行小路可以过去。"

他们绕到小路上，悄悄地进村去了。

第十五章

周大娘家

话说周大娘家是在村西南头，靠村边住着，离村外比较近。

他们悄悄走到周大娘家门口，高大龙小声地说：“不要叫门，大家从墙头上跳过去，显显咱们平常练的爬墙、跳墙本领，要轻点！”

为了适应眼下斗争环境，区委书记康忠和区小队长高大龙商量，在敌后平原根据地坚持游击战争，需要练好两种本领：一是入地，就是现在搞的挖地洞，然后逐步扩展，挖成地道，利用地道打击敌人，发挥我们的优势，这叫作入地作战。二是能上天，虽然不像武侠小说里的侠客人物那样飞檐走壁，神乎其神，玄了又玄的样子，但敌人在平原建立碉堡，修筑围墙，以防我们对他们进行打击，这就需要练好飞檐走壁的本领，在高空作战打击敌人。于是，高大龙指挥区小队战士和民兵们，黄昏和早晨，在大冉庄神槐树下，利用村里百姓的住房和围墙，大练爬墙、上房和敌人作战方法，有人把脚脖子崴了，走路一拐一拐的，有的把腿摔痛了，直叫唤，有的把头擦破了……总之，经过摔打跌爬，练出一身好本领，以备在拿据点、端炮楼子时和敌人作战。这叫作上天作战。

今天在周大娘家院墙外，大龙一声令下，要越墙而过。

“队长，你放心吧，咱们都练好飞檐走壁的真本领了，越墙而过，是小菜，手拿把攥的事儿。”小青小声说。

“别把牛皮吹破了！”全福顶了一句。

“你除了骂人还知道什么，瞧好吧！”

大龙说："悄悄，这是什么节骨眼上，还顶嘴玩。"因为他怕大声说话，被坏人偷听去走漏了风声。再者，这儿离炮楼子只有四里多路，敌人要来抬脚就到。

"我先过！"小青说着噌噌蹿上墙，轻轻地跳进院，随后一个接一个也噌噌蹿上墙跳进院。剩下蹦豆和大龙，蹦豆脱下棉袍，扔给队长："接着！"他光着身子，像只猫似的蹿上墙，回头看时，"接着！"大龙嗖地把棉袍扔上去。蹦豆接到棉袍迅速穿上后也跳进院。

高大龙最后一个跳进院，走到窗户跟前，轻轻地扣窗棂："大娘！大娘！开开门！"

周大娘和永刚已经睡了。

过了一会儿，周永刚小声说："娘，外边有人声！"

母亲说："悄悄！现在得机灵点，谁能知道是什么人？让我再听听！"

大龙又小声说："大娘，开开门吧！我是大龙呀！"

大娘稍沉，这才搭话说："啊！是你呀！我就来！"她和永刚起来穿衣后，便去开开屋门。

他们走了进来，大娘又忙把门关好，再用棉被堵好窗户，然后才点着油灯，她说："吃过晚饭不点灯人们就睡了，地狗子到处乱出溜，见谁家屋里有灯光，就会来找事，说你家里窝藏八路，大大的心坏了！"

大娘和永刚忙着帮大家拍打身上的雪。

"把你们冻坏了，正是三九天啊！大龙，你们从什么地方来？"

"从大佛寺。"

"唉！真是……大家都把鞋脱了吧！你看全湿啦，永刚，快去点火烧水来，让大家洗洗脚，好解乏，快点上炕去暖暖。"

"别烧啦，打点凉水胡乱洗一洗就行啦！"小青说着便到水缸里打来一盆凉水，大家就洗起来。别人都活蹦乱跳洗呀，说呀，乐呵呵忙个不停，唯有蹦逗蹲在墙角处，围着大龙给的那件棉袍待着。

周大娘看着有点不对劲儿，往日蹦逗也是个待不住的孩子，今天却打了闷宫，这是怎么啦？她忙走到他跟前，说："蹦逗，今天怎么不蹦啦？累的吗？快去洗洗脚准备上炕吧！"

"大娘，我不累，也不上炕。"蹦逗有点不好意思，因为他光着屁股呢，不敢撩棉袍，老是盖着身子。

周大娘上前把棉袍一扯："快去洗！"见他光着个屁股，再看看那个样儿，又心疼又难过。日本鬼子逼得十几岁的孩子，在这大年三十的晚上，全家团聚的时候，还拿着枪杆子，东奔西跑。她又想哭，十六七岁的大孩子了，还光着个屁股，她说："蹦逗，这伙人里你年岁最小，别怕羞，大娘心疼你呀——好孩子，快洗洗上炕去，盖上我的棉被暖和暖和，不是这样的年月，你正在家里跟你爷爷守岁呢。"大娘想了一下，生气地说："大龙，你这队长怎么当的呀！"蹦逗在你们这伙人里，年岁最小，个儿也最小，把孩子冻成这样，你不心疼，大娘我可受不了，心像刀子绞一样……"

"大娘，我也心疼，可……"没等大龙说完，小青嘴头子快，打断队长的话，接着把在野地里，蹦逗怎样踩透棚的柴火，如何掉进井里，大家怎样用腰带把他拉上来，详细地对大娘学说一遍，最后说："这事队长也没有办法，这是东洋强盗逼的呀！"

大娘听了小青一番话，看看蹦逗，再看看大龙和队员们，心里更难过了，不由自主地扯起衣襟，擦了擦眼睛，说："大龙，今儿个大娘错怪了你。这年月都是东洋强盗害得咱们好苦啊！"

"大娘，你批评得好，今后我会更爱护我们这些兄弟们，时时挂在心上！"

大娘说："大龙，你们是咱们平原的火种，希望寄托在你们身上，看到你们，人们就有了主心骨儿。"

"大娘——我的亲大娘……"蹦逗猛地扑到大娘怀里。

"孩子，快上炕去吧！"

蹦逗赶快洗两把脚，擦了擦就爬上炕，大娘把条被子盖在他身上。

这是条满间炕，他们十来个人，洗罢脚都挤着坐上去了。在炕上这一暖，脚趾、手指和耳朵都麻酥酥的痛起来。

"你们的肚子都饿了吧？"大娘说，"给你们做点东西吃，就更暖和了。"

大龙说："今儿个一天还没有吃饭呢，大家的肚子都饿瘪了。"

"今儿个是大年三十啦，我蒸了两锅馒头，还炖了几斤猪肉，正好当菜，在大娘家过年吧！你们先吃着，等会儿再熬锅热面汤，一人喝两碗。"大娘说着就把馒头端了上来，"你们先少吃点，等会儿熥热了就着面汤再吃。"

"别熥啦，别熥啦！"老虎吼着大嗓门说，"我这肚子咕咕叫呢！"

"唉！叫鬼子赶的，连个年都过不成啊！"大娘说着就朝锅台走去。

周永刚在外间屋烧火。

大娘说："这两天敌人趁着过年，又要来清乡，抢东西的风声可紧啦。我到大门底下给你们放哨去。"说罢只见她一摇手，那只大黑猫便从神桌底下嗖地蹿出来，叫了一声跑到大娘脚边，跟着她朝院里走去。

小青可乐啦，神气地说："那个大黑子是神猫。上次我们和康忠书记隐藏到山药窖里，王麻子挑起神龛关老爷像时，眼看洞口被发现，好险啊！关键时刻，大黑猫从桌下猛然蹿出，吓得伪军说'关老爷举大刀呢……'敌人才退出去。"

全福说："小青说得不错，真是一只神猫啊！"

大龙风趣地说："这年月鬼子逼得黑猫也起来抗日了！"

周大娘站在大门底下，隔着门缝儿向外望着。一阵阵寒风吹来，把她苍白的头发吹乱了，遮住了眼睛，她赶快向后一掠，把头脸紧紧挨着门缝，死死地盯着外边的动静……

队员们在炕上躺着，吃着馒头，大龙咽下一口馒头，说："永刚，听说大前天你们村里出了事，是怎么回事？"

永刚一边烧着火，一边说："唉！真危险！大前天有十几个伪军到村里来清乡，不知道是哪个坏家伙，向敌人报了告，敌人发现西北头小兔家那个洞口，就往里灌水，里边就蹲着一些年轻的媳妇和大闺女，全被灌得跟落水鸡一样，浑身衣服都叫泥水浆啦。本来这个洞还有个出口，在艾红家里。可是，那会儿艾红家也有敌人搜索。她们在里边可急坏啦，还有几个小孩，在母亲怀里直哭，几乎给灌死，妇女们也小声哭着。"永刚又向灶膛里塞了两把柴火，接着说："也巧，后来村外突然传来几声枪响，敌人听到枪声，说是有土八路，就奔到村外去了，那些妇女和小孩才跑出来了。"他又捅捅锅底下的火，说："这两天敌人闹得很急啊！整天价逼着人们去挖掩护沟……"

"这说明敌人的胆虚，怕我们收拾他们！"大龙插话说。

"可咱们的地道，耽误得不少呀！"

"明天我再找村干部谈谈，这地道不能停，死洞吃多大亏呀！敌人一灌水不是干着急等死嘛！"大龙向前走了两步，又说，"永刚，你家挖了两个山药窖，上次老康他们隐藏在这里，要是只有一个山药窖，敌人扔下两颗手榴弹，那多么危险啊！这教训太大了，得想办法继续挖，死洞变成活洞，家家相通起来，我们就主动了。敌人灌水，使用化学武器打毒瓦斯，我们都能对付！”

“对呀！我和娘商量，把山药窖和小环家，还有小昆家都通起来，那就好多啦！”永刚又添把柴火，说，“不过，这工程太大呀！”

“永刚，依靠群众天大的困难都能解决！”

高大龙他们跑了这么远路，也都累啦，你压着我，我靠着你，有的早睡着了，小蹦逗还打着呼噜呼噜的鼾声，小青风趣地说：“这小家伙真行，瞌睡这么多，跟条小牛一样，听吼声像条小牛犊子！”

全福呢，在炕上蹲着，咂着小烟袋，吸得吱溜吱溜的，他说：“永刚，你家有鞋没有哇，给我闹双，我先穿上。以后让我老婆给你做一双，她手可巧呢，以后还你。”

“哎，还啥啊！这有双半新鞋，你先试搭试搭，看能穿上不？”永刚说着就忙把柜底下放的那双半新鞋拿来，全福接过鞋一穿，正合适。

“哈！怎么搞的呀，咱俩的鞋一样大小，咱俩有缘啊！”全福可乐了。

高大龙又让永刚找来一套棉衣，给蹦逗穿了。

第十六章

再闯周家

话说队员们香甜地睡着。高大龙没有睡，他也不能睡呀！在地上走来走去，脑子里在想用什么方法，把那个坏家伙掏出来，为百姓们出气！”这时，周大娘急急忙忙走进来，说：“大龙，我隔着门缝看见有一溜子人影，往村子这边走来啦，一定是楼子的敌人，说不定你们进村时，被汉奸发觉了，要不怎么会来得这么巧呀！快想个办法吧！”

大龙忙摇摇这个的脚，又摇摇那个的脑袋，喊着：“快起！快起！”大娘也帮助叫这个叫那个：“敌人来啦！快起，快起来吧！”

高大龙朝蹦逗屁股上打了一巴掌：“蹦逗，睡得真死，快蹦起来！敌人进村来啦！”

蹦逗一骨碌就爬起来，手抓住枪，忙问：“敌人在什么地方？我先放倒狗日的两个！”

“孩子，先别急，敌人正朝村里走呢。”大娘说，“蹦逗，你最小，千万小心！”

“大娘，甭看我年岁小，也打过两次仗啦！”

这时，大家都腾腾地跳下炕来，穿上鞋。

“枪膛里都顶着子弹没有？”大龙问。

“睡觉都枕着枪，子弹早顶着呢。”大家同声说。

大龙说：“大娘在门缝里看见敌人已经快到村口了，许是我们进村时被汉奸看见，报告了敌人。我们现在是冲出去呢，还是钻洞？”

王老虎和几个战士说："冲出去吧！"

有的队员说："冲出去？下这么大的雪，再说大家都累得够呛，到哪里去呢？敌人也不一定是朝我们来的，大娘家里有洞，咱们不如钻洞吧！"

"说的也有道理，敌人许是奔村里百姓家，过年准备了不少好吃的，为抢东西而来……"

"不行！敌人这时候来，一定是发觉了我们，再说大娘家的洞，只通到院里的山药窖，上次我和康书记钻了洞，太危险啦，还是冲出去吧！"小青打断那个队员的话说。

"坚决冲出去！上次敌人向山药窖里扔下两颗手榴弹，太危险！"全福这次态度很坚决。

"好，大家准备手榴弹，马上冲出去！"高大龙斩钉截铁地说。

他们哗的一声闪出屋门，跑到院里，门也没有开，瞧！这群小伙子们，动作多么干净利落，噌噌噌一个跟一个蹿上墙跳过去了。

刚一跳出墙，没走几步，敌人的子弹就射过来了，他们忙卧倒，向敌人还击，当！当当！敌人那边啪！啪啪！……嘎勾！

高大龙一看敌人来的阵势，忙指挥大家分为三个组向外冲。王老虎和其他三个队员顶着打，别的人朝着敌人的侧面往外冲。大家胸脯擦着雪地，往前爬进，子弹把雪打得噗噗响，在他们身边、脚下落下，有的从他们头顶上"嗞——"地一下擦过去。敌人乱喊着："捉活的！一个也跑不了！缴枪吧！不杀！""区小队长——高大龙投降吧！有你的高官升！"边喊边朝他们猛扑过去。

王老虎是区小队有名的神枪手，带几个队员趴着，一动也不动，瞄着敌人，心里说："甭他妈的瞎咋呼，雪地作战是我们的优势，狗东西们等着瞧吧！"老虎他们一阵子弹连发，把敌人打得又趴下了，有几个伪军被打中，哎呀、哎呀地叫唤。

大龙他们在雪地里滚动着，继续往前爬。敌人又爬起来朝他们冲。大龙抬起头来一看，见敌人快逼近他们了，他扬起手把盒子一甩，朝着敌人就是一梭子子弹出去了，敌人赶快又趴下射击。大龙往旁边一趴，但仍没躲开，敌人的一颗子弹，打在他的胸脯上，他倒在雪地里。他小声地喊着："老虎，你负责带着同志们冲出去吧！我……"

老虎一看他受伤了，心里真着急，说：“队长，我背着你一同往出冲吧！”

“别瞎说！不行！敌人来了这么多，火力又那么强，又在雪地里，怎么行呀？你带着大家朝外冲吧，争取时间，别管我！”

这时候，周大娘早顺着门缝看见了，她悄悄地开开门，冒着敌人的子弹，顺着墙根爬到大龙跟前去。

“大龙，你……”

大龙见是大娘，忙推着她：“大娘，怎么你……快回去，这地方危险啊！……你快回家里去！”

“不！快叫他们把你背到我家里去，掩藏在洞里，快！小青，你来！快点背他走，时间最宝贵！”

老虎说：“小青，我们在这儿顶着打，有我在敌人冲不上去，你把队长背进去，快点出来！”

小青不容大龙再说什么，忙背起他，弯着腰朝大娘家里爬，大娘在后边给他们抱着枪，又顺着墙根爬进院里来。

到了家里，永刚挑起关老爷像，搬开洞口，让大龙钻进去，大娘又把大龙的盒子枪递进去，然后，他们又把那神龛里的关公像放下来，又给前边神桌上摆上香炉、蜡烛，再把蜡烛点燃起来。

小青说：“我走啦！”

“等会儿，还有事！”大娘给了他条绳子，说，“你把我和永刚赶快绑在柱子上。”

小青“嗯”了一声，马上知道了她的意思，心想，这周大娘和她那只大黑猫，简直都是神了，多么聪明的周大娘啊！他就赶快给他们把手绑好，然后抄起自己的枪出去了。

啪啪啪……嗒，嗒嗒嗒……一阵枪声连发。

手榴弹“轰！轰！轰！”一连响了几个，这是队员们突围的暗号。

王大虎一看小青赶来啦，他们这时一个组掩护，两个组替换着往出冲，冲一截，另外一个组又顶着打，不让敌人向他们靠近，后边的那个组又赶上来，冲一截，又趴下来掩护前边那个组。

他们在雪地上，环套环地朝敌人的包围圈外冲去。

敌人的子弹噗啦噗啦、嗖儿嗖儿地向他们的头顶脚下射来，击起无数个雪窝。

他们冲出村去了，敌人也追出村来。

糟糕！前边那条大封锁沟挡住了去路。前边有沟，后边有敌人追着，这可怎么办呢？真是入地无门，上天无翅啊！

后边敌人一片喊声：

“前边有封锁大沟挡住了，过不去！”

“上天无路，入地无门，快缴枪吧！”

“只有投降一条路，你们才能活命！”

敌人的喊叫声，更激起了队员们的仇恨。

王老虎的肺要气炸了，他瞪着一双虎眼，坚决地说：“谁也不准缴枪，坚决冲过沟去！”他指挥着，“其他两个组下沟，爬过去！我们这一组在这里顶着打，压住敌人的火力，他们不会冲过来的！你们过去以后，就在沟那边怀里掩护好，顶着狠揍敌人，然后我们这组再过沟！”

小青说：“老虎，今天该发挥你这神枪手的威力了！”

“神枪手，一个枪子能从两个人敌头上穿过去，那才过瘾呢！”蹦逗蹦出两句。

“快过沟！”

那两个组对着这一丈多深的沟，每个人把枪往怀里一抱，出溜出溜地都溜下去了。往下溜容易，要爬上沟帮去那就难啦，就是有飞檐走壁的本领，在这土壁上也难以行走啊！怎么办呢？

急中生智，他们想出了办法：一个人靠着沟帮蹲下，另一个人踩在他的肩膀上，蹲着的那人慢慢地站起来，这样上边那个人就容易使劲了，猛一蹿，伸手一扒，使上上墙本领，接着就跃上沟帮了。接着第二个人又踩上肩来，向上一蹿，下边的人再用手一托脚，那个人往上一揪，噌地一下就上沟去了，第三，第四……丢下最后一个人，上边的人就把腰带解下来，结起来，把一头放下去，底下的那个人坠着，上边的人把他往上一吊，两只脚蹬沟帮，就着吊的劲儿，噌噌噌两三步就蹿上去了。

敌人的火力更强烈了，敌人成群呼呼地向前冲一截，呼啦又趴下不动了。

“敌人又要什么把戏？”老虎说，“大家沉着气，不要上敌人的当！”

前边忽然有两个敌人往前爬，老虎一看，心想，机会到了，我先放倒前边两个，“叭！叭！”两枪放倒了那两个狗东西。

敌人又怕又急，喊着：“冲过去！捉活的！”

成群的敌人，又呼啦呼啦冲过来，王老虎这时可火啦：“操他个祖姥姥的，叫你们一勺烩！”他从腰里掏出两颗手榴弹，勾断引火线，朝敌人同时扔去，“轰轰！”的两声，把敌人炸倒了几个，雪和土一起飞扬起来，往四外飞溅！敌人不敢前进，又趴下不动了，只是朝他们乱打枪。

老虎说：“趁雪土飞扬之机，快过沟！”

他们把枪一抱，出溜出溜又都溜下沟去了。

敌人又爬起来，向前冲来。沟对面那两个组，枪声打成一片，压住了敌人的火力，掩护老虎他们这一组爬上沟来。

敌人在那边喊着：“追呀！追呀！跑不了！”

沟这边他们也不打枪了。全福说：“咱们赶快跑吧！敌人个个都是笨蛋，等他们过沟来，咱们就跑远了。”

小青心里道道子多，正是个好机会，忙说：“急什么，让我好好骂他们一顿，解解气！”说着就高声地喊着：

“哎——我说你们这些龟羔子，如果是人揍下的货，就过沟这边来！老子给你们在这儿摆下两个黑皮西瓜，有胆量的快过来吃吧！可甜啦，一甜准来个倒仰！”

蹦逗说：“别光瞎咋呼，你们过来试试，不过来就不算好汉，老子在前边等着你们！”

老虎说：“走吧！别跟他们浪费时间了。”

小青又咋呼着说：“埋好了吧？”其他队员忙应着：“埋好啦！埋好啦，这颗子母雷威力大！”

老虎故意提高了声音说：“埋好了就走吧！”

有的队员又朝那边喊着：“喂！王八操的们！老子要走了，送你们两颗礼物！”说着“当当”朝对岸打了两枪，然后就往东北方向而去。

敌人在沟那边探起头来，只管瞎嚷嚷着：“追呀！追呀！”

王麻子指挥着：“光嚷嚷顶什么用，快起来追！”

敌人冲到了沟边，一看到深沟就有点胆虚。有的说：“赶快下沟去追！”另一个伪军反对道：“追？追个屁！区小队员，个个会飞檐走壁，爬沟上房像走平常路似的，咱们过不了沟。”

“谁想吃黑皮西瓜谁就过去！你没听说呀？人家那边埋上地雷啦，还有颗子母雷！”

一个伪军固执地说：“嗨，他是骗咱们的，埋上地雷还会告诉你，有那样傻的人？”

旁边有个伪军，名叫孔万奇，中等个子，被抓来当伪军。家中有六十多岁的老母亲没人照管，可不干又不行，心里总是憋股子气。他说：“咳，这年月保命要紧，谁要过谁先过吧，我可不上土八路的当，你准知道人家没有埋呀！”

一个伪军抓抓头皮，说：“这土八路真行，莫非长着翅膀，飞过沟去啦！”

王麻子看了看面前这条大封锁沟，是无法爬过去的，又听手下人七嘴八舌的一番议论，他想，土八路又是在周老婆家里出来的。他挥动皮鞭大声说：“进村去周老婆子家，她家窝藏八路，这还了得！非整治她不可！”

敌人折回头，朝周大娘家闯去了。

第十七章
捆绑柱上

伪军们摇摇晃晃地走着，累得呼哧呼哧喘气，有的摔倒爬起来，又摔倒，脚脖子崴了，一拐一拐地跟着走，枪在雪地上划出一条沟沟。一个伪军小声说："今天的土八路真邪乎，枪子打得那么准，两枪打死我们两个人，幸亏我身板灵巧趴下得快，才保住了这条小命哟！"

那个叫孔万奇的伪军，身板挺结实，边走边想，今天又要进周家院门，莫非真有土八路受伤，隐藏在周家？要真有受伤的人，那周老太婆和那个年轻人就很危险。他走着想着，王麻子挥动皮鞭说："你们瞧！大门敞开着，土八路慌忙逃走了，进门去抓住老太婆和那个年轻人，他们准知道土八路的去向，快快地进门去！"

伪军们呼啦啦闯进大门，奔进北屋里一看，都愣住了："咦？！这是怎么回事？怪！"

原来周大娘双手被绑在柱子上，头发披散到脸上，遮住了眼睛，她低头不语，脸上还有几道子黑印。周永刚双手被绑在另一根柱子上，脸上似乎也有被抓伤的痕迹。他年轻些显得还有精神，但也是不说话。

王麻子看着眼前的阵势，不解其意，地上走了两圈，晃晃皮鞭，扭扭那大脑瓜子，斜着眼说："土八路就在你家里？"

周永刚说："就是在我家里！这不，把我们母子都牢牢地捆住了。"

孔万奇说："真新鲜，土八路为什么捆绑老百姓？"

"糟老婆子，你说，这是怎么回事？"王麻子斜楞着眼说，"土八路为老百姓抗日，不会捆绑群众，你们搞的什么鬼把戏？说！”

周大娘抬起头说：“老总，今天是大年三十，除夕之夜，是全家团聚，通宵不睡，大人们叙旧话新，小孩子们嬉乐玩耍，燃灯放炮，欢欢喜喜的日子！谁能知道土八路突然闯进来，他们本领很大呀，都越墙而过，大门都没有开。”大娘喘口气，接着说：“把我家包的过年饺子，统统都吃光了，我可没见过这样的土八路！”

“他们藏在哪儿？”一个伪军突然问。

“我们老百姓谁家都惹不起，那个土八路队长高大龙可凶……”

“他要干什么？”王麻子看着周围说。

“皇军有命令，谁家来了土八路，赶快楼上报告。”周永刚扭扭被绑的双手，说，“我们为保着吃饭家伙，让高大龙他们快点离开我家，他说我们的心变坏了，倒向了据点、炮楼，结果把我们母子捆在了柱子上。”

“我对他们说，皇军有令，麻班长也有令，谁家窝藏土八路全家问斩！”周大娘喘着气说，“班长，你说是也不是？”

王麻子又转了一圈，斜视着周大娘说：“此话是真的？”

“班长，句句是实言，我不敢说假话，咳！那高大龙可凶啦！”

“一个土包子，满脑袋高粱花子的家伙，还敢逞凶？”

“麻班长，高大龙的话，我不敢说出口呀！”

“他说什么？”王麻子瞪着眼说，“你快说说听！”

周大娘的口气有些变化，加重语气，说：“高大龙说，东洋鬼子是来霸占中国，让中国人做他们的奴才的，喝中国人的血，肥他们自己！”

“高大龙是瞎说，皇军是来中国帮助建立大东亚共荣圈的……”

“麻班长！”周永刚抬起头，打断王麻子的话，说，“高大龙说，日本鬼子是野心狼，大东亚共荣圈是鬼圈套……”

“什么鬼圈套？”一个伪军问。

“高大龙说，东洋强盗，就是要吞吃中国，把中国变成他的殖民地。中国人决不当亡国奴！”周永刚的声音不大，但是很有力，“王班长，土八路的队长高大龙还说，你……你……”

“我怎么啦？说呀！”王麻子甩着皮鞭吼道，“我是为皇军效力！”

“不对，高大龙说，你是鬼子的奴才，是狗腿子，狗汉奸！帮助强盗的杀人犯！中国人要审判你！”

“啪啪啪……”皮鞭向周永刚身上抽打。

周永刚迎着皮鞭说：“那是高大龙说的，抽打我干什么！”

“是高大龙叫你这样说的！是不是，说！”

“王班长，别打我呀！高大龙还说，当伪军的人连祖宗都忘了，给祖宗留下遗臭万年的骂名。只有掉转枪口打鬼子，或者投降到八路军里，共同打鬼子才是唯一出路！”周永刚斜视着王麻子，说，“这些话，都是高大龙亲口说出来的，半句假话也没有。”

王麻子越听越有气，晃着皮鞭，没有抽打周永刚和周大娘，在地上转转着，他觉着这母子二人的话，是高大龙让他们说的，可他们为什么这样干？不怕挨打？

孔万奇在关帝神龛前转了两圈后，看看那母子二人双手吊着，心想，这家人胆子真不小，竟敢通过高大龙之口，大骂日本皇军和班长王麻子，心里想这母子二人在柱子上吊着，也实在够呛，不如先把他们放下来说话。他走到王麻子跟前，小声说：“班长，土八路捆吊周家母子，我们放下他二人，他们一定有感谢之心，能争取他们说出实话，找到高大龙和康忠，还有那个漂亮的雪莲闺女的下落，在皇军面前是一大功呀！”

王麻子点点头说：“有理，咱们再探探虚实，对咱们大大的有利！”

孔万奇大声说：“王班长看你们吊得怪难受的，把你们放下来，老实说出土八路高大龙，还有康忠和雪莲在这儿的活动，他们现在的下落，可不能瞎编哄骗王班长，他的脾气你们是知道的！”

周大娘说：“老百姓哪家都惹不起，哪敢哄骗人哪！”

孔万奇给周大娘和周永刚解开绳索，放下他们来。他说：“区小队上高大龙他们，在这村还到哪家活动……”

周大娘用手梳梳散乱的头发，打断孔万奇的话说：“老总，高大龙呀，人们把他传得可神啦，能飞檐走壁，神出鬼没，一会儿见他在身边，眨眼又不见了，他鬼得很……”

“老东西，甭把土八路说得神乎其神，吓唬人！区委书记康忠和那个雪莲闺女，今天大年三十晚上，也来你家里吃饺子？不说出他们藏在什么地方，你们就活不到明天！”王麻子边说边察看着母子二人的神色。

正在这时，远方突然传来“啪啪啪！”的枪声。屋里人都大吃一惊，王麻子一瞪眼说：“什么地方打枪？”

周大娘脑子飞快地一转，计上心头，忙说：“王班长，高大龙带土八路打回来，我们也活不成了，他们不会饶过我们的，你们不能走，得保护我们呀！”

一个伪军风风火火地跑进屋，上气不接下气地说：“班长……班长……”

“你倒是说呀！几声枪响，就把你吓成这个样子！”王麻子掏出枪，“快说！是哪儿打的枪？”

那个伪军喘着气说：“班长，有人说，是高大龙带领区小队又打回来了！”

周大娘和周永刚，听了伪军的话，同声说：“王班长，你们千万不能走呀！”

“你们再说，我就抽你们！”王麻子挥动着枪，大声说，“快走，咱们先去消灭土八路，回头再和周老太婆算账！”

伪军们跟着王麻子冲出大门，朝东南方向奔去了。

第十八章

地冒尖刀

话说雪越下越大了。西北风吹得一阵紧似一阵，把地上的雪卷起来，又摔落下去。

周大娘整整散乱的头发，那颗吊到嗓子眼儿的心，还没落下来。一出屋门头发又被风吹乱了，她走出院门，仔细看了片刻，看着敌人在风雪中走远了，赶紧关了院门，快步走进屋里，忙让永刚把大龙从洞里扶出来。高大龙这时因为流血过多，已经晕了过去。大娘和永刚把他抬到炕上，她把脸贴在大龙的脸上："大龙！大龙！……"大龙头动了动，没有哼声。大娘又说："大龙，你醒醒吧！敌人走远啦，我给你把伤口洗洗，包扎起来！"

高大龙慢慢地睁开眼，看了看大娘，忽地又瞪着眼睛大声地喊："同志们！冲！冲出去！"

"孩子，静一点，敌人早走远啦！"大娘忙按着他说。

"啊！小队上的同志们到哪里去啦？"

大娘忙挨近他的耳朵，小声说："他们一阵猛冲猛打，又扔手榴弹又打枪，把那些坏东西打散，一股劲儿突出去啦！"

高大龙点了点头，又躺下了。

大娘忙叫永刚把菜籽油灯端到跟前，她看了看大龙的伤口是左肋下边，还在向外冒血。大娘见伤势挺重，心里很是着急，忙说："永刚，快去端盆开水来洗洗！"

周永刚快速端来开水，大娘又忙把自己正在纺的棉花拿过一小团，先在开水里烫一遍，消消毒，然后蘸着水轻轻地洗着伤口。

周大娘是看护伤员的一把好手。在“五一大扫荡”以前，曾经掩护过好多八路军的伤员。部队里的医生也常到她家里来，给伤员们打针、换药，因此，对于怎样洗伤口，怎样包扎，发烧不发烧，伤的轻重，要紧不要紧，她都看在眼里，学在手里，记在心里，说她是个够格的老护士，那是人人佩服。一直到现在，她家里还有过去部队上留下的绷带、纱布，以及常用的红药水、紫药水、碘酒、黄色药膏等简单的药品。她有时真能顶上半个医生呢！有的伤员说：“甭看大娘年岁大啦，真有两下子，手头利落、轻便、仔细，洗伤口也不怎么疼！”

有一次周大娘护理了一个特殊伤员，那个伤员就是第九分区地委书记——王凤山。

“五一大扫荡”时，为了保存有生力量，冀中平原的大部队突破敌人的包围，转移到西北山区里去，和疯狂的鬼子兵展开了激烈的战斗。就在大冉庄那次战斗中，王凤山带地区队，为掩护部队撤退，在神槐树下受了重伤，躺在地上，敌人追赶得紧，只好连夜把他转移到周大娘家里来，大部队突围出去了，王凤山却留在周大娘家养伤。

周大娘看着躺在炕上的高大龙，比过去王凤山的伤势要重得多啊！

高大龙咬紧牙，忍着疼痛。大娘再仔细瞧瞧，呀！子弹打进去还没有出来，窝在里边，这孩子怎么受得了呀！大娘心里急，脸上津着汗珠儿，大娘先给大龙擦了些红药水，用纱布绷带包扎起来，等明天再想办法。

“啊！”高大龙猛地叫了一声，睁开眼，他又问，“大娘，他们都冲出去了吗？”

大娘握着他的手，安慰着他：“龙儿，刚才不是对你说过了吗？他们都冲出去了，敌人追了一阵，没有追上，折回来又到咱家里折腾，我用计谋把坏东西们哄走啦！孩子，你流血忒多，子弹还在里边，好好躺着，少说话！”

“唔……大娘，我……我渴……”

周永刚忙从柜子底下的小竹篓里取出三个鸡蛋，大娘在炕沿上把鸡蛋碰个小口，倒在大龙嘴上，说：“孩子，快喝吧，喝下去心就不慌不跳啦！这是补身子骨的。”大龙用嘴一吸，咕嘟就是一个。三个鸡蛋都喝下去，然后大娘又把他身上的血衣脱下来，给他换上永刚的干净衣服。

大娘和永刚一来要照护大龙，二来还怕敌人再来个“三翻江”，那就更危险啊！所以不时地跑到院子里去听听动静，永刚还扒在墙头上，向远处瞧瞧，闹得一夜也没有睡觉。

第二天上午，区委书记康忠背着粪筐，手拿粪叉，戴顶三块瓦旧棉帽儿，悄悄地闪到周大娘家里来了。这时高大龙正睡着，大娘轻轻地说：“别惊醒他，他刚睡着一会儿，这孩子真坚强，没说出一个疼字来。你先到西间屋里去坐一会儿。”

永刚呢，在院子搓麻绳，不时地向外边张望，一有什么动静，他就赶快到屋里去报告。

康忠和周大娘在屋里谈着话。

康忠说：“今天天不亮，我刚走到大冉庄神槐树下，就碰上小青他们，把这儿发生的战斗讲了一遍，说大娘你出的计谋挺高明，把你们母子反绑起来，使敌人真假难分，再加上小队返回来打枪使敌人慌忙离走。你母子受惊也受苦了……”

“这年月活着，得比敌人多几个心眼儿才行。”大娘若有所思地说，“不过想来也后怕呀！”

“大龙的伤要紧不要紧？”

“咳，很厉害哪！”大娘着急地皱着眉头说，“伤口在肋子下边，光有打进去的口，没有出来的口，子弹窝在里边，我给他洗了洗，先包扎起来。就是这子弹在里边，干着急，咱们老百姓没法取出来。老康，你有没有办法？这是人命关天的大事呀！”

老康摸着腮帮，陷入了沉思。

“咱们队伍上的医院还有呗？这子弹不取出来可是不行啊！”周大娘抖着手说，“过去我见过部队上的医生，给战士从肉里往出取子弹，可费劲啦，又用刀子，又用剪子、夹子，又打针又缝线……咳，眼下没有那些家伙和药品……要有那些家伙，我也能给大龙取出那颗子弹呢！”

“有了！”老康说，“离这儿不是很远，有地区队上的一个医院，我写封信去和王司令员交涉一下……”

“你说的王司令员是哪一个呀？”周大娘打断老康的话插问。

“就是九分区地委书记——王凤山呀！”康忠忽然想起什么似的说：

“大娘，你也很了解他呀，‘五一大扫荡’时，在大冉庄神槐树下受伤的那位啊！”

“啊！是他呀！”周大娘兴奋地说，“在家里养伤时，是我给他包扎伤口，亲手喂他鸡蛋，护理着他的伤。”大娘说到这儿，想了一下，“咱家对王凤山是有情的呀！”

“我想把大龙送到那儿去治，大概不成问题。”

“那可就好啦，赶快把他送去，这可不能再耽误啊！”大娘又着急地说：“生命关天，要抢夺时间！子弹还在里边窝着，早一会儿是一会儿的事呀！”

“好，我这就写信派人送去！如果王司令员他们批准了，咱们马上就想办法送！”

“那你赶快写吧。这个医院在什么地方？”

老康站起来走到屋门前，看了看外边，回来小声地说：“大娘，你也不是外人，千万要保守秘密呀！”他压低了声音，把脑袋挨近大娘的耳朵，说：“医院就在大堤西边小留营村的地道里边……”

“哦！”大娘惊讶地说，“地道里也能开医院！咱们八路军里头呀，这能人真多，这法子多奇妙哇！我活了这么大年纪，还是头次经着呢！妙，妙！”

“咳，这也是敌人逼得咱们创造出来的，要不，环境这么残酷，抬头见岗楼，迈步登公路，鬼子兵三天两头出来抓人抢粮，咱们这九分区一有个伤员，到哪里去治呀？不过这个医院非常秘密，一般的人不让知道，所以得派个可靠的人送信去才行啊！”

周大娘愣了一下，说：“老康，咱们这儿的地洞发展慢啦，人家那儿地道发展快呀……”

“是呀，那儿土质好，地道挖得好，挖得快，家家相通，户户相连，伤员住在里边很方便……”

“万一被敌人发觉了怎么办？”大娘担心地问。

“小留营离白洋淀不远，如果情况太紧了，伤员可以连夜转移进水上芦苇荡里。”

大娘说：“你赶快写吧。你看这送信的人，叫永刚去，行吗？”

老康说：“嗯，行！他是好样的，就让他送去吧！”

老康忙把粪叉拿过来——那木把里被掏空了——从里边倒出一支自来水钢笔和一个卷折着的小红皮本来，把小本放在炕沿上，展开正准备要写，永刚慌慌张张地跑进来，说村子里又来了敌人。

大娘说：“老康，你快扶着大龙进洞去。永刚，再去门口瞧着点！”

永刚急转身，一闪就忙出门去了。

大娘和老康忙去炕跟前把大龙摇醒，大龙睁开眼一看：“老康，你来啦……”

“别说话了，快点进洞去，敌人进村了。”康忠说着就和大娘搀着大龙走到关公神龛跟前，把关老爷像揭起来，忙把大龙送进去。康忠和大龙进去后，大娘又放下神像来。

这时，永刚又急忙跑进来说：“来啦，来啦，有十几个敌人朝咱们门口走来啦！”大娘心里咚咚直跳：“该不是敌人发觉了大龙和康忠吧？为什么这么巧呢？康忠到，敌人也来了！”她拧着眉头，但是立刻又镇静了下来，走到神像跟前坐下，嗡嗡地摇起纺车来。

周大娘从来还没有出现过像今天这样的状态：纺车转得不那么均匀，纺出的棉线还不时地出现断头儿，接起来也不顺当。她心里明白，一个是区委书记，一个是区小队队长，区上两个头脑人物，都掩藏在地洞里，万一被敌人发现了，会是什么结果……她不敢往下想。

永刚呢，他也装着没有事似的摆着麻绳，可是心里却咚咚地跳呢。

十几个伪军背着枪，闯进院里来了。

他们走进屋里，大娘忙停了纺车迎上来，招呼他们坐。

有两个愣家伙，偏在神龛跟前的凳子上坐下了，把枪咣地往神龛上一靠，捎得关爷像一闪动，大娘心里也咯咚跳得更吃劲了，直怕他们发现了洞口，忙说：“今天是大年初一，快到炕上暖一暖吧，刮这么大风，下这么大雪，怪冷的，快上炕，快上炕，碰上这年月，一家人也不能团聚哟！”说着忙把两个伪军推到炕边去，给他们把枪也拿过来，靠着炕帮放下。

只听一个伪军自言自语地骂着：“他妈的，真倒霉！上一次汽车跑到大冉庄那棵神槐树下，只听“哧——”的一声响，谁知路上栽着刀子，把汽车轱辘子给划破了，走不动啦。今天又碰上刀子，汽车轱辘又被划破了，咳真怪！这鬼地方，地冒尖刀！”另一个伪军说：“把汽车轱辘给划破倒是小事一桩，说不定跑到前边，还会碰着地雷，连人带车坐了‘飞机’，那才倒霉到家喽，连个年也过不成，真他妈的见鬼！咳……”

有个伪军对着大娘说：“老太太，你们村里的维持会长在哪儿住？”

大娘一听话音儿，不是来抓高大龙和康忠的，心才稍稍往下落一点，忙说：“哟！会长在街当间儿住……”

“走！我引你们去找！”永刚也忙搭上茬儿说。

可是那些伪军，在热炕上坐着不想下来，你看看我，我看看你，谁也不动弹。那个当班长的说：“派两个人去把会长叫来，咱们先在这儿好好暖一暖！”

被派的两个伪军，噘着嘴跟上永刚去了。

只听他们在炕上又叨叨开了：“他妈的，刚下这么大雪，就叫往蠡县城运子弹，在汽车上坐着风头又大又硬，这棉衣服，一下就吹透了，像刀子刺肉，真把人给冻死！”

大娘插嘴说：“怎么迟不送，早不送，单等这么个天，路又难走，多受罪啊！”

一个伪军说：“受罪？动不动把命也得搭上！”他又四处看了看说：“喂！老太太，给我们端些馒头来！”

大娘说：“馒头是冷的啊！”另一个伪军忙接着说：“行！统统拿来，还有什么好东西没有？全拿来！”又一个伪军说：“有鸡蛋吗？干脆，给我们煮几个！”

“煮？来不及，喝生的吧！”

大娘说：“没有，正月里鸡不下蛋，年前有些鸡蛋太君早拿走了。”

一个伪军腾地跳下炕来说：“我不信，神龛旁边那个小篮子里是什么？我去看看。没有鸡蛋还没有肉哇！大过年的，谁家没有点好吃的东西！”说着就到神龛跟前胡乱翻腾起来。

周大娘忙扑过去堵住神龛，把篮子替他拿出来，说：“你看，只有几棵大葱和几头大蒜，还有几根胡萝卜！”她忙又笑着说：“快到炕上暖着吧，熟肉还有点，我给你们拿去！”她走到案板旁边，从一个小白瓷盆里拿出一块肉来。那个伪军夺过去，吞了一口，嘴里几乎倒腾不开了，一边嚼着，一边呜呜哝哝地说：“嗨，这老婆子真抠，还舍不得！给谁留着哇？连盆端过来！”说着便把大娘推到一边，伸手把盆子抢走了。炕上的伪军们一见有肉，劲头就来啦，噔噔地跳下去抢，连枪都碰倒了，有的喊着：“慢一点，慢一点，每人分一点！”有的不满意地说：“他妈的，你一个人想独吞哪！”

“哼！你想吃肉？你连个包子皮儿也吃不上！”

另一个伪军跑到外间屋的锅台边，把蒸窝上盖的布一掀：“嗨！好东西在这儿哪！满满的一蒸窝包子呀！”这一下闹得更欢了，伪军们又都挤到那里去抢，有的连鞋都没有穿，光着脚丫子，在地下跑来跑去。

呼地一下子，那蒸窝扣在了地上，有的人被挤倒，来了个嘴啃地，粘了一身的包子馅。

周大娘心里想：咳！让他们抢去吧，只要别到神龛跟前来，就谢天谢地了。

康忠呢，他在那关老爷像后边的洞口守着，手里端着盒子枪，子弹顶在膛里，搂着机儿。当敌人进屋的时候，他心里也很吃劲，以为敌人是来捉他和大龙的，他想，如果敌人发现洞口，他就开枪打，冲出去。后来听了一阵，才知道敌人并没有发现他们，就又在那里继续听下去。

原来这些敌人，是从保定府来的，开着两辆汽车，一个班的伪军押车，往蠡县城的据点送子弹，走到这村东边的那条公路上，民兵和区小队们早给栽下了刀子。这刀子是找铁匠专门打造的，有一尺多长，像个矛头一样，尖儿特别锋利，刀把上是个十字座儿，埋在土里稳稳当当的，不容易倒下，刀尖露出地面一寸多高，上面用茅草掩盖起来，刀刃的两边有小钩儿。不注意那是很难发现的，今天敌人的汽车从这经过的时候，轮子一碾在上边，吱的一下就划开了三寸多长的一条口子，汽车轱辘冒了气，开不动了。敌人把车上带的备用轮子取下来换上，再往前开，开了不远的一截，轮子又被划破了……

周永刚引着那两个伪军找来会长，那会长刚一进门，就对着伪军低头哈腰地说：“大家路上辛苦了，大冷的天，先做饭吃吧！”

那伪军班长跳下炕来说：“你们这段路上怎么栽着刀子呀！”

“咦？”会长说，“路上栽着刀子？真是怪事……这，这我也不知道呀！”

那班长说：“什么不知道，不知道！妈拉个巴子，装什么蒜玩！”一挥手，啪的一声，在他脸上狠狠抽了一巴掌。

顿时打得那会长脸上火烧火燎的，眼睛在冒金花。“哎……这……这不知是谁搞的，出这样的鬼主意，咱们也没有法子呀！”

班长吼着：“没有法？汽车轮子给划破了，怎么办？他妈的！摸摸你的脑袋！没法……”

杜于生会长不知说什么好。

还是一个伪军忙跟他说：“事情闹到这步田地了，你赶快先找几辆大车，把那子弹箱拉到村里来再想办法！”他对班长说：“现在逼他也没有什么用，这明明是土八路干的，你看这样行吗？”

班长说了声：“好吧，走！”大家就都跟着出去了。

第十九章
雪夜送信

话说天快麻黑时，天空又慢慢地飘起雪花，看样子敌人汽车修不好，也走不成了。

周永刚从街上赶回来，忙把康忠叫出洞，把村里发生的情况都告诉了他。老康想了想，说："赶快把这些情况告诉地区队上的王司令员，让他们乘机把这批送上门来的子弹，在去蠡县城的路上夺下来，也好补充咱们一些子弹和枪支！"

大娘说："那你赶快写信吧，连大龙送医院的事情一块写上！"

康忠快速写好信，为了带着方便，折了又折，折得小小的，递给周永刚说："你把它送到小留营村去，交给村东头铁匠铺的王掌柜就行啦！"

周永刚拿了信就走，康忠又忙喊住他说："永刚，这条路很难走，敌人封锁严，要小心点呀！"永刚说："老康，你放心，不会出错的！"

周大娘叮咛儿子道："刚儿，机灵点，这年月要比敌人多几个心眼才行！"

"娘，你在家要好好保重。"周永刚说着就把头上的手巾用劲一勒，走了出去。

过了一会儿，他又折回来，把信藏好，紧紧腰带才又走了。

鹅毛大雪，在空中飘飞着，更紧更密了。

周永刚出了村子，往东北方向走去。

这条道儿要到大解村去，必须过了大清河，通过大丘庄敌人的炮楼子，因为岗楼子两旁是一条大封锁沟，没法过去。

他从雪地里踏过去的脚窝儿，立刻又被天空飘下来的雪花填平了。他把棉袍儿捺起来掖在腰带上，这样就更方便。他加速了步子，几乎是在雪里奔跑着，他想在天黑定前赶过大清河，再过了敌人的岗楼，一过了岗楼，那就好办了。

绞脖子雪在他头上身上摔打着。

由于走得急，他不时地被雪滑倒，然而，他还是爬起来，又爬起来，急急地朝前走着。

离大清河不远了，为了夺抢时间，让地区队夺下敌人的子弹，将大龙快点送进医院医伤，他就从漫地里踩了过去。这里的每一块土地，他都非常熟悉，因为他小的时候，经常跟着父亲一同到河里打鱼，背着渔网儿，今天到这一块儿，明天到那一块儿，哪块儿地好，哪块地次，哪一段水深，哪一段水浅，哪一块儿鱼多，哪一块儿鱼少，哪一溜走大鱼，哪一溜走小鱼，鲤鱼爱走什么水性，鲢鱼爱走什么水性，全都摸得清清楚楚。他走河边的那行柳树下，见景生情，忽然忆起过去的一件事情。

那是在“七七”事变后的第二年夏天，他和许多孩子们一起在河里洗澡呀，打鱼呀，捉蟹摸虾。有男的，也有女的。里边有一个女孩，名叫霞女，她是河西边杏花村人，长得挺俊俏，也常到河边打鱼。有次霞女不小心掉到了河里，她水性不太好，水势又猛，直打摸扎，周永刚一看就急啦，猛蹿身跳下水去，把她抢上来，从此他们就认识了。后来打鱼的时候，两人经常在一起，两小无猜，霞女叫他永刚哥。永刚呢，帮助她撒网啦，扯绳啦，有时霞女捞的净是小鱼儿，而且也不多，永刚就把自己捞的大鱼给她几条：“拿着吧，这鱼儿好吃。”

有一天，他们正在打鱼，日本强盗的飞机来了，飞得多么低呀！翅膀几乎扫着树梢儿，孩子们喊着：“看鬼子的飞机！鬼子的飞机！”他们都站在河岸看着。

那飞机在空中画了几个圈子，屁股一撅，上边的机枪开始嗒嗒嗒地扫射。会水的孩子都跳到河里去躲避，钻进水里不见了。霞女没有来得及躲，就被打死在这柳树旁边了。

他一想起这位小时的伙伴，心里就不由得难受，同时也增加了对日本鬼子的仇恨。

他穿过了那几棵柳树，从河面的冰凌上往前走，因为他慌忙赶路，不小心出溜一下就滑倒了，又忙爬起来，滚得满身是雪，也顾不得拍打，就又往前赶路。

当他走到对面岸跟前时，岸挺滑，脚踩上去哧地又滑下来，滚到了冰凌上，他又赶快爬起来，用两只手扒着岸上的小树枝，才慢慢地爬了上去。

他抬头一看，发现前边有个人，奔这岸边走着，他想，在这风雪夜里，只有一个人，这么冷，敌人不会出来，莫非是我们的侦察员？他问道："干什么的？"

"我是夜行人！"前边那个人大声说道，"站住，不准动！"

"大路朝天，各走一边，关你什么事！"永刚说着耸身就走。

那个人很快赶上来，威胁地说："不站住，我开枪啦！"

周永刚一听话音儿，有点耳熟，好像在什么地方听到过这样的声音。

他刚站稳，那个人眨眼间闪到跟前。他一看愣住了，只见那个人身穿黑棉裤棉袄，腰扎黑皮带，头戴黑猴帽儿，把帽檐抹下来，只露着那双明亮的眼睛，行动和打扮完全是个青年小伙子。他用枪逼近周永刚胸口，说："风雪之夜去干什么？说实话免你一死！"

周永刚开始时一惊，稍沉，他知道了，突然喊道："雪莲姐，我是永刚啊！"

这意外的相遇，使对面人开始发呆，接着忽地伸手拉住对方："永刚，我的好弟弟！"

原来雪莲是在大冉庄神槐树下接到县委的紧急通知，叫区委书记康忠和她到县委去开会，布置针对敌人进行强化治安的任务。我们针锋相对，大力开展政治攻势，揭露敌人的阴谋，对伪军进行教育，分化瓦解敌人。她去找康忠，没有想到在这儿遇上周永刚。

雪莲的娘和永刚的娘是亲姐妹。雪莲比永刚大一年多，所以永刚叫她姐姐。

"雪莲姐，你怎么这样打扮？"

"是敌人逼的，女人装作男人的样子。"雪莲说，"这么大的风雪，你干什么去呀？"

周永刚把去大解村找王司令员，联系让大龙去地下医院治疗养伤的事，让地区队派精兵，夺下敌人运往蠡县城的弹药的事，详细说了一遍之后，雪莲果断地说：“永刚，你赶快去大解村找王司令，争取时间，过岗楼千万小心！”

“我走啦！”周永刚甩开步子奔大解村的方向而去。

雪莲看着永刚消失在风雪里，扭身奔西南而去。白雪莲去小陈村找康忠，暂且不提。

单说周永刚直奔大解村，急急忙忙赶路。

他紧赶慢赶，刚过了大清河不久，天就黑定了，他想：“糟糕！这天一黑，要穿过楼子可就不容易了。”他在夜色苍茫中，看着大丘庄的那座岗楼，它就像一个黑色的大怪物，在那里站立着，你说避开它，从另外的地方过吧，两边横着一条大封锁沟，这沟有三丈宽，近两丈深，还有齐膝盖深的水，怎么能过得去呢？他站在那里，左想想，右想想，现在能生出双翅，从天空飞过去，那该多好啊！他摇摇头，任务是非完成不可！他咬了咬牙，一狠心：“豁出这条命了也要闯过去，过吧！”

他一步一步地走近那个岗楼，心里一阵比一阵紧张起来，眼睛死死盯住前方。

雪——下得越大越紧了；风——也吹得更加急烈了，把地上的雪也扬了起来。

可是，这些与周永刚都不相干，只有那个黑色的怪物，越来越大，越来越高了……

突然，楼子旁边的小地堡里钻出敌人的岗哨，喊道：“站住！干什么的？举起手来！”

永刚回答：“我是老百姓，走路的！”

哨兵又吼着：“举着手，拍着巴掌——走过来！”

周永刚举着手走过去，那哨兵机警地把他浑身上下，摸了一遍又一遍后，问：“到哪里去？”

永刚说：“到大解村去！”

哨兵眨巴着眼又看了看他，说：“干什么去？天都黑定了，又下着这么大的雪，西北风像刀子刺人，你也不怕冷，有什么要紧的事？没要事你不会去的！”

周永刚说：“唉！孝敬父母是人生中的大事啊！我娘病得很厉害，好几天不吃东西了，又是上年纪的人了。赶快到大解村叫姐姐来看看，要不一口气上不来，要后悔一辈子……咱是老百姓……”

“你娘病重？我不信，走，跟我到楼里去见我们队长去，快点！”

另一个哨兵说：“放他过去咱们要吃亏，带进去吧！”

那两个哨兵便把永刚带进楼里去，一个去楼上把队长叫下来。那个队长问了一遍，便说：“哼！叫你姐姐去？不对！现在土八路活动得很厉害，搞什么政治攻势，围着楼子插小红旗，最要命的是，在公路上栽刀子，太君的汽车轮子划破了，还不如老牛破车。连我们的自行车也逃不出土八路的刀子。你是给土八路送信的吧？说！”

“咳，哪里，咱是个老百姓呀！”永刚说。

“什么老百姓！说假话，来人搜！”

那队长喊了一声，两旁的伪军们便扑上来，七手八脚地把永刚身上搜了一遍，说：“报告队长，什么也没有！”

队长瞪着一双牛眼珠子瞧着永刚，又说：“没有？他藏在什么地方？把衣服脱下来搜！”

永刚忙说：“好队长，咱是个老百姓，身上还能装什么东西呢？现在天黑定啦，我还得赶风雪路，快点放我走吧！求你行点好，我家老母亲病重在炕上。”

“不准说废话，快点把他的衣服剥下来！快点呀！”那个队长挥着他的胳膊大声地说。

伪军又扑上去，永刚忙把他们推开，说道：“用不着你们剥，我给你们解开好了！”

周永刚慢慢地解下腰带，放在一边，又把外面的大棉袍解开，把它脱了下来。

“再脱！”

周永刚又把小棉袄解开，脱下来放在一边。

永刚上身只剩下一件单褂子，敌人还在喊着：“脱！”

周永刚说：“只剩个单褂子啦，还会有什么东西吗？这大冷的天，怎么受得了呀！”

“别废话，叫你脱，你就快点脱！”伪军们喊着，“这是队长的命令！”

永刚说：“哎呀！这……”两边的伪军们用刺刀逼着他，只好脱下来。

敌人喊叫着让他脱下裤子。他不脱吧，敌人用刺刀逼着，只好把那双沾满泥污的破棉鞋脱了下来，再脱下裤子，灯光下显露出周永刚那健壮的身子骨。一个伪军说：“这小子身子骨真棒，咱们两个人也抵不过他！”敌人又把他全身都搜查了一遍。

“报告队长，还是什么也没有！”

队长点了点头。周永刚这才把衣服穿起来，说：“队长，放我走吧！”

那个队长拧着眉，嘴里叼着大前门香烟，吸了一口，喷出一股股白烟来。他歪了歪脑袋，斜眼看着周永刚，说：“他妈的，真奇怪，居然什么也没有！”他又踱了几步，突然扭过头来，向伪军们摆了摆手，说：“让他滚吧！”

两个伪军把他推出去了。

第二十章
壮志千秋

话说周永刚出了炮楼子，朝大解村走去，这时他心里的一块石头，咯噔一下才算落了地，他用手在脸上抹了一把冷汗：“哼！这些杂种的狗东西！我要不是来的时候把信藏得好，真会被他们搜去！”他走着想着，“这下总算过了关啦！”可是刚走了不远的一截儿，就听到背后枪栓“哗啦！”的一声，使他大吃一惊！是耳鸣了吗？不会！莫非有鬼？更不会！他扭过头来一看，啊！三把刺刀已经逼住了他。

“站住！——不准动！——回去！”三个伪军喊着。周永刚立刻从头顶冷到了脚根，心上像压了一块千斤石，多么的沉重啊！他说：“你们都搜查过了，还有什么事？”

“走，闲话少说，到楼子里去！搜查过了，你以为就没有事啦！”一个伪军说。

“今天黑下你是过不去啦！”另一个伪军说，并冷笑了一声。

刺刀逼着他又走进楼里去。

原来大丘庄这个楼子是属黑风口据点管辖，冯喜营在日军中队长浅野公平手下，因为他投降以后，抓人杀害村干部有功，所以提升为伪军队长，他就更牛气了。这天他和几个日本鬼子兵，到这里布置强化治安，进行大清乡的安排。刚才那个伪军队长，正陪着他们在三层楼上喝酒打牌，听到楼下边叫他有事，就下去了。当他把周永刚放走之后，又回到楼上，冯喜营一听这件事，便说：“啊？把他放走啦？这个人大雪天黑夜从这儿过，一定和土八路有关。赶快把他抓回来，我来问他！现在八路的花样儿可多啦！”所以周永刚这次一进楼来，刑具早摆好了，冯喜营杀气满面，手里拿着一条鞭子，怪声地吼着：“给我打！”四五个伪军呼啦一下扑上去，就把永刚翻倒在地，两旁的皮鞭下雹子似的朝他身上噼里啪啦乱抽，抽打在他的头上，抽打在他的身上，抽打在他的腿上……他在地上滚来滚去，“哎呀！哎呀……”地叫着滚着。

打了一阵之后，冯喜营才把两手一按：“停止！”大家的皮鞭才停下来。

冯喜营在汽灯的紫光下看不清楚，又点上一盏罩子灯，一手提着皮鞭，一手端着灯，走到跟前猫腰一看，此人有点眼熟，好像在什么地方见过，一扬脑瓜子想起来了，他在区小队上时，到小陈村活动过，曾在周家住着吃过饭，他放下罩子灯，晃着皮鞭对周永刚说：“你是小陈村人，对不对？”

“对！”永刚喘着气说。

“你姓周，名叫永刚对不对？”

“对！”

“你家还有老母亲，游击队员和区干部们都叫她周大娘，对不对？”

“对。”二次进楼时，周永刚偷偷扫视了一下，心里很吃惊，看出了冯喜营这个汉奸也在这儿，狗东西坏透了，周永刚心里明白，今晚这一关很难过去了。

“你家里有高大龙？”

“没有。”

“康忠在你家？”

“没有。”

“白雪莲在你家？”

“没有。”

那个队长插问：“冯队长，你问的都是土八路的干部呀？”

“小陈村是个窝点，是区小队和干部秘密活动的好地方，那周家是区干部的堡垒户……”

“什么叫堡垒户？”那个队长问。

“这是土八路独有的玩意儿，就是干部躲藏的秘密地方，别人是不知道的，我们也是不好搜抓得到。”

"土八路的名堂真不少！"

"周永刚！今天雪夜准有紧急事，谁派你去送信？信藏在什么地方？信又送到什么地方？"冯喜营凶狠地说，"说了就饶你这条命，你要是不说呀！哼哼！你也知道我冯某的厉害！今天黑下叫你过不去，连楼你也出不了！"

周永刚浑身酸痛，挣扎着爬起来，他说："我……我说什么呀……我全身剥光了，他们都翻过……去我姐姐家……我已经说过了……俺娘病了，我来的时候，她……她快断气了！她老人家要在临死的时候，见我姐姐一面，她就这么一个独生女儿，要不，她死了也闭不上眼睛……下这么大雪……我……我……"他说着哭了。

有的伪军听了周永刚的话，不知是怎么的，背过脸去偷偷抹眼泪。

"你倒编了个圆乎，我要你说真话，你还能哄过我去？"冯喜营把脑袋一偏说："谁教你这样说？"

"冯队长，各位老总，天下哪个父母不疼爱自己的儿女？有哪个儿女不孝敬自己的父母啊！人心都是肉长的啊！"

"不要瞎编了，快说信送给谁？"

"我都说过了，叫我再说什么呀！"

冯喜营瞪圆眼珠子说："他妈的，你倒和我推起磨子来了，你们这一套我清楚！"他朝两边的伪军们大喝了一声："来呀！把火香点着，把他的上衣剥下来！"

两个伪军答应了一声"是！"就扑到永刚跟前，把他衣服剥下来，拿着火香在他身上、脸上，"吱……"一烧一个黑洞。永刚脸上的汗珠，像黄豆粒似的，咕噜咕噜地往下滚，他咬紧了牙，不哼声。

在汽灯的紫光下，满屋的刑具，挥动的刺刀，还有那十几只毒蛇似的眼睛，显得更清楚、更狡猾、更凶狠，这房间活像一间地狱！

冯喜营在桌子旁边，把半截子烟卷往地上嗖地一扔，吼着："说不说，你还要硬骨头，要不过去！"

一个伪军说："年轻人，还是说了吧，何必受这份苦哇！"

"说呀！"

然而，周永刚闭着眼睛，好像没有什么事似的，还是不吱声，任他们这不要脸的鬼东西，不通人性的野兽摆弄。他拿定了主意，豁出这条命啦，为抗击日寇死了也是光荣的。

不一会儿，他身上、脸上、烧满了一个又一个黑洞，他却一直没有说话，他倒在地上，晕过去了……

那个说话的伪军，走到永刚跟前看了看，大声说："报告冯队长，这个家伙死啦！"

"死啦？拉出去！扔在雪地里！"冯喜营说罢，那个说话的伪军又叫了几个伪军，就把周永刚抬出门去。

一个伪军说："走，抬远一点，别离咱们岗楼太近，怪怕人的！"

那个伪军说："你说咱们这楼上，打死个人算什么，就像碾死一只蚂蚁，唉！谁不是爹娘养的呀！"

伪军们把他一直抬到离楼子有半里远，用劲一扔，便丢到雪地里去了。

雪，仍然在不紧不慢地下着，一片一片雪花飘落在他身上、脸上，融化了……又冻了……

一阵阵的夜风，在他身上掠过。可是，他已经是忘了冷的人了。

"现在是什么时候了？我在什么地方？"他慢慢地慢慢地醒过来，抬起头，望了望，才知道是敌人把他扔在了雪地里。

他挣扎着用胳膊撑起来，看了看方向，那座岗楼像黑魆魆的魔鬼，远远地在西南边站立着……

他赤着身子，在雪地里，该是多么寒冷呀！风吹在身上，如刀割一样，疼得入骨！然而，他还是没有忘记他的任务，他忙摸了摸脚上的鞋，自语着："啊！信还在，找到王司令员说好了，就能快点把大龙送到医院，他的命也就保住了！"原来他离家的时候，已经走出门了，又忽然想到，如果敌人要搜身上怎么办？撕开衣服搜找怎么办？踏雪泥污的鞋子敌人是想不到的，所以他便又踅回去把那封信缝在了鞋帮子里边。

他想：只要还有一口气，我挣扎着，爬，今儿个黑下也要爬到大解村去！无论如何也得完成任务——把这信送到王司令员手里！

"康忠书记，你放心吧，我不会出错的！"——来时对区委书记康忠说的话，他还记得清清楚楚。

他用两只胳膊向前爬行着，在雪地里爬呀爬！没有穿着衣服，而又被烧得疼痛难忍的身子，把地面上的雪拉开一条长长的沟。

他的确忘记了疼痛、寒冷，他咬紧牙，爬一截，看看前方，再继续往前爬去——朝大解村爬去！

第二十一章
维持会里

且说小陈村维持会里，会长杜于生正被吊在屋内柱子上，不时地摇来晃去。

“打！给我打！”

一阵阵的皮鞭声——噼啪！噼啪！……

“哎呀！……哎呀！……太……太君……哎呀！……这……这不能怪我呀！”

“你的心！大大的坏了！坏了！”

“维持会为太君效劳，咱……咱们是一家人哪！”

“你私通八路！”

“我……我冤枉！”

“不说打死打死的！”一个鬼子凶狠地说。

院子里，维持会管账先生卫二先，拉着双桥镇据点伪军班长王麻子，哀求说：“王班长，快去给小队长乔本三太郎说几句好话吧，这事确实不能怪咱们维持会呀，路上栽了刀子，又下了这么厚的雪，就是神仙也不晓得，你说咱们会长，怎么会知道呢？现在就是把会长打死，也没有法子呀？班长，你说是吧？”

“汽车上装的是重要的军用物资——枪炮子弹，到小陈村这儿出了问题，你说太君哪能不冒火？”王麻子气急败坏地说，“这事闹大啦！连黑风口日军中队长浅野公平也会知道！”

“班长，别急。这军火不是在咱们村里放着嘛，枪炮子弹还是很安全呀！”

“让土八路夺走了，你还活得了啊！”王麻子想起来也有些胆怯了，“土八路就喜欢打劫太君的军火！”

原来事情是这样的：由保定府开往蠡县城的两辆装着军火的汽车，行驶到离小陈村不远的地方，汽车轮子被刀子划破，瘫在了路上，押运的几个日本鬼子和一个班的伪军，怕被游击队夺走，鬼子兵让伪军班长派人连夜送信到双桥镇据点，让日军小队长乔本三太郎来保护这批武器。

乔本三太郎带领鬼子和伪军，后半夜出动包围了小陈村。天刚发亮就进入维持会，把会长吊起来，追问雪地栽刀子，划破车轮子的事。

乔本对王麻子说：“一定要追问出是什么人在雪地栽的刀子！”

王麻子按照主子的旨意，审问会长杜于生。

“哎呀！……哎呀！”杜于生还在惨叫着。

噼啪！噼啪！……打手仍不停。

卫二先见屋里边还在抽打，心里真着急，这可怎么办呢？自己又不能到乔本三太郎跟前去讲话。

卫二先冲着王麻子说：“班长，你看这事……”

“乔本三太郎冒那么大火！”王麻子缩了缩脖子，说：“正在火头上，我也不敢去说！”

卫二先是管账的先生，手里掌握着维持会的经济大权，他想有钱能买鬼推磨，王麻子也是个要钱不要命的家伙，看来不出点血是不行的。他暗暗点了点头，便忙从腰里掏出一沓子联合票，悄悄地把手伸到王麻子的袖筒里，小声说：“拿着买几盒烟吸，小意思！”

王麻子带气地说：“你这是干什么？我就是为了这几个钱？太君冒那么大火，哪能轻饶，谁要你这几个臭钱！”可是他说话的声音却并不高，仿佛怕让屋里的乔本三太郎听见。

卫二先估摸着有门儿，莫非这家伙嫌少？但手里没有那么多钱了，怎么办？他正在犯愁，见伪军孔万奇走过来，忙走到跟前说：“孔老总你快替咱村想想，王班长实在为难，乔本那儿也不好说话儿……”

“真可气，汽车开得好好的，硬是被刀子划破轮子！”孔万奇说。

“是呀，土八路干得太奇了！”卫二先又掏出几张联合票，小声说，

“孔老总，你对王班长说说，先弟的意思不是说你们要钱呀，来我们小陈村不容易，看你们多辛苦啊！”

“是呀，谁不知道在楼子里，打壶酒一喝，打打麻将多舒服！”

“好好招待你们也是应该的，这么大的雪天，天气多冷呀！请兄弟们喝盅酒，吸几支烟也是应该的，事情嘛，该怎么办，还是得怎么办！”

孔万奇心里明白，接过联合票，对王麻子说：“班长，我看给弟兄们买几盒烟吸吧！”

“看在孔万奇的面上，就这样吧！”王麻子扬了下脖子，又说，“这个事情，发生在乔本三太郎队长管辖的地区，太君能不火吗？事情已经到这步田地了，当然这刀子不是你村所为，是土八路栽的，我去和太君说说看。”

“对啦，班长，说说先把会长放下来，让太君休息一下，喘喘气，我找人去买酒菜，让太君和兄弟们喝点酒暖和暖和。”卫二先说，“王班长，全看你的啦！”

“好吧，我去给乔本三太郎说说，也不准行！”

卫二先忙跟上说：“试试看，试试看！”他不住地对孔万奇说：“孔老总，我谢谢你啦！”

这时，只听屋里边仍在吼叫着：

“打！八格牙路！把你们村的人，统统打死！房子统统烧光！”

“哎呀！哎呀！”

王麻子在门口稍停，便走了进去，见乔本三太郎正怒视着杜于生，一个日军挥鞭又要抽打，王麻子向那个日军招招手，忙对乔本点头哈腰地说：“雪地栽刀子是土八路干的，打会长没有用，打死了他还去找谁呀？再者说，咱们这弹药要紧，不能落到土八路手中！”王麻子见乔本没有打断他的话，就是有门儿，他接着说：“先把会长放下来，好商量个办法。这栽刀子的事，等把弹药送走以后，再回来细查，一定搞个水落石出！”

乔本三太郎听了他一番话，斜视他两眼，双手插进裤兜，在地上噔噔地走了两趟，接着一扭头对那个日军说：“暂时先把他放下来的！”

王麻子忙顺着主子的话杆爬：“乔本队长说了，快把会长放下来吧！”又对那个日军点头说：“太君辛苦了，快到那边的歇会儿。”

人们这才把杜于生放下来，但他已经被打得鼻青眼肿，一拐一拐地走到乔本三太郎前边，说："谢谢太君！"又扬手有气无力地说："卫二先！快派人去买酒买肉，好好招待太君和弟兄们！"

卫二先答应着，忙派人去操办酒席，让鬼子和伪军足吃一顿。

那两辆弹药汽车，是敌我双方争夺的焦点。别的都好办，这汽车轱辘子可上哪儿去买呢？双桥镇没有，就是跑几十里路，到县城里去也是没有哇。

乔本和王麻子又皱眉又抓头皮，商量了一阵子，还是没办法解决，要去保定府取轮胎，但路远来不及。

双桥镇本来有电话，乔本可以直拨黑风口据点，让中队长浅野公平打电话给保定府总队，汽车轱辘很快就能送到小陈村。但趁风雪之夜，雪莲和小青带领区小队和民兵，把电话线割断，连电线杆子也给锯走了，当时乔本三太郎气得拍着桌子大发脾气，又得知汽车轱辘被刀子划破，所以后半夜就赶到这儿来了。这两件事气得他几乎双手发抖，一屁股坐在屋里的一把椅子上，连连抽起烟来。

人们在街上纷纷议论着：

"这下日本人可坐蜡啦。汽车出了事，推不行，拉不行，还不如老牛破车呢！"

"路上栽刀子，这是谁出的高招，真好！"

"你不会，我也不会，反正游击队里有能人！"

一个老人说："我好像在《三国演义》上看到过，诸葛亮擒敌时，用过此妙计也！"

"啊！栽刀子划破敌人的汽车轮子！妙哉！妙哉！"

"买不到汽车轱辘，日本人也无能为力了！"

"等着瞧吧！好戏还在后头哩！"

曾红听了人们的议论，乐了，因为他心中有底，暗暗地笑着说："汽车轱辘子有的是，就是不给日本鬼子用！"

曾红是天津卫人，事变前在码头上当工人，扛了一年的大个。后来又在汽车厂混了一个时期，又修理汽车，又开汽车，是个熟练的司机。后来，厂内工人要求增加工资，闹罢工，他是个小头头，要抓他，那儿混不下去，就逃出天津卫，顺大清河而上，到保定附近，当时正值"七七"事变，他挺身参加了游击队，后来到十八团当战士。"五一大扫荡"时，曾红在一次战斗中负重伤，不能跟随大部队西进到山里，就留在小陈村养伤。大部队突围时，把好东西坚壁在这儿，里边有自行车，也有缴获下的汽车轱辘子，这会儿还在地洞里藏着呢，这些只有少数地下党员知道。上级嘱托曾红管理这些东西。

维持会里，乔本三太郎和王麻子一帮人，在桌上又吃又喝，乔本警惕性高，只喝了半瓶子二锅头，大口小口吞吃鱼和肉。王麻子喝成半醉，说话舌头根有点发硬。吃罢饭，他们一直商量到半夜，但仍没有解决汽车轱辘子的问题，可是军火又不能耽误。同时，在这里待着，没有炮楼保护，也不放心，谁知道哪会儿就突然有八路军来袭击呢？所以乔本三太郎决定，明天一早派四辆大车先把子弹枪支运走，汽车暂时留在这儿，交维持会好好保管，等押运的人从蠡县回来后，再从保定府运汽车轱辘来，把这两辆汽车轮换上开走。

好容易才把日伪军安排下来了，闹得会长和管账先生，晕头转向地抓头皮转腰子。二人心急地小声商量了一会儿，觉着这事很棘手，按照鬼子的要求，当天黑下就要派四辆大车把子弹装上。

第二天天刚发亮，乔本和王麻子便叫起手下人，没有吃早饭就赶回双桥镇去了。

押运军火的鬼子和伪军，早早地起来，呼噜呼噜吃完饭，就押着车出了村，东张西望地朝通往蠡县的公路上走去。车把式站立车辕上，连连甩着“呱啦！呱啦！”的响鞭。

人们在村边上，看着走远了的车子说：“那群杂种们，连他们的祖宗也不要了，和小日本鬼子穿一条裤子，叫他们遭吧！走到半路上，也得让地雷炸死！”

“这子弹往蠡县城运，不一定运到谁手里呢！”

“你甭操这份心，游击队里有能人，说不定会从雪地里钻出来！”

“咱们的队伍截着，突袭一家伙，那才过瘾呢！”人们你一言，我一语地议论着。

第二十二章

雪莲押车

话说康忠在周大娘家里，一直等不见周永刚回来，心里很着急！莫非出了什么事情？大娘和高大龙也都眼巴巴地盼望着回信。这时，忽听街上有“拨咚咚！拨咚咚！拨咚咚！”的声响，大家支起耳朵，又仔细听听：“拨咚咚！拨咚咚！拨咚咚！”又是连响三下，周大娘听着这声响很熟悉，她说：“货郎担来了，我去买几根针线。”

在这一带农村里，有不少货郎担，就是一个人挑担儿，货架上挂有毛巾、手绢、红头绳……底下装满各种各样群众最喜欢的小商品。听到拨浪鼓响声，人们围拢来，针线、妇女头上的发卡……日用小百货俱全。康忠说：“大娘，你去把那个货郎叫进来。”大娘说：“我买点针线，给你们缝补衣服，不用叫人家进来啦，多麻烦呀！”

“大娘，有要紧事。”

大娘怀疑地说：“要紧事？”

康忠笑着说：“你去叫吧！”

大娘走出院门，一见那个货郎就愣住了，奇怪，这个卖货郎怎么没有见过呀！她领货郎进了院门。

那个货郎见了康忠，忙递给他一个折好了的纸条，只是点了点头，什么话也没有说，便挑起货郎担出门去了。

卖货郎是九分区司令部派来送信的，因为司令部王司令员经常活动在这个区，常和康忠取得联系，所以规定了摇三下小拨浪鼓的暗号。在这种斗争极其严酷，且又非常复杂的情况下，为了保守秘密，不受到敌人的注意，我们的斗争方式、联络都变成了新的花样，不光有货郎担，还有挑油担打着小铜锣的。你在街上碰见磨剪子抢菜刀的，真闹不清，他是真做生意，还是八路军的通信员。

这时，曾红走过来，跟随康忠走进屋里。康忠忙把那纸条打开，仔细地看着，大家的目光都注视着他的脸，只见他的双手在发抖，脸上的颜色渐渐地变了，变黄了，眼眶里滚动着泪花，他把信折好握在手心里，他看不下去了，呆呆地站着。

“大娘……司令部的回信来啦！”

“哦？回信来啦，永刚把信送到了吗？”

“信，他是送到了，完成了任务。王司令员叫咱们把大龙立刻送到医院里去。对于鬼子的军火，地区队留了精干的队伍，让咱们区小队好好配合，拿下军火，就是永刚他……他……”康忠说不下去了。

“永刚他怎么样？”大家急问。

“他……他……”

“他到底怎么啦？”

“被冯喜营那个无耻之徒，在大丘庄的炮楼子里，打得死去活来，晕了过去，扔在雪地里。永刚醒过来后爬到了大解村，把信终于送到了。”

“好样的，是周家的好儿子！”大家称赞着。

“医院里经过紧急抢救，他……”康忠说着低下了头，眼泪也流了下来，这是他头一次流泪啊！

大家沉默着……大娘眼里冒着泪花……

康忠擦擦眼泪，抬起头来，沉痛地说：“大娘，永刚为了抗日工作，为了打败日本鬼子，在敌人面前，一直没有暴露秘密。他为了我们伟大的中华民族，为我们伟大的人民，为了我们子孙后代过上自由幸福的生活，献出了宝贵的生命！他生的伟大，死的光荣！我们永远不会忘记他，后人也不会忘记他！”

“你老人家不要难过，今后的生活区上照管。你死了一个儿子，还有我们大家，许许多多的战士，都是你的儿子！”

大家接着说：“今后的生活，咱们村县负责！”

周大娘站在那里，眼睛发直，一时说不出话来。人们看着这位为了穷苦人得解放，为了抗日献出了两位亲人生命的周大娘，从内心里敬服她，但也是极为难过，都不由自主地流下了眼泪。

周大娘扯起衣襟，擦擦眼泪，说："大家都知道，永刚的爹，在高蠡暴动时，为打倒恶霸地主，在暴动中和大龙的爹，一起牺牲在大冉庄神槐树下；如今永刚继承父辈尚未完成的事业，为了打败东洋鬼子而牺牲了，他死得光荣！是我的好儿子！也是国家的好儿子！"

大家说："永刚是人民的好儿子！"

康忠加重语气说："永刚是共产党的好儿子！为了中华民族的解放事业，有多少共产党人，献出了他们宝贵的生命啊！"

炕上躺着的高大龙，听说永刚被冯喜营打死了，火从心头起，忽地爬起来：

"康书记，咱们一定为永刚报仇！"说着说着他的伤口忽然疼痛起来。

周大娘一看大龙起来了，忙扑上去，把他按住："孩子，快躺下吧，伤口痛！"

大龙喘了喘气，说："大娘，到我跟前来，我有话对你说！"

大娘走到跟前，他抓住她的手，说："大娘，你是知道的，我爹在闹高蠡暴动时，和周大伯一块儿牺牲在神槐树下。我娘在鬼子大扫荡时，被日寇和冯喜营活活打死，新仇旧恨都记在心中。我家里再也没有旁人，你就做我的娘吧，我就是你的儿子，打败日本鬼子之后，我来伺候你一辈子……"

高大龙说着，因为太激动了，伤口一阵一阵痛着，脸上冒出汗珠儿，大娘忙把他扶住。

"好孩子，不要动，伤口痛啊！你就做我的好儿子吧！"她抚摸着他的头，说，"龙儿，你爹闹暴动牺牲了，就留下你这么一个高家的独苗苗，你周大伯就留下刚儿这么一个周家的独苗苗。为挽救中华民族的危亡，哪天都东奔西跑，豁着命地干！你们流血的流血，牺牲的牺牲……我想得开，不难过！"她嘴里说不难过，眼睛里却掉出了泪珠。世界上的母亲，哪个不疼爱自己的儿子啊！

大娘扯衣襟擦擦眼泪，又说："和老一辈一样，他为了抗日，为了革命……我……我不难过……"

“大娘，你是个坚强的母亲！”康忠又对众人说，“大龙说得好，打败东洋强盗以后，要伺候大娘一辈子！尊敬老人孝敬父母，是中华民族的传统美德，我们要发扬光大这种美德！”

大娘对康忠说：“大龙的伤很重，别耽误喽，快想办法把他送走！”

曾红吡下嘴说：“送到大解村去，要通过岗楼子，这可怎么办啊！”

康忠在一旁摸着下巴，一时没有说话。

有人说：“要不黑下送走！”

“不行不行！过不去！”

“唉！这事真遭鳖子！”

人们在发愁，难住了。大家看着高大龙，眼睛却盯着康忠，看他有没有高招来解决这个大难题。

又过了一会儿，康忠说：“有办法！”

“什么办法？快说出来大伙听听！”

康忠说：“这个办法，就在敌人留下的两辆汽车上！”

“对！我也是这样想的。开汽车走这个办法挺妙，神不知鬼不觉，等敌人发觉就开过去了。”曾红说，“我能开一辆，另外一辆没有人会开！这倒又是个大难题！”

“另外一辆我能开呀！民国二十二年闹暴动时，我比周大伯和大龙爹小几岁，也参加了，敌人追抓我，今天躲到这个村，明天又藏到那个庄，都待不住！”康忠说到这，停了一下又说，“那两位前辈牺牲了，我一个人逃到保定时，在汽车修理厂混了一个时期，修理汽车、开汽车，我全都有两下子！”

大家同声说：“好！那你们就开汽车吧！”

大娘笑着说：“万万没有想到，你们还有这样好的手艺，会开汽车啊！”

大家又说：“那咱们就快点动手吧！”

正在这时，大门外忽然闪进一个人来，只见那人头戴黑猴帽，一抹到底，只露出一双明亮的眼睛，身穿黑棉裤棉袄，盒子枪别在腰间黑皮带上。她快步走到康忠跟前，说：“康书记，一切准备得差不多了，就欠东风了。”

康忠看着面前这个人，笑了笑说：“快把你的猴帽卷上去，露出真面目吧！”说着他亲自动手，把猴帽卷起来。

“咦？这不是区妇会主任白雪莲吗？”大家吃惊地说，“这闺女真是文武双全呀！”

原来那天晚上白雪莲在大沙河北岸和表弟周永刚相遇时，得知大龙身负重伤，又知道敌人的军火汽车轮胎被刀子划破，枪炮子弹都放在小陈村，她便去找区小队商量，要配合地区队，夺下这批军火。今天赶到这儿来，就是请示这件事。

大娘对她说：“莲儿，大龙和永刚的事……”

“姨，我全都知道了，你老人家千万放宽心！”雪莲有力地说，“我们先夺下敌人的军火，为永刚报仇！”

康忠把她叫到一边，对她小声说些什么，只见她连连点头，说：“我都记住了，一定照你的意见办，请放心吧！”

雪莲又安慰大娘几句，便和大家招招手，掏出盒子枪，像阵风似的闪出大门去了。

人们看着她的背影，称赞道：“多么俊俏的闺女啊！那风貌、行动和气质，多像历史上的女英雄花木兰啊！”

康忠和曾红把地道里的汽车轱辘弄上来，修理汽车。

到了下午，他们把敌人留下的两辆汽车换上了轱辘，打足了气。他们又仔细检查一遍，比原来的还棒。

再说白雪莲，按照区委书记的指示，因为康忠要开汽车去送大龙，不能到前方去配合截军火，所以区小队兵分两路，一路由王老虎和刘全福带领部分队员，配合地区队夺取军火，乘坐曾红开的那辆汽车，一路由她和小青，带领部分队员，护送高大龙去医院。

村外有群日本鬼子和伪军，气势汹汹地走进小陈村来，街上的人们一看，都跑啦。

那伙敌人进村来，直奔周大娘家去。

“我的天哪！这下可糟啦，高大龙和周大娘多么危险啊！”躲在背处的人，为周家担着心。

那伙敌人一进大门，康忠就迎了出来。

原来这伙人全是区小队员，化装成日本人和伪军，他们在街上走路那股神气，真像那么回事，所以把街上的人们，都吓了一家伙。

白雪莲化装成日军小队长乔本三太郎的样子，腰挎战刀。小青是白雪莲的助手，一副很神气的模样。大娘一看，真是哭笑不得，她真没想到，自己的外甥女，竟变成了一个鬼子小队长。这世道可真变了，女人顶男子汉干的事，这闺女真像她娘那样能干啊！

雪莲按着日本战刀，先扑哧笑了声，然后说："康书记，万事俱备，就看你开汽车了！"

康忠看着区小队的战士们，心里分外高兴，在敌后坚持斗争，就需要这样的战士啊！

他们把大龙扶上汽车，然后大家也上了汽车。"老人家，你回去吧！"康忠说。

"姨，你最好到别人家去待几天。"雪莲关心地说，"防止敌人来偷袭！"

大娘点点头说："路上千万小心啊！"

康忠进了汽车前边的小门，把门"哐"的一声关好，双手把动方向盘，呼呼地开走了。

周大娘在门口看着，一直到看不见汽车，才回到家里去。

押运子弹的敌人，出了村加快行走，朝通往离县的公路上走去。康忠他们呢，过了大清河大桥，朝大丘庄炮楼开去。

汽车上插着一面日本小膏药旗，迎风招展着，发出呼啦呼啦的声响。一直开到了敌人的岗楼跟前，敌人的哨兵从地堡里蹿出来。这就是押着周永刚进岗楼子的那两个伪军，对着汽车大声喊着："站住！"

"吱嘎——"一声，汽车停住了，其他人心里直扑腾。小青呢，他化装的是日本人，头戴钢盔，很机灵。他从车上腾地跳下来，走到那个哨兵跟前，瞪着眼骂道："八格！什么的干活？"接着他扑上去，"啪！啪！"就朝那个伪军脸上狠狠地抽了两巴掌："瞎了你的狗眼，太君去那边，消灭土八路的！"

那个伪军晃了两晃，吓得后退两步，站稳后把帽子正了一下，忙行个礼。行军礼时，他仔细看了看站立在车上的日军小队长，心里很奇怪，这个队长，比乔本三太郎漂亮多啦，个儿高一点，身材也好呀！因为他和乔本三太郎见过几次面，他不敢多想，忙说："是是是，我是问太君从哪儿来，这也是乔本太君的命令，凡是有人从这儿路过，统统的查问！"

白雪莲在车上一挥战刀，大声说："快快地开路！"

那个伪军忙跟着说："开走吧！开走吧！"

小青把脑袋一歪，横眉怒眼地说："八格！"他嗖地爬上汽车，大喊一声："快快开路！"

康忠搬动轮盘，呼呼地开走了。

过了一会儿，他们忽然听到西南边远远地传来枪声：嗒嗒嗒……嗒嗒嗒……机关枪声，呼隆！呼隆！……手榴弹爆炸声，而且越响越激烈。

康忠和雪莲小声说："那是运送子弹的敌人中了地区队和区小队的埋伏！"

小青说："这次战斗，神枪手老虎，又要发挥大威力了！"

汽车朝东北方向开去。

第二十三章

深沟遇险

话说大清河北岸，一条庄稼小道上，有两个女人朝东走着，那就是白雪莲和周大娘，她们肩并肩，边走边说些什么，周大娘右胳膊挎着个小竹篮儿。白雪莲看着老人头上白发增多了，脸上的皱纹也更深了。

当她们走到河北岸那柳条墩跟前时，雪莲的头“嗡”的一下大了，她想到那个风雪之夜，在这儿遇上周永刚的情景，她手揪着柳条儿，说：“永刚那天晚上送信时，就是揪着这柳条墩爬上岸的。”周大娘听了她的话，心里很难过，头有点晕，觉着天也转，地也转，差点跌倒，雪莲忙扶住了她，说：“姨，坐这儿歇会儿吧！”

她们慢慢地坐在柳条墩旁边。

过了一会儿，周大娘说：“雪莲，还记得你们小时候，在这儿的情景吗？”

“姨，小时候做的事儿，一辈子也忘不了，因为那时是一颗童心啊！”雪莲若有所思地说。

她九岁上那年，和高大龙都在张登小学读书。放了暑假，到小陈村姨家来串亲戚。高大龙来找周永刚到大清河里洗澡玩水。这天天气闷热得使人喘不过气来，永刚爹周老大撒起打鱼旋网，说：“你们都跟我去打鱼，洗清水澡那才凉爽呢！”周大娘也跟着一起来到河边。

高大龙和周永刚早憋着洗凉水澡呢，一到河边就欢了，脱光屁股，一个跟一个，“扑通！扑通！”往水里钻，有的用鹞子翻身，有的来个前爬虎入水式，游了起来。

周大娘和白雪莲坐在柳条墩旁边，虽然有柳条儿遮住，但太阳还是晒得人要冒油儿。雪莲忍不住了，说："姨，我也下去洗个澡！"说着就脱下外衣，只穿条天蓝色小裤衩儿要下水。大娘说："今天河水大，你看那大浪头一个跟一个……"

"姨，你放心，我比他们水性也差不了多少！"雪莲很自信地说，"他们能打过河，我也能过去！"

这些男女孩子们，从小就在河边玩水，打呀闹呀，就是喝两口水，也无所谓，水性都有两下子。不过，女孩子力气差点就是了。

"莲儿，你是女孩家，千万小心点！"大娘说。

"我心里有数！"雪莲说着来了个燕飞式，只听"扑通！"一声，溅起一片浪花，四外飞去，人已不见了。

周大娘不见雪莲露出水面，心里着急了，这孩子真胆大！忽地站起来，揪着柳条儿，眼巴巴地看着那翻滚的浪花。

她正急得汗水往下流，只见从几丈远的水面上，突然冒出个人头，拨甩两下又往前游去。

"是雪莲！"周大娘这才放下心来，又说，"这女孩子还会扎猛子，从水中潜游，这是男孩子才会的呀！"

"大龙哥……"她向前游着，想让前边的人等一等，但她刚喊出声，话没说完，一个浪头打来，把她的话给噎回去了。她甩甩头又喊："大龙哥，我追上来了……"

高大龙会立水式，回过头一瞧，是雪莲追上来，忙说："永刚，咱们等下雪莲吧！"

"嗨，她水性很好，快到岸边了，咱们上岸等吧！"大龙说，"也好！"他们很快游到岸边，爬上岸去了。

白雪莲用抢水式，很快游到岸边，爬上岸累得直喘气。

周老大在搭有席棚的小船上，边撒网打鱼，边看着三个孩子游水玩耍，心里很高兴。

"雪莲，咱们这趟打过河来胜利了！"高大龙说，"要再游回去，需要真力气，你行吗？多歇一会儿再游吧！"

"是呀！雪莲姐，女孩子不能和男孩子比！"周永刚擦擦眼皮儿，说，

"你说是吧！"

"永刚，不要小瞧人！女孩子比男孩子也不差，咱们现在就打过河去！"她说着用手顺顺湿发，站起来，"下水吧！"她来了个鲤鱼跳龙门入水式，钻进水里去了。接着高大龙和永刚也跳下水，在后边追赶她。

当他们游到河中间时，西南方向忽然有条大旋风，旋转着奔大清河猛扑而来。

"大旋风来了！"大龙大声喊着，"来势很猛，雪莲，要千万注意啊！"

"我应付得了，你放心吧！"她回答着。

只见那条旋风，从地上一直冲上云天，卷着黄土，像顶天的大黄柱子。旋风扑来谁也看不见谁，一张嘴就将风、土、水咽下去。旋风卷起巨浪摔打着，呼啸着扫过去。

旋风过后，大龙看见雪莲没有力气了，在拼命地挣扎，于是他便用抢水式，很快摸到她跟前，只听她喊："大……大……大龙哥……"挣扎着扑到他怀里。

不知为什么，雪莲一下子扑到姨的怀里。她呼叫着："大……大……大龙哥……"周大娘忙拍着她的后背说："莲儿，你怎么啦，干吗喊大龙哥……"

"姨，我想到小时候在这洗澡，遇上大黄旋风，是大龙哥救了我……"

"莲儿，你该走啦，天都后半日高了。"大娘说着把竹篮送给她，"篮里用布包着的是焦黄玉米面烙饼，白洋淀的银鱼，煎得焦黄，用玉米面一卷又脆又香，是大龙最爱吃的饭食，快给他送去吧！"

雪莲挎上竹篮，站起来说："姨，回去后千万要提防敌人报复！"

"莲儿，现在敌人活动厉害，抓人也紧，路上千万小心！"

白雪莲朝通往大解村的小路上快步走着。

她又走了一阵子，前边有条交通沟拦住了去路。

这条交通沟，是"五一大扫荡"前，冀中平原上一次大规模的破击战活动中挖的。因为日本侵略军，向我国内地大举进攻、扫荡，使用的是机械化部队，飞机、坦克、汽车、摩托车，还有大洋马等配合步兵进攻。为了阻止敌人使用这些武器，屠杀中国人民，所以上级一声令下，整个平原展开破击战，挖交通沟，挖敌人的汽车路，扒断铁路，把铁轨运走很远并埋起来。

前边那条道沟，宽一丈多，深三尺多，敌人的坦克、汽车很难行走。

白雪莲很快进入道沟，顺沟向北行走就更安全些。为了便于和敌人打游击战，沟两边土上还挖有掩体，可以掩藏，也可以出其不意打击敌人。

她又走了一截，探出头向四处张望，发现东南边有帮子伪军，顺东边那条大路向北走过来了。她心里有点紧张，敌人为什么这会儿出来？莫非知道她今天从这儿路过？她把竹篮放进掩体，从腰里嗖地抽出枪，顶上子弹，张开机头，趴在沟沿盯住远方的敌人。她想，路上有十几个伪军，道沟里只有她一个人，被敌人发现了怎么办？要掩藏好不能暴露目标！

敌人越来越近，边走边说话。

一个伪军说："在双桥据点待得好好的，非把咱们弄到黑风口，在冯喜营手下，那就更有罪受了。"

"没法子呀，谁叫咱们吃的是日本人这碗饭呢？"另一个伪军说，"这是日军中队长浅野公平的命令，乔本三太郎小队长哪敢不服从！"

一个矮个子伪军掏出香烟，划根洋火，双手捂着狠吸两口，说："这个区的妇会主任白雪莲，那闺女是真漂亮，像仙女一般。"他又抽两口烟，说："冯喜营带人抓了几次，就是没抓到！"

"嗨，冯喜营是癞蛤蟆想吃天鹅肉，做美梦去吧！谁见了白雪莲不流口水呀……"

白雪莲在沟里听了伪军的对话，知道敌人是去黑风口据点，投到冯喜营手下。冯喜营那个无耻之徒这回就更牛气了，抓她的机会也许就会更多。

"小个子！"伪军班长孔万奇说，"到沟边看着，咱们别中了土八路的埋伏！"现在双桥镇据点里，王麻子当了伪军队长，孔万奇提升为伪军班长了。

"对！中了游击队伏击，那咱们就干挨打！"矮个子伪军说，"我到沟里看看，顺便拉泡屎。"说着便猫下腰，朝道沟走来。

白雪莲见敌人要进沟来，赶紧躲进掩体，只要敌人敢下沟来，就先放倒他。她撸着枪机，注视着敌人的行动。

白雪莲在交通沟和敌人周旋，能不能脱险，暂且不提。

且说高大龙在大解村的地下医院里。他在一个土炕上躺着，旁边点着一盏豆油灯。他睁开眼睛看着室内的一切：那用铁锨抢得平平的土顶和光溜溜的洞墙，洞墙上有一个小龛，龛里点盏豆油灯，灯光闪闪，照得挺亮，真是地下美景啊！这已经是他开刀后的第二十九天，每天搭整得很舒坦，身体养得不错，精神比前些时候好多啦。

他在那里躺着，看着医生们、护士们在通道上忙来忙去，照顾着伤员。他想到，敌人在平原上，这样的分隔、封锁、扫荡、清剿，实行一次又一次的强化治安，屠杀抗日干部和无辜的平民百姓，想把冀中平原抗日根据地彻底摧垮，变成他们的确保区，从而夺取我们的物资，抓捕我们的青年当炮灰，支援他们的侵略战争。不夺取我们的人力、财力、物力，他们的侵略战争就无法持续下去。可是我们的人民，在这样极其残酷的情况下，发挥出极大的创造力，想尽一切办法，和敌人作你死我活的斗争，地下也可以开起医院来！

为什么大解村地道开展得这样好呢？他在脑海里，回忆着大解村的一切，从它的传说一直到现在。

这个村原来的名字叫大血村。为什么叫大血村呢？这里边有段悲壮的故事。

据老人们传说，在清朝的时候，为了反对统治者的腐败，这一带的农民曾闹过一次大暴动，这个村插上了一面大红旗，旗上写着两个大黑字——“义旗”。暴动的领导指挥者，就是这个村里的人，他的名字叫孟大勇，在这一带是条有名的汉子，他身高力大，又有智谋，为穷苦人打抱不平。在那时，这个村子里有七八百户人家，还有别村的青壮年，到这村来参加战斗。首先在村子周围，筑起一道高大的土城墙，和官府兵马对着干！因为这儿人心齐，又很勇敢能打仗，所以被义军用大刀片、红缨枪刺死砍杀的官兵不少。清政府闻知官兵受损厉害，着急了，于是，由京师派出大队人马，昼夜兼程，赶到这里，一窝蜂似的把村子包围了，进行围剿。孟大勇在城内，把大红义旗插在最高的房子上，红旗乘风飘扬，孟大勇领导勇士们把守城墙，官兵一次又一次冲杀，都被义军打败。他们和官兵对抗八天八夜，后来官兵又和洋鬼子相互勾结，洋鬼子为了争夺中国地盘，大力帮助官府镇压农民起义，使用洋火药、洋枪洋炮，终于把城墙决开。孟大勇高举义旗，一声令下想冲出重围，但没有成功，他带领义军又和敌人在村里进行巷战，大刀片、红缨枪在战场上闪闪发光，枪声、大刀碰击声、喊杀声响成一片，砍杀死一片一片的洋鬼子和官兵，可是义军战死的更多。一直厮杀了一天一夜，只杀得尸骨成堆，血流成河。孟大勇高举义旗，掩护士兵向外突围，有的冲出村去，就逃走了。但孟大勇没有冲出去，而是继续和官兵、洋鬼子拼杀，最后砍了几个洋鬼子之后也战死在街心。

敌人放火烧了这个英雄的村庄。

事后过了几个月，人们仍不敢回村来，但也出现了奇迹，孟大勇战死后，那面义旗不知被谁收走。后来在村南边的孟家坟地上，竟出现了孟大勇的坟头，坟头前的石碑上刻着：孟大勇之墓。坟头上插着那面血迹斑斑的红义旗。

又过了些日子，人们慢慢回村来了，看着那个破烂样子，心里很是难过。但毕竟是人们的故乡，是生存的热土啊！有人说："只有热爱我们的家乡，才能热爱我们的祖国！"还有人说："只有保卫住我们的国家不受外寇侵略，才能保卫住我们的家乡！"

于是，人们又盖起些房子住。后来越发展人越多，村子又大了。村的东边留下一条血河，村外有五六个大土冢，里边埋的全是被官兵和洋鬼子杀害的人，旁边立了一个公祠，祠里有无数的小牌位，上边写着死了的人的名字。祠里正位上有个高大的牌位，那就是义军首领孟大勇的牌位。

由于这次大暴动被杀害的人太多，血流成河，村里遍地是血，所以人们给新起了个名——大血村。

这个震惊朝廷的大惨案，发生在阴历三月二十八日，大清河北岸的人们为了纪念这一重大事件，每年这一天都会举行一次道场会，会期三天。

这个道场会可是远近闻名的热闹啊。

村南边离孟大勇墓碑不远的地方，有片空地，周围树木葱葱，这儿是道场会的主会场。

广场中心搭起了两进的大四合院，那高大的席棚内分为若干大小间，各间布上各个神仙人物及各朝名人。尤其是蓬莱仙阁里，八仙过海的神像画得格外有神气。《三国演义》里的人物，这里的人们很喜欢，特别是对诸葛亮和关公的印象最佳。不过，最吸引人的，还是这闹大暴动的场面，义军砍杀清兵和洋鬼子的画面，人们边看边赞扬孟大勇的英雄行为。

席棚周围更热闹，连北京城、天津卫、保定府的大商家，也到这儿来抢地盘，搭摊位，设柜台，什么花布料，绸缎庄，皮货店，首饰楼，应有尽有……最惹人注意的，是白洋淀的草席，全国闻名，外省市的客商专程来这儿购买织有各种图案、花纹而又漂亮的精席……

大血村，人们叫着叫着，后来利用“血”字的音，改叫成了大解村。

大解村在近几年的抗日斗争中，不仅在做军鞋，交公粮，扩军，出担架方面表现积极，就连闹民主选举，实行合理负担，也搞得突出，抗日工作样样走在前边。发扬过去大血村的老传统，有孟大勇那么股子干劲！去年七八月的时候，这个村的地道就已经挖好了。那时，敌人扫荡得很疯狂，我们的大部队都突围出去了，留下的地区队，化整为零，七人一股，八人一伙，分散在各村找堡垒户掩护，进行小型活动。必要时集中打击那些最坏的家伙，由于地区队特别注意开展地道，所以地下医院从那个时候起，就安在这个村的地道里。

大解村的地道，顺着大街有几条干线，干线两边就是一个一个的小支线。在地道里人们可以来往通行，还可以来回奔跑。

高大龙在暗室的土炕上躺着，他一想到周永刚的死，就不由自主地掉下眼泪来。永刚是为了抢救他的生命，送信时被敌人抓进大丘庄炮楼，打得死去活来，但他一字不吐，最后被扔在雪地里，他挣扎着爬到大解村，信送到了，但他却经过医院抢救无效而牺牲了。

高大龙又想到周大娘，大年三十晚上和敌人作战时，他被打伤了，大娘冒着敌人的枪林弹雨，从雪地爬到他跟前，把他抢救到她家的地洞里……为了抢救他的生命，为夺下保定府敌人的子弹、枪支，永刚在风雪之夜……周大娘为穷苦人的解放，为打败日寇而献出了丈夫周老大和儿子周永刚，周大娘——伟大的母亲啊！

他又想到区委书记康忠，队员小青、全福、永池、老虎他们，还有区妇会主任白雪莲。区小队谁来管呢？敌人清剿这么厉害，他们怎么活动啊？

我这伤什么时候好呢？快点好了吧！我要出去找区小队，给周永刚报仇！我要抓住冯喜营那个丧尽天良的坏家伙，亲手枪毙他……

他对着那盏灯，看见灯光在跳动，在忽闪，似乎听到灯光在向他说：“高大龙呀，高大龙！你是区小队队长，外边斗争那么残酷、激烈，你在这神奇的医院，倒是挺自在啊！”他心里越发地着急！

他又气又急，握紧拳头，咚咚咚地敲打着洞壁。

离这儿不远，是办公室、药房。听到这连敲洞壁的声音，一个穿白上衣的女护士快步走进来，以为他有急事，走到跟前一看，只见高大龙在那里捣拳头。

护士道："高队长，干吗练拳头？"

"赶快把我的伤治好呀！我要出去！"

"别着急呀！"护士笑了笑说。

"你不着急，我着急嘛！"

"队长，我了解你的心情，也是该着急的时候了。"

"那你就该放我出去！"

"是呀，都老大不小了，这件事放在谁身上，谁不着急呢？"护士调皮地擦擦眼皮儿说，"高队长，你一着急呀，那个人就来了！"

"小妹，你说的这是什么呀！"高大龙莫名其妙地说。

"队长，你打仗的事，我知道。"护士苏小妹停了一下，又说，"你那感情上的事儿，我也清清楚楚。"

"小妹，你怎么越说我越糊涂哇！"

苏小妹忽然端起那盏豆油灯，举在头上说："你瞧！东边走过一个人来，那是谁呀？！"

只见从东边通道里，像阵风似的闪过一个人来。

第二十四章

暗室沉默

话说区妇会主任白雪莲，在道沟掩体里，撸着枪机注视着路上的敌人。

矮个伪军说：“孔班长，我憋得慌了，去道沟侦察一下，顺便拉泡屎。”

孔万奇说：“千万小心，注意不要中了土八路的埋伏！”

矮个子贼眉贼眼走到沟边，探头向两边看看没有人后，便调转屁股出溜进沟。

躲藏在掩体里的白雪莲，吓了一跳。只见矮个伪军抹下裤子，脸朝南屁股朝北撅着拉起屎来。她想，如果现在他一撅腚就发枪，子弹从屁眼里穿进，由嘴里出去他就完蛋了！但不能发枪，那样会暴露自己。矮个伪军拉完屎，又爬上沟去。

孔万奇大声说：“弟兄们！快点走，土八路是不好惹的，命是咱们自己的，天黑前，一定赶到黑风口！”他带着伪军，顺大路奔北边走去。

白雪莲看着敌人走远了，看不见了，才松口气，挎着小竹篮儿，爬上道沟，抄小道奔大解村走去。

她来到铁匠铺，和刘掌柜接了头，便从铁匠铺洞口直接进入大解村地下医院，顺交通干线走不一会儿，便到了医务办公室。护士苏小妹领她到高大龙养伤的暗室前边，护士让她先等片刻，小妹到大龙身边，和他说了几句话之后，举灯在头上，向东一招手，白雪莲便走了进来，三个人互相一瞧，都发起怔来，之后苏小妹笑了，大龙笑了，雪莲也笑了。

苏小妹是水乡白洋淀的闺女。高小毕业后，在水上和爹娘打鱼为生。“五一大扫荡”时，他们正在水上捕鱼，敌人的飞机飞得很低，机翅几乎扫着水面，“轰隆！轰隆！”一连投下几颗炸弹；她家的小船被炸成碎片，爹娘被炸死，连尸首也没找到。她水性好，才活了下来，为了给爹娘报仇，挺身参加了抗日，到地道医院来当护士。

苏小妹说：“高队长，妇会主任来看你，机会难得，你们在一块儿，好好说一说吧！这么长时间没见面了，话儿都憋到嗓眼儿啦！”她扯下雪莲的衣襟，又说：“主任，你也看到了，高队长想你想得快急死了，你瞧瞧，快把洞壁捣成大洞啦！”说着她就往外走，刚走了几步，又扭回头来，说：“你们喝水不喝？别看咱们是地下医院，可方便呢！”

大龙说：“我不喝。”

“我也不喝，谢谢你的关心。”白雪莲看着苏小妹那副俊俏样儿说，“多么漂亮的水上闺女，真是世界上难挑啊！”

“白主任，要和你相比，那还是甘拜下风。瞧你那双杏核似的大眼睛，一笑两个酒窝儿，真是迷人哪。你才是咱平原、水上第一美人呢。”

“小妹，你这片嘴儿，真会说话。”雪莲笑着说，“快坐这儿，咱们一块歇歇吧！你们照顾伤员，又担心又累啊！”

“我还有事呢，现在是你俩的时间，我在这儿瞎掺和个啥。”苏小妹嫣然一笑，扭身就往通道走去了。

雪莲慢慢坐在大龙身边，大龙紧紧握着她的手，两人沉默了好久，好久，没有说话，雪莲的眼窝里含着泪水，弄得大龙心里直发酸，可是他的眼泪没有流出来，在这种时刻也不能流出来！他尽量克制着自己。

又过了一会儿，还是大龙先开口说：“雪莲，你哭什么？这不一切都很好嘛！”

雪莲揉了揉眼睛，还是没有说话。

可是高大龙呢，虽然问了她几句，但他知道她为什么哭，并不是怯弱、胆小，也不是消极、悲伤，而是觉得环境太残酷。

“莲妹，见到周大娘了吗？她老人家现在怎么样？”

雪莲用手梳了梳奋拉下来的头发，说：“那天送你进医院之后，我去看过我姨两次，双桥镇敌人抓她两次……”

“她老人家……”

“敌人两次都扑空了！”她看了看他，说，“我姨在小陈村很危险……”

“她现在在哪儿安身？”

“让她在我家多待些日子，两位老人也相互有个照应。”

高大龙听了雪莲的话，这才放下点心来，他说：“永刚死后，我已经认她为我的亲娘了！”

“龙哥，你这样做正合我意，我姨有了依靠，我爹也就放心了，永刚在九泉之下也会安息吧！”

“永刚的尸……”

雪莲不由得又哭了起来，她说：“偷运永刚尸体时，又经过一场战斗，村干部和党员，还有群众帮忙把他埋在坟地里，石匠为他做好石碑，上边刻着‘抗日英雄周永刚之墓’九个大字！”

高大龙听到这里，心里一阵阵难过。他握紧拳头说：“一定要抓住冯喜营这个坏蛋，报仇！”

雪莲点点头，咬了咬下嘴唇，说：“一定除掉那个无耻之徒！”接着她把在路上遇见孔万奇带着伪军去黑风口据点，在浅野公平和冯喜营手下，搞强化治安，进行残酷的清剿，说了一遍。大龙越听心里越急得慌，他猛地一下撩开被子坐起来，大声喊着：“不行！我得回队上去，活捉冯喜营！”

“龙哥，慢点！你的伤好了吗？”她忙按住他。

大龙沉了一会儿，说：“不要紧了，伤口封好啦，王司令员派专人去天津卫，从敌人手里弄来最好的药，给伤员使用，特别关照了我，所以我的伤口和身体，恢复得又快又好。”说着就把胸前的扣子解开，把绷带一揪，说：“你瞧！”

白雪莲看着那块新长起来的红红的肉疤，用手指头在周围轻轻地按着并问道：“医生说你能出院吗？”

“他们说还得过几天才能出去。可是我心里烦得慌，你说，黑风口据点，日军中队长浅野公平，还有冯喜营，又扩充伪军壮大他们的势力，敌人的强化治安，会更加残酷！会摧毁我们的下层组织啊！我待不住啦！”

白雪莲轻轻地把绷带给他缠好，说：“那等一会儿你再征求一下医生的意见吧！”

大龙说："医生肯定不会让出去，前几天我都说了几次啦，他们总是异口同声地说：'不行！安心再养个时期，到时候自然就让你出院。'"

"在医院就得听医生的话，不能自作主张，自由行动！"她看着他那双眼睛，说，"再者说，先把身子骨养好养壮实，要不出去再犯了，会更耽误工作，耽误打仗！"说到这儿她停了下来，看看大龙身上的褂子，说，"瞧！这件褂子，在土地上滚来滚去这么多日子，都快沤糟啦！我给你缝了一件新的，你试试看，穿着合适不合适啊？"她打开小布包儿，取出一件布褂儿。

大龙笑着接过来，就把身上那件脱下来，换上新褂。把两条椽子似的胳膊，向两边用力伸了伸，说："呀！真合身！莲妹，你从哪儿找的样子呀？"

"不用找样儿，一看你那身架，高矮胖瘦的样子，就差不了分寸，你信不？"

"信，我信，你真是好眼力呀！看得准。"

雪莲忙把棉衣给他披在身上，轻声地说："小心点，这么冷，别着凉！"

他穿上新布褂，心里觉得格外舒坦，便又问："你怎么今天有时间到这里来啦？大冉庄一带群众的情绪怎么样？"

"区委书记康忠叫我给地区队王司令员送信来啦！"雪莲说，"最近从城工部得到可靠消息，日军华北司令冈村宁次从东北运来大批细菌武器，在华北平原使用，已经运到保定府。保定府日军增兵好几百人，到黑风口和双桥镇据点对我们这一带进行清剿，摧毁我们党的下层组织。"她皱紧眉头，又说，"敌人带着毒瓦斯，破坏地道，使用毒气杀害中国人！"

"日本军国主义分子，是灭绝人性的坏东西！"大龙插话说。

"区里和县上，还有地区队配合起来，给敌人迎头打击，保护我们的群众！"雪莲说，"来的时候，信就交给王司令员咧！"

大龙说："好狗日的！小日本鬼子，你来吧！只要敢进村庄，我们坚决消灭！"

"敌人再增兵，也是在咱们的领土上作战，优势在我们这一边！"

"日本帝国主义想霸占我国领土，这是我们消灭敌人的有利条件！"

"是呀，龙哥，你好好养着，外边有许多工作等着你去做，有多少敌人等着你去消灭！我来的时候，康忠和小队上的小青、全福、永池、老虎等，都向你问好，区政府的人们，也向你问好……”

停了一会儿，大龙又问：“爹他老人家好吧？”

“对啦，他比别人更着急！打算亲自来看你，我说大解村地下医院是非常秘密的地方，也很严格，哪能随便进去呀！后来听说我来看你，他老人家这才放心了。”不知道为什么，她说到这里不由自主脸儿红了。

高大龙看着她，觉着她比过去更漂亮了，他好像从来没有像今天这样看过她，那双水灵灵重眼皮的大眼睛，细嫩的脸蛋儿上，又增添了红润，像熟透了的苹果，那样迷人，那样诱人。他心里甜丝丝的，随手把雪莲搂在怀里，雪莲的脸紧紧地贴在大龙的胸口上，两颗心一起跳动着……

第二十五章

神奇医院

话说高大龙和白雪莲正在相拥，这时，苏小妹端着个洋瓷盆，里边放着用过的绷带和棉花，悄悄地走进来，一看那两个人的姿势，站住了。不知道为什么，她觉得自己身上，好像也有一股暖流在旋转，从内心里为这一对幸福的人而高兴，为他们而祝福："真是天配良缘，多么好的一对儿，说不定是天上的牛郎和织女下凡到人间，来过人间的幸福生活啊！"

苏小妹向前悄悄走了一步，轻轻地拍了一下白雪莲的肩膀，说："妇会主任，高队长的伤，还没有完全好……"调皮的苏小妹，弄得他们俩赶快分开，都红着脸儿，不好意思地笑了笑。

"小妹，你这个调皮的闺女，我比你大两岁，以后叫大姐吧！"

"那我叫高队长什么呢？"

"小妹，你这片嘴儿真厉害，就叫他大龙哥吧！"白雪莲又问大龙，"你说呢？"

高大龙郑重地说："以后就叫我大龙吧！"

白雪莲看见那个小竹篮儿，忽然想起什么似的说："大龙，我来时，姨给你带了些好吃的。"她拿过小竹篮儿，从篮里取出那个灰布包。

小妹和大龙盯视着，只见雪莲一层一层地打开灰布包，拿出焦黄玉米面饼，煎好的银鱼儿，说："大龙，我姨说这是你最喜欢吃的东西。"

"世界上最亲的是母亲。儿行千里母担忧，这话是真理！周大娘是我的亲娘，她最疼我！"大龙用玉米面饼夹上那银鱼儿，吃得那么香，那么痛快，那么开心。

“是呀！儿女是母亲身上掉下的肉，每个母亲都疼自己的亲骨肉啊！”苏小妹像自语，又像是在对别人说，“我父母被东洋强盗的飞机，炸死在水上！”她眼里含着泪花。

“小妹，不要难过，日寇欠下的血债，我们一定要清算！”大龙边吃边说。

苏小妹抹把眼泪，说：“银鱼和红鲫鱼，是白洋淀的特产。我家是水上王家寨，不但产鱼，那儿的元鱼（王八）还是大补品！”她对雪莲说：“雪莲姐，我对白洋淀熟悉，告诉王司令员，我回水上弄些元鱼，让伤员们补一补。好的元鱼做好了营养价值更高，让大龙哥把身子骨儿补得壮壮的，出去多杀鬼子！为我父母报仇！”

“小妹，真是个好闺女！”雪莲说，“以后平原和水上配合好，共同消灭日寇！”

“莲姐，以后再发动妇女搞地下民兵，你要多帮助哟。”苏小妹说着把土台上大龙用过的绷带放进瓷盆，“我是来拿绷带去洗洗的。”

“小妹，我来帮你洗吧！”

“莲姐，用不着，这得去地道上边洗，你还是歇着吧，跑那么远的路，又和敌人在交通沟转圈子。你轻易不来，哪能让你洗呢！”小妹说着，端起盆就走。

“咳，我也上去走走，看看大解村的美好风光。”雪莲说，“走吧！走吧！咱俩一块走吧！”

高大龙听着听着，躺不住了，把被子一掀，说：“嗨，我也跟着你们去亮一亮。在下边待了这么多天，跟坐监狱差不多，心里实在闷得慌！”说着他就起身下了土炕。

“行吗？”雪莲问。

“行！怎么不行！你看我这身体多棒！”

苏小妹迟疑了一下，说：“莲姐，大龙哥身体有底子，本来就挺棒，比别人恢复得好，出去亮一亮也好。”她稍停，又说：“这儿离水乡白洋淀近，气温偏高，开春开得早，已是河边看柳，桃花开放的好时光，天暖烘烘的咧，上去晒晒太阳，对恢复身体更有好处！”苏小妹在前边领着，出了暗室，沿着大通道往前走去。

拐了几个弯，便慢慢地顺着斜坡往上走，又拐了几个“之”字形，再沿着一个土台下去，翻上来，再走下去，再翻上来，直往前走不多远，就到了洞口。

苏小妹说：“莲姐，你端着盆子，我先去推开洞口。”

雪莲接过盆，小妹走上前去，用手一抓眼前的那块木板儿，哗的一声，洞口就被拉开了。一道亮光射进来，照射在他们脸上，都先合了下眼，这是因为在下边待久了的缘故。

小妹说：“大龙哥，你先上吧！”

大龙在前边，把头一伸，钻了上去，只听到耳边传来马鼻声，他仔细一瞧：“呀！怎么从马槽里钻出来啦！”他爬上去，从马槽跳下来，看着旁边那匹棕色马儿，冲着他直摆尾。大龙高兴地走到跟前，马儿是通人性的，他顺顺马鬃，又摸着它的脖子，说：“好马呀，好马！比《三国演义》里吕布骑的那匹马还棒！乖乖！”那马支棱着耳朵看着他，他认识它，它也认识他。马头慢慢向他靠近，大龙把脸贴在马脸上待着。

雪莲和小妹都上来了。

“小妹，这是司令部的马吧？”大龙问。

“是呀，就是王司令员骑的那匹骏马！”

“骑上这匹骏马，砍杀起日本鬼子来，那是真得劲，一刀砍下鬼子一个头！”大龙一边得意地说着，一边和那马儿的脸贴在一起。

苏小妹有点奇怪，那马儿为什么和他那样亲热呢？真像人们说的那样，动物是人类的朋友。

雪莲看着不言语，只顾暗笑。

小妹问：“大龙哥，你认识这匹马？”

“我曾经骑过这匹骏马！”大龙若有所思地说。

小妹吃惊地说：“你还会骑马？”

大龙点了点头。

那是在一九四〇年秋后，冀中军区大部队的骑兵团住在大冉庄一带。他们扎了许多稻草人，画成凶恶的鬼子模样，树立在平原上作为靶子使用。练兵开始了，一声令下，战士们跨上骏马，手挥战刀在平原上奔驰。一片喊杀声，只听“咔嚓！咔嚓！”的声音，鬼子人头落地。战士们那样英俊，那样勇猛，高大龙手心直痒痒，忍耐不住了，他找到王司令员非要练骑兵不可！王司令员就让他骑在这匹马上训练，后来练成出色的骑手。

苏小妹看着大龙和那匹马那样亲热，她问："莲姐，你也会骑马？"

"会骑，但没有大龙骑得棒！"

说着话，他们走出屋来。

院里，钟老头和他上小学的孙女玲儿正在铡草。

苏小妹说："钟大伯，忙着哪。"

"给马儿铡点草，没喂的啦！"钟老头放下铡刀把，扭过身来说，"你们上来啦，在屋里坐吧！上来亮一亮更好。"

小妹说："甭价！我来洗洗绷带，他们上来亮一亮，顺便到村边走走。"

雪莲说："钟大伯，累了歇歇，我来替你铡会儿吧！

"嘿！不行！不行！你可干不了这活，闺女家哪能按铡刀铡草呀！这是男子汉干的活！"

"咳！老大伯，别这么说呀！可不能小看俺们妇女，你当还像过去那样呀！大门不出二门不迈，也不下地。现在闺女们也能杀日本鬼子！男人们能干的活，我们都能干！大伯，你歇会儿，我来按铡刀！"她把老大伯推开，握紧铡刀把，大声说，"玲儿，快点入！"

"慢！"苏小妹也来劲了，放下瓷盆，快步走到玲儿跟前，说，"玲儿，旁边歇会儿，我来入！瞧瞧大姐的本领如何！"

"苏小妹，可得小心点，这不是闹着玩的！"

"你就放开按铡刀，我保险供得上！"苏小妹笑着说，"要不，咱俩就赛一赛，看是你按得快，还是我入得快！"

"好哇！你这个水上闺女，还敢逞能！"

"水上闺女不光会摇桨撑船，水中捕鱼捉虾，还能干平原上的活！"

你看吧！铡刀一起一落，咔嚓咔嚓……

铡刀口的草瓣，像浪花似的，哗哗地向四外翻着。

两个闺女都较上劲了。

不多一会儿，她们头上落满小草叶儿，脸上落满尘土，但还是咔嚓咔嚓地铡着。脸上的汗珠儿一个跟一个，滚落到草上、地上摔成了八瓣。

"哎呀！草瓣都跳进盆里啦！"玲儿说着就帮着洗起绷带来。

钟大伯站在旁边，张着嘴儿笑。他想："解放区的闺女们，就是不一样，妇会主任，真行！文也能来，武也能来，这样文武双全的闺女，少见！少见！”

“主任，你歇会儿，我来按铡刀！”老伯说，“汗水流成泥沟沟，快成花脸闺女啰！”

雪莲没有顾上说话，还是在那里一起一落按铡刀，头发遮住半个脸，她往后一甩，头发一飘闪，就背到后边去了。苏小妹的穿戴打扮和雪莲不同，一身紫花布裤褂，短头发，冷眼看起来，像个假小子，所以用不着拨弄头发。

院里有两株树，东边一株是桃树，结下的骨朵儿，快要开花了。西边那棵也是桃树，结下的骨朵儿，已经开花了，花儿那样漂亮，好像在对着院内的人们微笑，喷放着阵阵花香。

几只俊俏的小鸟在花间穿来钻去，相互戏弄，相互争飞，那样自由自在，不时唱着婉转的歌儿，给人以美的享受。

暖烘烘的阳光，照满院里。

高大龙看着这院里的一切，心里分外高兴。他想，人们要都能过上这样环境优美，安居乐业的日子，该多好啊！

大龙把一条绳子从一棵桃树杈上，拉到另一棵桃树杈上，正准备把玲儿洗好的绷带往绳儿上搭，忽然听到街上一阵锣声，咣咣咣乱响。

“敌人来了！敌人来了！”大家都不约而同地喊着。

“你们赶快下地道！你们赶快下地道！”钟大伯着急地说，“把绷带收起来就行了，别的事别管！”

苏小妹赶快收起绷带，放在那个瓷盆里。白雪莲先扎好头巾，然后从腰里掏出盒子枪，之后便和大龙、小妹，从马槽口下地道里去了。

第二十六章 飞刀杀敌

话说一百多个鬼子和十多个伪军，从大清河大桥北岸，小芦营赶来。这股敌人，是黑风口据点日军中队长浅野公平手下的一个小队，驻在小芦营看守着大桥。浅野公平为了了解这儿八路的活动和农村地道的情况，今天也随这个小队出来清剿，还带着毒瓦斯，到这个村来破坏地道，杀害老百姓。敌人一部分留在村外，把村子包围起来，不让人跑出去，一部分冲进村里来，让维持会的人打锣集合群众，讲话宣传强化治安，建立王道乐土，大东亚共荣圈那套鬼把戏。

我们地区队司令部早知道敌人来这里清剿，王司令员他们的计划是让维持会应付敌人，尽可能把敌人搪走，哪怕是多花几个钱也值得。因为司令部在这里，地下医院也在这里，最好不在这儿发生战斗。万一敌人搪不走，硬要破坏地道，那就再打!

这时，只听到街上的锣声，咣！咣！咣咣咣！“大家到街心大树下集合了！”维持会的人在喊。

“谁不去开会也不行！快点呀！”又一个人在喊。

锣打了好一阵子，街上依然是冷冷清清，只有几个老头，慢慢地朝那里走着。

鬼子见没有多少人来，就发火了，用枪把子杵打维持会的人，维持会的人说：“人们都不在家，下地干活去了，我也没法子呀！”

凶狠的鬼子发怒了，决定分兵冲到各家去搜!

一个鬼子端着枪，凶狠狠地闯进钟大伯家里来了。

钟大伯正在马槽旁边假装给马儿拌草，他扭头一看，一个鬼子进来了，忙说："太君，有啥事？想喝水？"那个鬼子瞪圆眼珠子，用大皮鞋朝老人身上狠踢了一脚："八格！出去的！"

"我给马拌好草，就出去的！"

"哦——"鬼子看见槽头那匹骏马，把脖子一扬，瞪着那双贼眼，惊讶地说："马！好马，大大的好！"他用手撇了个"八"字，哇啦哇啦地说着，钟大伯听不懂他的话，但他知道他是在说家里有八路，是八路的马。他说："太君，这个的没有！"钟大伯摇了摇头，急忙朝院子里走，想离开马槽下的这个洞口。

鬼子还是看着那匹马，从心眼儿里喜欢它，上去就从槽头上解缰绳，要把马拉走。

钟大伯忙拦住说："太君，别拉我这匹马，这是种地用的，我家人凭它活着呢！"

鬼子凶狠狠地用皮鞋踢着钟大伯，嘴里叽里哇啦，不知在说些什么鬼话，钟大伯哎呀哎呀地喊着，死死地抓住缰绳不放！

高大龙、白雪莲、苏小妹，在那洞口跟前趴着，听得可清楚啦，高大龙小声说："雪莲，鬼子要抢走那匹红鬃烈马，你听，鬼子正在踢打钟大伯！不行！咱们得上去把鬼子干掉！"

雪莲忙拉了他一把："别忙！别忙！"

"莲姐，那是我们王司令员的马啊！"苏小妹握紧铡刀把说。

"那匹骏马不能叫鬼子抢走！"大龙说着就拉开洞口盖，从马槽里嗖地一下钻出来，盒子枪对准那个鬼子，大喝一声："不准动！举起手来！"

那个鬼子不知道是从哪儿钻出来的人，早吓蒙了，哗啦一下，把枪扔在地上，双手举过头顶，像根木头桩子似的戳在那里，动也不敢动。钟大伯忙上去把枪抢过来："该死的狗东西！"

白雪莲和苏小妹都上来了。

苏小妹一见到凶恶的鬼子，两只眼睛都红了，气得双手发抖，忽地挥动明闪闪的铡刀："为我爹娘报仇！"向那个鬼子的头砍去。

高大龙忙上前拉住了小妹，但她还是要砍掉鬼子脑袋！白雪莲也向前拦住说："小妹，等一下再砍掉鬼子的头，仇是一定要报的！"她把小妹拉到一边站住了。

高大龙说："小妹你要明白，德国法西斯头子希特勒及其同伙，以屠杀别国人民为乐趣，称霸世界是他们的野心。日本军国主义的头子东条英机及其同类冈村宁次等是大战犯，使用细菌武器屠杀中国人民，是他们的乐趣，侵吞中国美丽的大好山河，灭亡中国是他们的野心。但他们是不会得逞的！

"在战场上，敌人顽抗不投降，就干脆、彻底地消灭他！如果敌人放下武器，举手投降，那我们就要宽大他们。"大龙的枪口始终没有离开那个鬼子的脑袋，继续说："小妹，你爹娘被日寇飞机炸死在水上，这笔血债一定要清算！"

白雪莲打断大龙的话，说："对俘虏实行宽大政策，这是我们革命者的人道主义。我们打倒的是日本军国主义分子，对日本战俘是宽大的！"

苏小妹仔细听着高大龙和白雪莲说的每一句话，但她眼里还是含着泪花，因为她对鬼子的刻骨仇恨，太深、太深了！

他们几个人七手八脚地把鬼子扭过去，绑了起来。

"先把他塞到洞里去！"大龙说。

"塞进洞里去，怎么办？"苏小妹骨子里的仇恨，不会很快消去，她说，"不如把他掐死，先解解我心头之恨！"

"小妹，我刚才讲的话，你没听进耳朵里呀？千万注意对待俘虏的政策！"大龙说，"有办法，把那个鬼子，送到反战同盟冀中支部去，那儿有不少日本人，经过教育，他们觉悟过来，在抗日中发挥着反战作用。"

他们把那个鬼子一推，来了个泥里倒栽葱，哧溜一下塞进洞里去了。

钟大伯摸着苍白的胡子笑了："真有意思，你们快点下去吧！小心鬼子又来了！"

正说着，听到街上枪声又响了，大枪"叭叭、机枪"嗒嗒嗒"、掷弹筒"咚！咚！咚！"……

"你们听，咱们地区队的战士和敌人接上火了！"钟大伯说，"枪子从院子上空嗖嗖嗖飞过！"

这时小玲儿突然跑进院来，喘着气儿说："鬼子朝这边奔来了！"

"玲儿，快从小门钻过去，到你娘那屋躲藏起来！"钟大伯说，"千万盖好洞盖！"

小玲说声“我走啦！”闪身就从小门钻到西院去了。

钟大伯又掩到大门口，悄悄地向外一瞧，只见几个敌人，端着枪，朝这边窜过来。“你们快下去吧！敌人又来了！”钟大伯着急地说，“我来应付敌人，不会发现洞口的！”

“钟大伯，不行！敌人是来杀人的，你也要隐蔽起来！”高大龙说，“敌人是有目的而来的！”

“大伯，你一定要藏起来！”雪莲说。

“他妈的！不下去啦！雪莲、小妹，你们掩在门背后，打他狗日的！进来一个，消灭一个！正是为你爹娘报仇的好机会！”大龙指挥着。

他们唰地都闪在门两旁，钟大伯也在一旁隐蔽好了。

一个鬼子刚一闯进门，大龙“叭！”一枪就把敌人打倒了。又一个进来，又被雪莲放倒了，第三个鬼子，在门口鬼头鬼脑地向里伸，说时迟那时快，只听“咔嚓！”一声，苏小妹抡起铡刀，就把那个鬼子的头砍下来了！

这时，街上村外的枪声打得更欢了。

“雪莲、小妹，咱们上房顶去看看，你们听，外边这战斗打得多么激烈呀！”高大龙说。

“好哇，看看大解村人民群众的智慧，这儿是咱们区的示范村啊！”雪莲说。

“咱们也要学习学习，特别要学习人家地区队指挥官是如何指挥战斗的！王司令员让他们都学习过毛主席的游击战略战术……”

“大龙，以后咱们也要补这一课！”雪莲插话道。

“在敌后坚持斗争，要根据具体情况，平原和山区不同，就更需要灵活的指挥战术。”大龙说。

“咱们上房吧！”两个闺女劲头更足了。

他们把前门一关，噌噌噌蹿上院墙，沿着墙头旁边的一个小木梯子一个跟一个上房去了。

他们在房顶上，看了看地形，各自找好地方。大龙在东边那个垛口旁边。雪莲和小妹，两人离得近些，在西边那个垛口跟前，几乎是并肩站着。他们摆着头，四处一看，喝！全村有五六个制高点，分布很好，形成交叉火力网。八路们从制高点向处打枪，还向外扔出手榴弹，“呼隆！呼隆！”炸起股股尘土，向天空飞扬，烂砖碎瓦四处飞落，有的砖头“当啷！”一声，砸在鬼子的钢盔上，又跳出老远。敌人看见排排枪子，一颗颗手榴弹从天而降，不知道土八路用的是什么神妙战术，只听枪响，不见人影儿。有的伪军吓得手直颤，小声说：“我的天哪！许是天兵天将下凡来和鬼子干起来了！快跑吧！天兵天将不可挡！”

伪军们顺墙根溜着跑。

“你们看！敌人从小胡同里钻出来了，正逃呢！”苏小妹扒在垛口旁边很生气地说，“急死啦！我这大刀片用不着了！”

“悄悄的！不能暴露目标！”雪莲扯了她一把。

“大龙哥，敌人跑到大街上啦！咱们干掉他们！”

“小妹，再等一下，让敌人再离近一些，打着更得劲！”大龙的枪口，探在垛口上，瞄着远方的敌人，说，“小妹，越在这个时候越要沉住气，如果被敌人发现，咱们要吃亏！”

苏小妹手里紧握着在马槽前砍杀鬼子时用过的铡刀，心里干着急，没有办法，她对身边的雪莲说：“我这把大刀，用不上啦！敌人在街上，我在房上，失去战斗力啦！”

“你看着，我来消灭敌人！”白雪莲握紧枪说，“等大龙下命令，我再开枪打！”

苏小妹一听就急了，她说：“我是来消灭敌人，为我爹娘报仇的！让我看着你们打，不行！”她提着刀，又说：“我下房去，用大刀和敌人拼！砍死一个够本了，砍死两个赚一个！”

“你下去是送死！”雪莲知道小妹心里鬼道道儿多，她是在绕圈子。

“雪莲姐，要不让我下去，那你把盒子枪借给我用用。”

“你这个鬼丫头，我知道你会这样做，你心里怎么想，也逃不出我的眼睛！”雪莲说，“会打枪吗？”

“实话告诉你，我爹会少林功夫。我跟爹练过刀功，所以用刀砍杀鬼子，很顺手得劲。在司令部里只摸过枪，没有打过枪。”

“打枪和用刀，是两种劲！”雪莲早知道她为爹娘报仇，杀敌心切。她说：“大龙，今天破例，叫小妹用用枪！”

“注意监视敌人！”高大龙说，“我们在暗处，敌人在明处，是打击敌人的好机会！”他看看两边的敌人，“小妹用大刀砍杀敌人真行！再练好用枪消灭敌人，那就更棒了！”

“大龙哥，你真好！”小妹满意地说。

接着白雪莲教苏小妹怎样用枪，怎样瞄准敌人，什么时候搂枪机，简单说了一遍。小妹接过枪，照白雪莲的样子，紧紧握着枪。

“敌人跑过来了！”高大龙说，“小妹，千万注意隐蔽，鬼子也很机灵，枪打得也很准！”

“敌人离这儿近啦！”小妹说。

“啪！”一声枪响，大龙放倒一个鬼子。其他敌人发现房上有人，呼啦都趴下，朝房上乱打枪，子弹从他们头上嗖嗖地飞过。

“打！”高大龙下了命令。

苏小妹听到队长的命令，照雪莲教的样子，狠狠地打敌人，“啪！啪！”连发两枪，一个敌人也没有打着。“真糟糕！怎么能打住呀？”她对雪莲说，“这枪有毛病吧！打不准！”

“姿势低些，敌人发觉了我们！”雪莲按下她的头说，“小妹，你合什么眼呀！”

“头一枪合眼来着，第二枪眼就睁开啦！”

“不是我的枪有毛病，是你头次打仗的原因！”白雪莲抓住她的手说，“瞄准目标后，搂枪时，手不能扭动，手一扭，子弹就打飞啦！只能吓唬敌人！”

苏小妹从心里佩服了：“雪莲姐，你瞧着，我再打敌人！”

“街上的敌人向北跑呢！”高大龙厉声说，“小妹，快打！打起不打卧！”

“啪！啪！”小妹又连发两枪。

“这回打住了！”雪莲说。

苏小妹再仔细看看，打死的是个伪军，那个鬼子也趴下装死不动了。

稍停，那个鬼子又爬了起来，拼命向北跑出几步，只听“啪！”一声枪响，高大龙把那个鬼子打死了。

“大龙哥，你是神枪手呀，打得那么准！”小妹伸出大拇指说。她把枪还给白雪莲。

“快看！又一个敌人跑出来了！”小妹着急地说。

“啪！”一枪，白雪莲的枪子打得更准，正好击中那个敌人的脑瓜子。

“雪莲姐，我算服了。你也是神枪手，和大龙哥真是成双成对啊！我看是天下难找！”

这时，枪声突然激烈了，街上的鬼子到处乱跑乱窜，有的倒在地上，有的哇哇乱叫，那日军小队长和浅野公平见局面不利，怕吃大亏，夹着战刀就跑。浅野公平大声嘶喊着：“快快地撤退，快快地出村去！”

那个小队长喊声更大：“土八路土地道，大大的厉害！毒瓦斯统统的带回去啦！”

鬼子兵很快撤出村去了。

你看伪军们那股子软劲，夹着个枪就跑，有的枪也不知道丢在哪儿了，连看也不看，自顾逃命。

有的伪军边跑边说：“我的天哪，真是天兵天将下凡来为八路助战！”

另一个伪军说：“是天宫玉皇大帝，派天兵下来和鬼子干上了！”

“天兵不可挡！快跑呀！”

伪军们狼狈地向村外逃去。

第二十七章

同赶庙会

话说这日月如梭，不知不觉到了三月二十八日。这天通往大解村的各条大道小道，都一溜一串地走着人，有的挑着挑子，有的推着小虎头车，吱嘎吱嘎响个不停，也有的牵着牛、马、驴子，还有的赶着羊群……

这些人和牛羊，干什么去呀？前边不是说过，大解村每年这时候，有一次道场会嘛！他们为的是去赶会。

大解村的道场会，那是远近闻名，从三月二十八到三十，每年照例三天。这会实际上就是一个大集市，农民们在这里买卖农具，各种牲畜，粮食及粮食种子，进行各种货物交易。

往年的道场会非常热闹，远近村里的男男女女，老老少少，尤其是那些年轻男女，一方面赶会游玩，挑选自己喜欢的漂亮衣物，穿呀戴呀，打扮得花花绿绿，干干净净。另一方面也暗中寻找心上人。赶会的人还有外埠的，甚至保定府、北京城、天津卫的那些名门小姐、少爷少妇们，他们一方面到农村看看风景，欣赏欣赏野趣。另一方面，这些贵人们还有一种心理，就是显显城里人的风貌和姿态，顺便猎取些城里猎取不到的东西。

会上卖吃喝的，耍玩意儿的，卖各种牲口的，杖耙扫帚市，白洋淀的席市上，那真是成堆成摞，离老远就能看见。总之，杂七杂八，什么都有。说到细织布匹，那就更可观了，北京城、天津卫、保定府，那些有名的大商号也都在这里搭起大席棚，设柜台，挂上幌子，摆满各种各样全国有名的贵重绸缎和布料，甚至还有洋货呢子。

杂八场地有很大一片，场地上有打拳的、摔跤的、闹秧歌的、跑旱船的、踩高跷的。游玩的人们中有的画成丑样大彩旦的，吸着大烟袋，扭着屁股，表演着丑样儿，使得围观的人们仰面哈哈大笑。那要狮子舞的就更绝了，先在地上滚来滚去，有时又跳起来，捕抓彩花的狮子球，然后将三张八仙桌子摞起来，狮子在桌上跳过来又跳过去，最后突然从第三张高桌上跳到地上，引起一片掌声。

这游戏场上，还唱着几台大戏，有京剧、河北梆子，还有流行于河北的剧种丝弦戏。总之，这里是会上最热闹的地方。

这两年来世道不好，日本鬼子安上炮楼之后，环境变得越来越严酷，那几台大戏不唱了，但大绸缎庄、花布市还有。不过赶庙会的人比起过去，还是少多了。

行人越来越多了，流水似的向庙会涌去……

今年的庙会与往年不同。黑风口据点派出日军和伪军五六十人，到这个会上搭起个大席棚子来收税。冯喜营挎着胡九天的女儿秀秀，在会上显威风，摆来摆去。秀秀不时地和冯喜营挑逗着，香烟不离嘴。他们在前边走，后边就有人戳着脊梁骨，小声说："败类，民族的败类！一对狗男女！"

敌人想趁赶庙会之机，狠捞一把油水，所以会上收税很重。卖个木杖、木耙、瓷盆、瓦罐之类的小东西都要上税，至于牲口，一只小绵羊，一只大公鸡，拿税就更重了。有的人一看税这样重，干脆就把猪牛羊收起来，不卖了！

为了保护群众利益，威吓敌人，使敌人不敢再到庙会上来随便欺压人，让群众进行合理交易，昨天黑下，区委书记康忠把高大龙和白雪莲还有区政府助理员郑一农等，召集到大冉庄神槐树下大碾盘旁边开了个紧急会议，商量用什么办法来对付黑风口敌人的阴谋。大家的意见统一在用突袭和智取的方式来狠治敌人一家伙！但要防止黑风口敌人要什么新花招。

康忠说："不让群众吃亏，还是智取敌人为上策！"

高大龙说："我们游击队逐步扩大，战斗力也加强了，要叫敌人知道，如今和过去不同，不能随便进村杀人，抢老百姓的东西！"

白雪莲说："这次我也到庙会上去，怎么样？"

康忠说："这次的任务是由大龙带人去庙会，我和郑一农，还有其他干部和武装人员，在外围防止黑风口的敌人要新花招！”他稍停了一下，又说：“雪莲去庙会，我同意，大龙你……”

“我当然同意。她去侦察敌情，搞突袭更有利！”大龙看着雪莲，打断老康的话说。

康忠说：“就这样决定了！”

高大龙和白雪莲小声商量了一下后便分头出发去大解村庙会。

白雪莲、小青、全福等五个人，都化了装，小青化装成个卖大白菜的，挑着一担大白菜；白雪莲用假发梳了个小圆头，上边罩上丝套儿，一绺头发从左鬓边弯下来，看起来是一个非常干净利落能干的小媳妇。但脸上却不干净，像是故意弄脏了。上身穿着一件阴丹士林布褂儿，下身穿青布裤，脚穿一双黑布鞋，胳膊上挎着一个小柳条篮儿，里边有几个桃儿；全福戴着一顶四块瓦的帽子，帽檐儿全耷拉下来，掩盖着脸的一部分，腰里扎着一条腰带，腿腕子上绑着小腿带，穿一双半新的鞋，手里拿着一条长杆烟袋，上边吊拉着火镰和烟荷包，一走起路来，不断地前后晃荡。

其他人化装成卖东西的掺杂在人群里，和人家说话搭理，不慌不忙地往庙会走去。

高大龙、老虎、永池等几个人，当然也全化了装。高大龙头扎羊肚毛巾，脑后打个结儿，两个毛巾角向下垂，身穿紫花布裤褂，腰上扎条紫花布腰带，脚蹬一双旧球鞋，行动利落，走路潇洒，肩扛一条扁担，扁担上端挂团绳，他的打扮，看起来像是专门到庙会上来买货的人；老虎高个子，身穿蓝色粗布旧裤褂，头戴一顶大草帽，完全是老农民的打扮，肩背褡裢，褡裢两头鼓绷绷的，像是装有什么东西。他们从一条道上，夹杂在男女人群中，又说又笑，谈论着庙会上的生意经，不紧不慢地往前走着。

庙会上闹嚷嚷一片：

“羊杂碎，来呀！三块钱一碗！”

“天津卫狗不理包子。真香真好吃！请坐下！”

“保定府白云章的饺子，远近闻名，只要一进口，就顺着嘴巴流油，你说香不香？”

“来这边吃吧！京城风味，北京炒肝、卤煮火烧，吃了真过瘾啊！”

“北京老字号，全聚德挂炉烤鸭，名不虚传，货真价实哟！”烤鸭主人大声招呼着顾客。

那边又喊着："馅饼熟啦，不香不要钱！"

这边叫着："哎——河间的大鸭梨，皮薄又脆又甜，又没渣儿。先尝后买，不好吃别掏钱！"

有几个伪军走过来，一听到这叫卖声，抽抽鼻子闻了闻，互相笑了笑，使了个眼色，便蹲在梨筐跟前拿起就吃。越吃越爱吃，每人吃了三四个，站起来把嘴一抹，说："哈！你这梨子不怎么样，渣子这么多！扎扎拉拉的，哪儿是河间梨呀？都是假货，走吧！走吧！到别处瞧瞧去！"说着扬头就要走。

卖梨的人瞪着眼睛，怔住了。

"哎！老总，吃这么多梨，不哼声就走哇！得算算账呀！"

一个伪军把眼一瞪，歪着脖子说："怎么？你说的，先吃后买，不好吃不掏钱。我们吃着这梨就是不好哇！皮又厚又酸，渣渣还扎腮帮子，凭什么给你钱呀！"

卖梨人急了："不好？不好你们一人吃几个呀？哪里有这个道理，吃了就走？"

一个伪军又叫道："他妈的！你说不好不要钱，你也没有说让尝几个，你这是说话哩，还是放屁？"

卖梨的人说："哦！你们吃了梨不给钱，还骂我，讲理不讲理呀！是谁放屁？"

"你放屁！"

"你才放屁哩！"

"谁呀？"

"你！"

这个伪军可火啦，瞪着眼扑上去，啪啪打了卖梨人两巴掌，又踢了两脚，骂道："他妈的！敢和老子顶嘴！"

另一个伪军也上去，抓住他的担子用力一抡，筐子里的梨撒了满地，咕噜咕噜地乱滚，嘴里还一声连一声地骂道："日他妈！不让你在这儿卖梨，你上税没有？说！上了没有？"

那个卖梨人气得口里直吐白沫沫："谁说卖梨还上税？什么时候立的这个新规矩？各位爷们听听，卖梨还拿税！"

一个伪军扑上去，抓住他的脖领，喊着："什么时候立的？你不知道？才立的，老子就是干这个的，掌着这点权，说立就立，你还想要赖！老子手中有枪，谁敢不纳税，走！带走！拉到税棚跟前去，绑起来！"

另一个伪军横着枪说："我这儿就是税法，叫你纳就得纳，我说多少就是多少！"

收税的棚子在西边，伪军们把卖梨人连拉带扯地朝那边拽去。

庙会上的人们愤愤不平地说："这算他娘的什么世道？一点理都不讲，吃了人家的梨，还打人、骂人，还把人带走了！"

"仗着日本鬼子的势力，说黑就是黑，说白就是白。是什么都做得出来的一群坏东西！"

这时候，小青挑着菜担子，在人群里挤来挤去，喊着："咳，让一步，让一步，别挤破菜筐子了，竹条子还扎人哪！"

有一个人在旁边，眼睛不住地盯着他，看出了他就是小青，说："哎，你怎么卖菜啦……"

"这年月瞎混呗！能糊口就行呀！"小青仔细一瞧，那人是大田村的王五，便忙又接上说，"哎什么，这白菜你看多好呀！大包头，按都按不动，就是你站上去，连晃都不带晃动的。"他扭扭嘴又说："这菜可好吃啦，熬菜，做饺子馅都行，快买点吧！"

那人瞅着他，眼珠子转了转，心里全明白了，忙说："好好好，真是大包头菜，回头我再买！"

小青说："好，生意不成仁义在，没关系，一会儿来价钱便宜点！"说着就又向前挤去，喊着："咳，对不起，让开呀！这挑儿不好走，快让开呀！"便往税棚跟前挤去了。

在东边那个大土冢的旁边，小青张望着，像是发生了什么事情，人们乱哄哄的，都朝棚子跟前走去。他也就顺着人群往里挤。这时，偏偏碰见了秀秀，你看她打扮的那个样子，头上梳着日本式的小倒流的头，鬓上夹着个小蝴蝶，还有一朵红花儿，脸上擦着雪花膏，口上抹的口红，还不均匀，深一道浅一道的。身穿一件粉花巴黎缎旗袍，左手手指上带着一个宝石戒指，指甲染得红溜溜的，左手小手指上的指甲有半寸多长，看起来真像一个活妖精。

人们在背后说："什么玩意儿，不嫌丢她祖先的人！"

另一个人暗暗地戳着她的脊梁说："这种臭东西，连血和肉都臭透了！祖宗也不要了！"

和秀秀一同走的，还有两个日本妓女，打扮得和她一样妖艳，不过行动和说话样儿，完全是日本式的。人们说："你们看，柳条串王八，一类货！"

另外，还有两个日本鬼子，都是肥头大耳，就像两头肥猪，在她们身边，扭搭扭搭的，还不断摇晃脑袋。

小青刚走到公祠旁边，就看见那两个鬼子跟在白雪莲的背后喊着："花姑娘，站住的！站住的！"

那棚子跟前的秀秀看见鬼子在追赶女人，便屁股一扭一扭地快走了几步，喊道："太君，前边那个女人，不是花姑娘，是个小媳妇的干活！不好的！"

一个日本妓女说："冯太太，那个小媳妇很漂亮的！"

"再漂亮，也是个小媳妇了！"秀秀没有看清楚，那个少妇打扮的人，就是她熟悉的白雪莲，因为她化装化得好，蒙过了秀秀的眼睛。

那个鬼子还是跟在雪莲后边，喊："小媳妇，漂亮，大大的好！"在一旁的全福可慌啦，忙拦住鬼子说："哎哎哎！光天化日的，这是干啥！"又忙对雪莲说："快走，快走！快到那边去买东西！"

雪莲低着头，皱着眉尖快步从人群里挤了过去。可是那个鬼子还是在后边追喊："花姑娘！小媳妇！不要跑，太君对你大大的好！站住的！"

白雪莲心里真着慌，在人群里自顾往前钻，鬼子在后边叽里哇啦地追着。有人挡下鬼子，鬼子推搡一下，喊道："快快地闪开！"又向前追。

雪莲一边连挤带钻，一边心里想，现在还不能开枪，那样群众会受损失。

全福还是在一旁相随，紧张地护着雪莲，但鬼子推开挡路的全福，还是向前追赶，看来这个色迷心的鬼子，非抓住雪莲不可。鬼子觉着现在这里，是他们的天下，可以随便抓女人玩弄。

庙会上有人悄悄地说："他妈的，鬼子的胆子太大了。你们看，今天这个会上的风头不好呀！"

"前边那个小媳妇，可不是一般的女人，你看行动那个利落劲儿！"

"我看也是，非出事不可！"

“万一打起来，咱们也得帮着干！”

“那当然，日本鬼子太残忍了。有机会一定要干掉这些杀人放火的家伙！”

人们叽叽咕咕地议论着。

白雪莲拐个弯，转身向南走，那个鬼子铁了心死追不放，喊道：“你的跑不了的！”

白雪莲一想，计上心来，假装忽然脚崴了一下，左腿一拐一拐地走不快。那个鬼子一看，哈哈大笑起来，虽然像头肥猪，但追赶女人，他扭动得还挺快。

白雪莲心里说：“东洋强盗，现在你得意，又追又笑，等一下哭都来不及，不用响枪，就叫你回东洋三岛去！”眼看着就来到了大解村孟大勇那座墓碑跟前，她走得更慢了，那个鬼子也赶到了，哈哈大笑着，张开双臂就要扑抱白雪莲。

正在这时，只见孟大勇墓碑后边突然闪出一员猛将，鬼子一看傻眼了，张嘴刚说出“八”，说时迟那时快，只听“嘭噗”一声响，一条扁担像条偃月刀似的劈下来，鬼子没有说出什么，就被高大龙一下劈倒在地。

周围正好没有人，高大龙和白雪莲把那个断了气的鬼子抬到墓碑东南边的土冢后边，用领旧席一盖。不掀去席子是发现不了这个死鬼的。

大龙说：“雪莲，咱们的任务还没有完成，你回那个席棚那儿去对付冯喜营。我和老虎他们去对付北边的敌人！”

“好！”白雪莲说着，扭身向西北快走，走不多远就又钻进了人群里。

第二十八章

庙会奇袭

且说白雪莲，她和高大龙在孟大勇墓碑前神不知鬼不觉干掉那个鬼子之后，就又折回来，闪进人群里，挤到棚子跟前去了。她到那里一看，只见棚子的正中间摆着两张大红八仙桌，冯喜营在旁边站着，嘴里叼着一支香烟，狠狠地吸了一口，白烟从两个鼻孔向外冒。

秀秀和那两个日本女人在一领铺好的白苇席上，各自挑选着自己喜爱的绸缎布料。秀秀扯起一匹，披在肩上，左瞧瞧，右看看，不合心意，扔掉再扯起一匹，又试了试，颜色不好，又扔到一边，拿起第三匹很满意，忙说："我要这匹缎子，还有那匹绸子，都是上等货！"说着就把布料拿到一边，放在一条板凳上。那两个日本女人没有见过这么多、这么好的绸缎，惊讶地说："中国货真美真好，比日本东京的货强上几倍！"她们尽情挑选，期望找到最满意的东西。

说起这收税呀，实际上是敌人打着收税的幌子，到庙会上来抢夺他们最喜欢的吃穿东西！

白雪莲在人背后，看见追赶她的另外一个鬼子也挤到棚子里来了，直呼哧呼哧地喘气。冯喜营忙把香烟递过来，说："太君，快吸烟，那个小媳妇不好。过一会儿，我为太君找个花姑娘的干活！"

"好的！好的！"鬼子说着吸起烟来。

这时，那个卖梨的也被伪军扭着到了棚子跟前。

一个伪军先打个立正，然后对冯喜营说："报告队长！这个卖梨的没有上税，我们问了问他，他不讲理，还骂得呱呱的！简直无法无天！队长，你说这样的人该怎么办？”

卖梨的喊着争辩道：“谁不讲理呀！你们吃了我的梨子，不掏钱，还要赖！我收点梨子，不容易呀！你们讲理不讲理？”

冯喜营哼了一声，拿着枪说：“你要真理吗？我冯队长就是真理，我这枪就是真理！”

“哪儿吃梨也得给钱呀！”卖梨人不服。

“把你绑起来就是真理！”冯喜营又大声喊道，“把他拴在柱子上，他就知道什么是真理啦！哈哈哈！”说着仰面大笑起来。

“去你娘的！仗着鬼子的势力，欺压百姓的狗东西！”有人小声说。

“糟得紧死得快！丧尽天良的坏货！早晚要挨天雷劈！”另一个人小声说。

冯喜营警觉性还蛮高，向四外看看，对伪军说：“兄弟们注意！要小心游击队赶庙会时搞偷袭！”

“咳，现在是皇军的天下，小小游击队不敢来！”一个伪军说。

“千万不能大意！”冯喜营说，“我知道游击队那一套，高大龙和白雪莲，还有那个康忠，说不定今天也会赶庙会，要处处留心！”

“高大龙他们来，也是找死嘛！”

伪军们虽然嘴里这么说，但心里还是嘀咕着，怕游击队来搞突袭。

冯喜营和伪军的对话白雪莲在人群里听得很清楚。她用手摸着怀里的枪，又向四周看了看，见小青和全福等人，全都凑到跟前来了。棚子跟前挤满了人。

“干什么？快滚开！滚开！这里是太君的收税棚！”敌人喊着就用刺刀逼着人们往后退。

人们哗地挤过来，又呼地挤过去。“挤死人啦！”“挤死人啦！”人群里嚷嚷着。敌人用皮鞭朝着人们头上、身上抽打着。

冯喜营忽然发现有个日军不见了，急问旁边的伪军：“那个胖太君跑到哪儿去啦？”

“是呀！那个胖太君有一会儿不见了！”一个伪军说。

另一个伪军说：“咳，那个太君去追那个小媳妇，一直没有回来呢。”

“那个太君呀，不追上那个漂亮的少妇，是不会回来的！”

冯喜营一听，惊了！急了！拔出枪来，急说："快去找太君，不要上了高大龙，还有那个白雪莲的当！"说着腾地跳上板凳，大声喊着："快退后！不退后，我就开枪了！快退！"

人们呼地一动，把棚子挤得直嘎吱响。

这时，小青高喊了一声暗号："卖大白菜！"白雪莲嗖地一下，从怀里掏出盒子枪来，甩手"啪啪！"朝冯喜营打来，只见冯喜营从板凳上咕噜一下栽倒在地，痛叫着："哎哟！哎哟！"只见他肩上鲜血直冒。

小青早扔掉白菜挑子，眼珠子一瞪，"当！"一枪，把一个鬼子打了个狗吃屎，趴在了地上。

另外的队员们，全都开了枪，一颗子弹从秀秀左耳根穿过去，把一个日本女人打倒了，正好趴在那堆她喜爱的杭州产的绸缎上，只蹬跶了几下脚，就不动弹了。秀秀流了一脸血，吓得像稀泥一样，趴在桌子底下，只顾喊爹叫娘，浑身哆嗦得像筛糠。

白雪莲的悄然突袭，使鬼子和伪军慌手慌脚全乱了。

全场炸了窝，人们到处乱钻乱跑。雪莲他们兵分三路，全福朝北边跑，小青他们朝西边跑，敌人追着追着，就不见了踪影。

白雪莲和春来呢，朝东南跑，后边七八个敌人紧紧地追赶着。他们跑着跑着，人群都散开了，于是后边的敌人把他们看得很清楚，枪声不住，子弹从他们身边嗖嗖掠过，他们马上趴下，扭过头来还击敌人，白雪莲瞄准"叭"的一枪，把前头的一个鬼子打倒了。这样，其他敌人呼啦呼啦就都趴下了，只是打枪，不敢紧追上来。

雪莲说："春来，我顶着打，你往后撤！你撤一截后再顶着打，我再撤，轮换作战！"春来爬起来，猫着腰就往后跑，敌人一扬起头来，雪莲叭叭叭就是几枪，吓得敌人又趴下来。春来跑了一截后又趴下顶着打，雪莲爬起来，手里端着枪，猫着腰向后跑。她想，后边敌人多，要扰乱敌人的视线。于是，她曲里拐弯地往后跑，这样的运动，敌人很难瞄准目标。

他们就这样替换着，打打退退，一直退到孟大勇那个英雄碑跟前，白雪莲的左腿被打伤，她跑不动了，趴在了地上。

敌人像恶狗一样哇哇叫着冲了上来，春来忙顶着狠打，雪莲咬着牙，忍着痛，把盒子枪朝前一甩，嗒嗒嗒就是一梭子子弹连发，打得敌人趴下了。

“雪莲，我顶着打，你快往东边那个碑子跟前爬！”春来说。

“好！”她咬着牙，两手扒着地，脑袋摇动着，向前移动。

她腿上的血直往外流，爬过的地方拉了一条血印。

她爬到那块石碑跟前，脸上的汗像水浇了一样，掺着泥土往下流！她那个小圆头早就抹掉了，头发扑满了灰土，散乱地披在脸上。

她已经筋疲力尽了，上气接不着下气，口里干得直冒火，她艰难地咽了一口唾沫，眼里冒着金星。她长出了一口气，回头看见春来还没有退下来，忙爬到那个石碑座的后面，手里端着枪，狠狠地打，掩护着春来往下退。

春来退到石碑跟前，他一看雪莲腿上的伤很重。

“雪莲，子弹都快打完了，这里是撑不了多久的。来，我背着你，咱们一块往东边那座破庙跟前跑，跑到那里就好掩护了！”说着就去背雪莲。

雪莲看着那座石碑，很快推开他的手。

“不！来不及了，你赶快往庙那边撤吧，我在这里顶着打，我一个，换敌人七八个也换得来！”

“雪莲，你不能这样说！”春来眼里含着泪花，“咱们死就死在一起，我不能把你丢在这里。来吧，我有力气，背你跑，敌人也不一定能打着，跑出去就跑出去了，跑不出去就一同死吧！”

“你快走吧，这儿又没有什么遮挡，敌人的火力又那么强，你背着我跑不行！敌人不是傻子，你赶快撤吧，不能耽误，我在这里掩护！快！”

“不！无论如何我也得背你走！”他说着就硬拉起雪莲的胳膊往肩上搭。

敌人这时候又哇哇地冲上来了，雪莲急得眼里冒着火花，她忘掉了疼，狠狠地甩开春来的手，忙用盒子枪朝敌人当当当地打了一梭子，又回过头来急喊：“春来，你快点走，别再啰唆！你要记住，还有更多的敌人等你去消灭！”

“不！”

“不什么？”

“我……”

“快走！快走！能活一个就活一个，为什么要两个人都死在这儿呢？”

“不，我不能这样做。来吧，我背你！”他又去抓雪莲的手。

雪莲火啦，马上把枪口对准他的胸膛：“你再不走，我就开枪打死你！立刻打死你！”

春来没有办法，他眼泪涟涟地说：“好吧！”说罢扭回头就往后撤去。白雪莲还在那顶着打。

她打到最后，只剩一颗子弹，她想：“这怎么办呢？”敌人又冲上来了，开枪打吧，一枪就打完了，难道叫敌人捉活的不成？不打吧，眼看敌人就到跟前了……要不自个儿打死自个儿，她把枪口对着自己的胸口，正要搂火，突然枪筒碰在胸前的一个硬物上，她忽然想起怀里还有一颗从鬼子手里夺来的小甜瓜式的手榴弹。她这一下子拿定了主意，便打出了那最后一粒子弹，只见一个鬼子，扑通一下翻倒在地上。

她把那把盒子枪对着石碑“咣！咣！”地摔了几下，摔成了两截，然后把那颗手榴弹搬开簧，离开那座石碑往后爬去。

敌人又朝她射击，她爬到离石碑二十多丈处就爬不动了，她把手榴弹放在怀里，手里紧紧地勾着引火线，准备敌人走到跟前的时候，就把引火线拉开……

敌人看见白雪莲躺在那里不动了，一个伪军说：“你们看，打死了！”他们便站起来，大摇大摆地走到那座石碑跟前，只见一把盒子枪摔成了两截，在那里丢着。另一个伪军说：“咳！他妈的！这个姑娘真厉害，宁死不屈！”又一个伪军点点头说：“你瞧！临死的时候，还把盒子枪给毁坏了！”

“真厉害！真厉害呀！”一个伪军咧着嘴说。

“抗敌英雄碑……”敌人看见这座石碑便火了。一个敌人立眉横眼，大声说道：“推倒！快快地推倒！”

六七个敌人，用肩扛着，使劲推呀，推呀，终于把石碑推倒了，只听“轰！”的一声响，土掀得有几丈高，灰土四处飞扬。

敌人的身子被炸成了碎片，像乌鸦似的飞往四处，又落了下来！

原来那个石碑后面埋了地雷。康忠和高大龙一早就估计到敌人会来破坏，便在碑后埋好了地雷。这一爆炸，五六个敌人都被炸死在那里了。

雪莲呢，松了一口气，说：“炸得好！”便将手榴弹收好，又向后爬去。

春来本来跑得就不远，听见地雷一响，一大团黑烟冲上云霄，敌人都被炸死了，雪莲还活着，便像一阵风似的奔过来，背起雪莲，朝东南那座破庙跟前跑去。

与此同时，黑风口据点里，日军队长浅野公平得知了区游击队长高大龙带领游击队来赶庙会。他想，这正是消灭游击队的好机会。于是，他带领着日军和伪军，急速赶到庙会来。

后边的敌人，像乱蜂似的，又朝这个方向追上来。

只见小青站在庙旁边张望，向他们招手："春来，快呀，快呀！"春来累得满头是汗，一面喘着气，一面说："小青，快点来搀着雪莲！"

"哎呀！受伤这么重啊！"小青忙把雪莲搀起，向庙里喊，"队长，快来，快来，雪莲她受伤啦！"

高大龙和永池忙把雪莲扶到庙里。

正在这时，供桌底下突然钻出个人来。高大龙一看，是地下医院的护士苏小妹，他说："小妹，这个时候来干什么？正在打仗！"

你看苏小妹，手提大刀片，闪闪放光，摆出一副英武的样子，说："我就是来杀鬼子的！"她握紧大刀说："这把刀磨得可快啦，一刀砍下一个鬼子头！"

"小妹！"雪莲叫了一声。

苏小妹见雪莲伤势很重，忙说："雪莲姐，你……"

"小妹，这儿不是说长话的地方！"雪莲忍着疼说。

高大龙说："小妹，你来得真巧，快把雪莲护送走吧！"

苏小妹来杀鬼子的心盛，要为爹娘报仇，但见雪莲伤得这么重，便说："大龙哥，我服从命令！"

小青说："小妹，那就快走吧！"

"雪莲姐，我扶你进去，给你治疗！"小妹说着就扶雪莲，从供桌底下进地道去了。

高大龙他们从庙里墙上的枪眼里把外面看得清清楚楚。

"注意！"高大龙喊着，"敌人绕过来了，我打第一枪，然后大家再打，千万不要乱。敌人踩响了第一颗地雷后，手榴弹立刻向外扔，每个人的手榴弹节省着用，子弹不能空放，出去一颗子弹，就得起到一颗子弹的作用。因为咱们的弹药不多，这点大家要记住！"

小青说："队长，你放心，一颗子弹击中一个敌人！"

"敌人要冲到庙里来怎么办？"

"我们打得差不多了，就从供桌底下进地道撤走！"

大龙又把一颗地雷交给全福，叮咛道："这颗地雷你负责。当大家都钻进地道后，把它埋在洞口。万一敌人发现了洞口，让地雷把敌人打回去！"

"这个你放心，没有错！"

大家都把枪筒伸在枪眼里，瞄着敌人。

日军队长挥起指挥刀，大声吼道："土八路，统统藏在破庙里的！冲上去把庙打平，土八路统统的消灭！"

长官一声令下，伪军在前边，日军紧随其后，朝这边冲过来。

你看这庙里多紧张呀！抗日战士们的眼珠都顺着枪筒向外盯着。小青着急地说："行啦，行啦，还不开枪？再过一会儿你不开枪，我就开枪！"

高大龙小声说："悄悄，沉住气，性急捉不住大鱼！你没学过兵法吗？战场上不能性急，一犯性急病就会吃亏！"

这时，只见前边一部分敌人过来了。

庙里"当！当！"射出两枪，两个敌人就咕噜倒下了。庙里的枪弹连续地向外射出，敌人见枪声是从庙里打来的，便从两侧向庙前包围过来。

敌人刚冲到庙跟前，轰隆一声，地雷便爆炸了，扬起了一股烟土，几个伪军和两个鬼子倒下了。

后边的日军队长挥着刀，大吼："把破庙打平！打平的！"

敌人又哗啦冲了上来。

高大龙指挥着又打了一阵儿，敌人的火力太猛太强，再坚持下去，游击队要吃亏，他说："差不多了，撤！"

庙的墙壁和门窗都被敌人的火力打坏了，庙顶上也打塌了几处。

等敌人冲到庙里的时候，里边一个人也没有。他们到处搜寻，哪知院里墙根下，又一个地雷爆炸了，鬼子和伪军又被炸倒了两三个，一块弹片从翻译官黑水的脸上擦了过去，鼻子也被打平了，他忙用手捂住脸，哎呀哎呀地痛叫着。

一个伪军说："这庙里一定有洞，土八路统统的钻洞跑了，咱们搜吧！"

敌人贼眉鼠眼的，围着神像瞎打了一阵，还是什么都没有找着。

日军队长浅野公平看见黑水翻译官的鼻子被打平，土八路又不见了，他看着伤亡惨重的部下，觉着这破庙里有鬼，再打下去，还要吃亏，便下令撤回据点里去了。

敌人本来想在庙会上狠狠地捞一把油水，结果是税没有收上，游击队也没有消灭，人员倒死了不少。老百姓痛痛快快地赶了三天会，一个鬼子也没有敢再来。

第二十九章

夺麦之战

且说到了田里的麦梢都黄了。

现在地区队、县大队，还有区小队，差不多每天都到各炮楼袭击敌人，牵制敌人，保护群众抢收麦子。这是一场粮食争夺战，因为敌人为了支援他的侵略战争，要大量抢夺华北平原的麦子，然后分别运送到他的各个战场去。

区上干部们也分了工，康忠和区长到东留村几个村去了；伤愈的白雪莲和郑一农到小陈村一带去了；高大龙负责大冉庄一带几个村庄。

高大龙带着区小队，看着一眼望不到边际的麦波，黄黄的麦穗儿被风吹拂着，在火辣辣的阳光下发出闪闪的金光。

他们沿着地边的羊肠小道小心地走着，注意着，生怕踩坏一根麦穗儿。穿过一垄麦田，又一垄麦田，麦穗儿在他们腿边轻轻擦过。

今年的麦子长得真好啊！沉甸甸的穗儿，压得枝秆儿都歪啦，籽粒真饱满，互相撞击着，发出沙沙的声音。

田里喷出一股一股的麦香，向他们的鼻子扑来，心里有说不出的欢快。走在这样美好的田野上，谁不热爱自己的土地，自己的家乡呢！高大龙看着远方，狠狠地吸了一口麦香，说："你们看，家乡的麦子长得真好，就像一领席似的，一派丰收的好年景啊！咱们要好好保护它，不让敌人抢去！"

"那是啊！这是咱们的命根子！"一个队员说。

“常言说得好，手中有粮，心中不慌嘛！”小青说。

他们来到大冉庄时，已经是掌灯时分了。

嘎咕鸟在天空鸣叫着，催促着人们快点收割，要和敌人抢时间啊！

村里的人们这几天可真忙活啊！

每天晚上，男男女女、老老少少，都带着镰刀到地里抢收麦子。人们都知道麦子是自己的命根子，叫敌人抢去了，人们拿什么吃呢？我们的子弟兵吃什么呢？吃饱肚子才有力量打东洋鬼子！区上的口号是叫人们快收、快打、快藏。区小队、男女民兵、地区队、村里的共产党员、青救先、儿童团，都要保证这一任务的完成。

不到三四天的工夫，地里的麦子都割倒了，捆好的一个个麦“个儿”在地里躺着，太阳一偏西，人们就忙套上大车，把麦“个儿”载到打麦场里，摊成均匀的一大片，套上牲口拉着碌碡，咕噜咕噜地碾起来。

这一天黑下，没有割完麦子的人家，仍是到地里去收割，割完了的就在场上碾。

银钩似的月亮挂在树梢头，一朵一朵的云，从它上边掠过，月亮忽地暗淡一下，又立刻亮起来。天空呈灰白色，稀落的几颗星星显得有些暗淡。

轻轻地刮着微风，麦穗儿一起一落地摇动着，芒儿绞在一起沙沙作响。

人们有的赤着膊，有的袒着胸，风儿吹在身上该是多么凉爽啊！白天热得人直冒汗，衣服被汗水浸得湿漉漉的，挨着身子怪不舒服。到了夜里，在这里乘着凉风儿，人们才吐出了一口闷气！

镰刀割着麦秆，嚓嚓作响。民兵们背着枪，到炮楼附近监视着敌人。

麦子碾完了的人家，当天黑下就挖地窖，有的在院里挖，有的在村边和树林里挖，窖挖好了，就把粮食埋藏在里边。

浅野公平奉命换防，将黑风口据点的鬼子调回日本去，把双桥镇的日军队长乔本三太郎调到黑风口来了。

这天黑下，乔本三太郎和冯喜营正在计划抢麦子的事情，忽听“当！”“当！”几声枪响。乔本和冯喜营便忙到楼顶上去察看，发现枪声是从掩护沟外边打来的。这时，伪军和鬼子全都紧张起来了，鬼子们都爬到楼顶上去，向外还击，伪军们在下边把守着吊桥，没有目标地瞎打枪，楼上楼下的枪声像放鞭炮似的，向外乱打一气。

沟外边民兵们的枪声停止了，楼上还在打。等楼上停止了，外边又“当！当！”打起来，楼上又乱放一阵，这样闹了一夜，敌人耗费了好多子弹，到天明的时候才停止。

鬼子和伪军们都疲倦极了，躺在铺上就像死猪一样呼呼大睡。

等乔本三太郎醒来的时候，太阳都晒着屁股了，他把冯喜营喊醒。

冯喜营挤巴着眼，在院子里喊着：“大家快起来！他妈的这时候啦，还不起来！都睡死啦！今天的大事情你们都忘啦！快点！快点！”

鬼子和伪军们都迷迷瞪瞪地爬起来，用手揉着眼睛……

黑风口的敌人吆着四辆大车，把牲口打得飞跑，车子哗哗哗地响着，像要跳起来似的，车夫的大鞭迎空一绕，鞭头一卷，噼啪！噼啪！不停地响着。

三十多个鬼子和伪军都在车上坐着，车子从大清河上过了桥，后边卷起了一股尘土，朝大冉庄这边奔来。

黑水滔翻译官在大解村那次庙会上，被一块弹片打平鼻子，说话变了声音，嗡嗡唧唧很难听。冯喜营和他并肩坐着，两个人头上都戴着洗脸盆式的草帽，嘴里叼着香烟。冯喜营身上穿着一件白绸衫儿，被风吹得呼啦呼啦直响。黑翻译官身穿一件土黄色的军装褂，热得白毛汗往下淌，手里拿着一把纸折扇子，不住地来回扇着。

他抹把平鼻子上的汗说：“他妈的，今天这么热，真要命！”

车上一个伪军说：“哼，这老天爷像和咱们过不去，要不是抢麦子，谁他妈的出来挨太阳晒！倒霉呀！”

冯喜营斜楞着眼说：“不出来抢，你吃个屁！”那个伪军翻了他一眼。

他们又走了一截，只见前边路上有个白灰圈，里边用白灰写着四个大字：小心地雷！

赶车的人马上勒住牲口，停住了车。冯喜营忙跳下车来，看了看，说：“他妈的，又是民兵搞的鬼，把车子从地里绕过去，绕着走！”说着又跳上车去，车夫拉着绳，把鞭子迎空一绕，喊着：“啊唷！……”呱呱地在牲口头上虚抽了两鞭，把牲口一扯，车就从旁边地里绕过去了。

走了一截，前边又是一个白圈，车夫又把车停住了。

“瞧！又是白圈！哎呀！这车不能走啦！”一个车夫有点发火了，“不行，我不能绕啦，你们自己绕着走吧！……这样今天非出事不行，你绕到地里，能保险没有地雷吗？提着人头要把戏，是闹着玩的？”

另一个车夫说：“太君、冯队长、黑翻译官，你们想想看，要是咱们人和车马，都闹个空中跳舞，那就全玩完啦！”

车上的伪军们也都呼噜呼噜跳下来，立刻紧张起来，眼睛都看着地里，靠着车边不敢动。他们听了车夫的话，觉着很有道理，眼珠向着地里乱瞧，好像四面都埋好了地雷阵似的。一个伪军说：“别他妈的粮食抢不成，全都坐了飞机！我的天哪！可怕！”

“那谁也不能保险，唉……”一个伪军慢慢地把头耷拉下来。

那个车夫蹲在车旁边，无精打采地从腰里掏出旱烟袋，想要抽袋烟。冯喜营说：“上车走，绕过去，快点！”

“哼，绕过去，绕到哪边去啊？道上、地里都有，让旁的车在前边走吧！”车夫说。

黑翻译官从腰里拔出手枪，喊着：“快点走！不走把你枪毙在这里！他妈的，天快晌午啦！”

“你的快快的走，不走死了死了的！”

几个鬼子的刺刀逼着，那车夫没有办法，只好没精打采地站起来，又赶着车绕过白圈朝前走去。

冯喜营虽然嘴里咋呼着，可他心里也是嘀咕得慌，好像坐着没底的轿一样，他逼着旁人前边走，自己却和黑翻译官跑到后边那辆车上去了。

伪军们一看，有的说：“哈！这小子真鬼呀！他跑到后边去，却叫别人送死，替他在前边开路，不行，咱们也过去！”伪军们一个个都跳下来，到后边那辆车上去了。那个车夫呢，回头一看，嗬，车上空啦，把牲口勒住，不吆了。他说：“你们怕死，我难道是铁打的不成！”说着也溜到后边去了，只见他甩了两下手，那牲口通人性，把头一甩，就拉着空车哐哐地从麦地里连蹦带蹿地朝北边跑开啦。

冯喜营一看，着慌啦，大声地向那车夫喊着：“快赶哪，你的车跑啦！”

那车夫去追车，牲口却跑得更欢了，车夫故意装作赶不上，牲口拉着车越跑越远。

冯喜营一看，气呼呼地说：“好小子，想找机会逃跑哇！快去几个人把他追回来！”他立刻派了两个伪军端着枪，朝车夫那边追去。

“站住——”那两个伪军一边追一边喊。

“不站住就开枪打！”冯喜营高喊着。

“叭！叭！”响了两枪，那个车夫就吓得趴在了地上。

牲口呢，一听见枪声，更惊了，就拼命地跑！越追越远，牲口又急又惊，不防前边有一条道沟，哗啦一下，连牲口带车子都翻到沟里去了。拉长梢的是匹阉马，爬起来站在沟里，呼哧呼哧地喘气。

那两个伪军见车翻了，把舌头一伸：糟糕！车摔坏了，牲口也上不来，这事不好办了。

一个说：“咱们把那车夫抓走，要不回去怎么交差啊？”

“算了，算了，这就够缺德啦。车都摔啦，抓他有什么用？走吧走吧！”另一个说。

他们回到路边车跟前来，冯喜营问：“怎么没有追回来？”他们说：“追回来？车都翻到沟里去啦！驾辕牲口差点给砸死！怎么弄啊？”

冯喜营又催其余的三挂车往前赶，可那三个车夫不肯走。冯喜营在车上站起来，把盒子枪一甩，嗒嗒嗒地打了半梭子，吼着：“看谁不敢在前边走，我就打死谁！他妈的，没有一个好东西！”车夫们互相看了看，低下头，只好吆车从麦地里绕着，晃晃荡荡地往大冉庄走去。

大冉庄十字街头，大碾盘旁边的那棵古槐神树上，古老的大钟“当！当！”地敲响了，人们知道这是敌人进村来抢麦子了。青年男女民兵，都分别进入村里高房的制高点里去。

高大龙带领着区小队，分散到户与户相通的人家，隐蔽了起来。

村里人们打下的麦子，大部分都藏到了地窖里，上边只留了吃几天的粮食。敌人一进村来，他们就把放麦子的地方布上了地雷。

敌人一进村，“当！当！”只听枪响，却不知道是什么地方打来的，一个伪军和一个鬼子便被打倒了。其他敌人一看形势不对，都卧倒在路两旁。

这子弹是区小队和民兵从临街墙的夹皮墙里，顺着枪眼打出来的。

敌人卧倒在街上，东张张，西望望，却听不到一点动静。奇怪，这子弹是从哪里飞来的呀？从天上呢，还是从地底下？

敌人顺着街道继续前进，刚走了一截，枪声又响了，一个鬼子又倒了下来。敌人吓得不敢再往前走了，就闯进村口几家的院子里去，见麦子就抢。一端簸箕，“轰！”地雷炸了；一提斗，“轰！”地雷又炸了。敌人摸哪里，哪里有地雷。就是锅碗瓢盆底下，也有爆炸物，麦子没有抢成，只好跑出院子来。

杜老头家住村边上，他儿子也当了伪军，他觉着伪军来了也不会抢他家的粮食，所以麦子没有藏起来。伪军冲进来，看见杜老头家囤里满满的麦子，冯喜营喊着：“快装！快装！往车上扛！”

杜老头忙上前拦住：“老总，你们别抢我的麦子呀！我的儿子也在你们队伍上啊……”

“去你娘的！什么儿子不儿子，谁的棉袄不过冬呀？”黑翻译官一脚把他踢倒在地。

“这老东西，真该踢死！”冯喜营瞪着眼说。

一会儿工夫，他们就把那囤麦子全装光了。

这时，在街上还有“当！当！”的冷枪声，子弹嗖嗖地朝他们飞来，伪军吓得心惊肉跳。

冯喜营忙向车夫喊着：“快点吆上走！”伪军们吓得早就在车前边朝村外溜走了。车夫把鞭子迎空一绕，三辆车就朝村外奔去。

冯喜营和黑翻译官，好像眼睛不够使唤似的，看了这顾不了那。

他们刚走到护村沟的旁边，突然沟里一阵枪声连发，向他们密集地射来。原来是高大龙带领着区小队和民兵从西道沟里绕过来，在护村沟里等着他们，接着又是一阵手榴弹，像燕子似的飞上来，“轰隆！轰隆！”地炸开了。

车夫吓得把鞭子一扔，丢下车，回过头来向村里跑去了。

伪军和鬼子们吓得没死没活地向野外奔跑，有的跌倒了，爬起来又跑，还有的把鼻子都跌出血来了也顾不上擦，胡乱地用手抹一抹，接着又往前跑……

他们就像一窝乱马蜂似的散开了，有朝这边去的，有朝那边去的，晕头转向，满地乱跑，有的两个人跑对头了，咣当一下碰在一块，两个人都栽倒了，谁也顾不上怨谁，爬起来就一块儿跑。

他们跑得呼呼的，喘得上气不接下气，回头一看，见后边没有人追赶，便停下来，躺在一棵柏树的阴凉下，喘着气说：“哎……哟……我……我……的妈……哟哟……”

他们在那里躺了一会儿，才喘过气来，脸上有点血色了。一个伪军说："这大冉庄的民兵，也真厉害！"

另一个伪军说："咱们这分明是夹着唢呐下乡，没事找事哩。路上碰着地雷啦，还要往前走，走到村里，不知道什么地方往外钻子弹，本来这阵头就不对，还不走，还要抢麦子，抢他娘个蛋！偷鸡不成反蚀一把米，叫人家打得跟兔崽子似的！"

又是那个伪军说："我看这以后再出来扫荡，光有出来的路，没有回去的道！"

一个喘粗气的伪军说："我看日本鬼子这样瞎闹下去，是兔子尾巴——长不了！"说着他们忙爬起来，低头猫腰往回赶路。

冯喜营和黑翻译官同几个鬼子一起在路上跑着，忽然发现一个白圈：小心地雷！

他们绕到旁边地里，哪知正好踩响了路边的一个地雷，"轰！"地一下炸起了满天尘土，一个鬼子被炸得胳膊腿飞到了半空中。冯喜营和黑翻译官也都被震得翻倒在地，扑了满身的土，昏迷过去好久才从坑里爬起来。

"快向北撤！"冯喜营害怕极了，他大声喊着。

他和黑翻译官，还有十来个伪军和几个鬼子，急速向北跑，刚跑一截，忽然"叭！"一枪，正好击中黑翻译官头部，扑通一声就趴下完蛋了！

"叭叭！"又是几枪，冯喜营顾不上翻译官，同鬼子直向北边炮楼跑去。

第三十章

激战胡贼

话说敌人不但麦子没有抢到手，反而挨了游击队几顿揍，吃了不少亏，黑翻译官也完蛋了。敌人对大冉庄一带游击队和民兵的活动，很是头疼。敌人一出来，游击队、民兵便利用地道和村外交通沟作为掩护，埋伏好打伏击。但敌人想办法报复，带着毒瓦斯，在村里和地道里，使用这种灭绝人性的化学武器，人们也吃了大亏。尤其是冯喜营和胡九天，他们又组织了一帮地痞流氓，专门进行破坏，人们都说这两个头顶长疮脚心流脓，坏透了的家伙是民族败类，有人说："要是捉住了，把狗日的零刀割了，喂狗狗也不吃！"也有人说："干脆把坏种挂起来，点天灯吧！"

区上曾布置过几次，用"单一"的办法，派人去打，去堵窝掏，可是都没得手。

胡九天后来深得日本人的信任，当了双桥镇的镇长。

有一天晚上，高大龙带着一班人到双桥镇上了胡九天家的屋顶，先抓住看门的老朱让他想办法把胡九天哄出来，趁他不防备再下手。可是胡九天鬼得很，老朱在窗外叫着："胡镇长，楼上派人来找你有紧急事！"胡九天也答应了，说他马上就出来，不要着急，门嘎的一声开了，大龙以为是胡九天出来了，迎门当的给了一枪，仔细一看，打倒的不是胡九天，却是胡九天的一个小姘头。胡九天没有亲自出来开门，他听到枪响，从地窖子里逃走了。

从这以后，胡九天觉着在外边住着更不保险了，游击队的活动越来越厉害，不知哪会儿自己的脑袋就吃了“黑条”，索性住到炮楼里去了，这一来，再想拾掇他就更困难了。

冯喜营呢，也是“单打”了几次，虽然那次在大解村庙会上挨了白雪莲一枪，但只是受了些外伤，没有收拾掉。区上对除掉冯喜营这件事，非常抓头皮。

这一天，白雪莲和区助理员郑一农在小陈村治安员曾红家里研究掏胡九天的事情。郑一农说：“雪莲，咱们已派人打进敌人内部去了，可是怎么动手，里外怎么配合，得好好商量商量！”

“哎，前天送来的消息，说那个家伙在里头可牛啦，派头更大了，还准备这月十五给那个糟家伙庆祝大寿，我们在这上边是不是可以整出个办法？”雪莲说，“从乱中找空子！”

“对，这倒是个门路！”曾红在旁边插嘴说，“咱们和里边联系一下。”

“这事是越快越好，省得夜长梦多！”白雪莲对郑一农说，“是吧，郑助理员。”

“就是、就是！”郑一农说。

“老曾！老曾！”不知是谁在院里叫了两声。

“是谁呀？”曾红说着忙爬到窗沿去看，见是一个民兵慌慌张张地掀开门帘，一闪身跑进来。

“老曾！老曾！”

“什么事？”曾红问。

“刚才听人说，六里屯村的地洞今天被敌人发觉了，他们往里边打毒瓦斯（放毒气），把好多人都闷死毒死在里边了……”

“乔本三太郎从保定运来毒瓦斯到村里来使用，一定是胡九天这个狗东西破坏的！”白雪莲说，“六里屯地洞没有翻眼，群众要受损失！”说着，她就要赶到那里去，看看怎么搭救群众。郑一农说：“雪莲你先去，我去小店找康忠，我们带着人随后就到！”

天阴沉沉的，白雪莲一出小陈村，就掉起雨点来了。她沿着一条小道，匆匆忙忙地向六里屯奔去。

现在正是七月天气，路两旁的高粱正在晒米儿，眼看着就快成熟了，雨点打在弯弯的高粱叶儿上，像珍珠似的滚下来，发出唰啦唰啦的声音，那些小虫小蚂蚱都钻到叶儿底下躲雨了。

她穿过一块高粱地又一块高粱地，拐过一个弯又一个弯。她走了一里多地，忽听前边有人说话，她忙停住脚，一看，哎呀！糟糕！迎面是胡九天和伪军队长王麻子，带着十几个伪军过来了，他们是从齐家弯清乡回来的，从这儿路过。雪莲离他们只有七八丈远，躲也躲不及，她赶快向高粱地里一闪，嗖地一下从腰里拔出盒子枪。胡九天早看见她了，马上把枪口对准她："往哪里跑！"说着就在她头顶"当！当！"打了两枪。

雪莲不管那一套，一边打着枪，一边往高粱地深处钻。王麻子吼了一声："追！"那些伪军就散开在高粱地里，向她包围上来。

雪莲在高粱地里钻来钻去，一下子被高粱根绊倒了，还没等她爬起来，一个伪军就扑上来把她给按住了。

胡九天得意地笑着说："好！今天可总算把你抓住了！走吧！到楼子里去！"

这时，雨越下越大了，他们带着白雪莲回双桥镇去了。

到了炮楼子里，天也黑定了。胡九天和王麻子在一张桌子旁边坐下，屋顶上吊着一盏汽油灯，蓝色灯光照得他俩像两只蓝色的鬼。他们把雪莲叫到跟前来，胡九天指着旁边的一条凳子说："雪莲，请坐下谈！"

胡九天说："雪莲呀，我不记前仇。你怎么还是这个脾气啊？你靠着这个脾气，吃了不少苦头，又何必呢？"他说着便装腔作势地叹息了几声，把手插在裤兜里，在地上走来走去，又接着说："你知道吧，乔本三太郎队长是很喜欢你的……"

雪莲大声地骂着："放你狗屁！"

"哎，不要发脾气！"胡九天说着就往雪莲跟前走了两步，看着她，"我知道一说你就会这样闹。我把实话告诉你，这个乔本三太郎队长和调回日本的浅野公平队长一样，是日本高级军官学校毕业的，现在也算是咱们这儿的红人！他要说出个什么事来，哪个敢不随着？说使用毒瓦斯，由保定府运来就用！你说论文论武，他哪一样够不上呢？"

白雪莲在那里站着，斜了他一眼，没作声。他又把声音放低了，踱着方步，一字一眼地说："你好好想一想，过了这个村，就没这个店啦，这婚姻可是终身大事呀。你说高大龙这么个粗人，认不了几个字，见过什么世面？跑过什么码头？满脑袋高粱花子，论文没文，论武没武，你怎么给他迷上了？奇怪！"

白雪莲听着可气火啦，把披散在脸上的头发往后一甩，眼睛里喷放着怒火，狠狠地骂道："呸！你是什么东西！怎么也叫你披了个人皮！"她喘了口气："把你闺女去给他！把你娘去给他！无耻之徒！"

"哎，哎，说着说着就又来了。好啦，好啦，你跟我说不到一块儿，我叫秀秀来跟你谈谈，明天是我的生日，正好今天她从黑风口来了，也真巧！"他忙向三层楼上大声喊着，"秀秀！"

上边一个娇滴滴的声音应道："哎！"

"你下来一下！"

"什么事呀？"

"叫你下来你就下来吧！"

秀秀从楼梯上快步走下来，问道："爹，到底什么事啊？"她抬头看见了白雪莲，浑身一激灵，顿了一下，不由自主地摸了摸左耳根，因为在大解村庙会上，白雪莲的枪子从她耳边擦过。

胡九天说："来来来，你们从小在一块儿玩大的，好好跟她说一说，我刚才跟她谈了好大一会儿，好赖什么都不听！"

"爹，我……"

"你们说话吧！"说着他就和王麻子上楼去了。

秀秀手里拿着一把白纱的团扇，上边画着美人图。她这一化妆，耳根上的伤疤不那么明显了，她鼓鼓勇气，笑嘻嘻地走到白雪莲跟前，说："雪莲姐，你也来啦，我早就想和你见面好好唠一唠，快坐吧，快坐吧！"说着就去拉雪莲的手，雪莲看着她那个贱样，气得浑身直发抖，啪地一下把她的手打开，那把团扇也被打到一边去了。

"滚开！"雪莲吼着。

秀秀本来就怕她，吓得往后退了两步，忙去捡起那把扇子，她站在那里看了看雪莲，脸上还是堆着笑容说："哎呀！雪莲姐，有话慢慢说，别生气呀！"她又把椅子端过来："坐这，坐这！"

白雪莲还是不理她。

外边的雷声一阵一阵碾过，雨下得更大更急了。

白雪莲脸上的汗珠一个跟着一个往下流，身上的衣服都被汗溻湿了，湿透了。

秀秀还是满脸堆着笑容说："你看天气多闷热呀，给你拿扇子扇扇，要喝水我给你端去！”她刚把那把扇子送到雪莲跟前，没有料到雪莲伸手就在她脸上打了一掌！雪莲把扇子夺过来，一把撕成两半，扔在地上，用脚踩着，说：“不要脸的东西！那天在收税棚里，我一枪没有打死你，你又活下来了！”

秀秀忙往后退了几步，脸上被打得热乎乎的，首饰被打落了，耳根下那溜子伤疤显露了出来，她用手摸着脸蛋子。雪莲追过去骂着：“你这个狐狸精，你和你爹跟着日本鬼子糟害老百姓，哪个人不骂你这个臭东西？鬼子也快完蛋了，看你还能折腾几天！”说着扑上去又是狠狠的一掌，秀秀赶快躲闪开了。

秀秀在那里说：“白雪莲！你知道吧，今儿个你是在我们炮楼里边，还要横！”

白雪莲紧皱眉头，大声地说：“嗬！在楼子里，我就怕你？你们是在空中楼子里，不定哪会儿就翻个过的！今儿个我就把你打死！”她猛地扑过去，秀秀怕得围着桌子转起来：“哎呀，你怎么不讲理，打人哪！”白雪莲把桌子哗啦一声踢倒了，正好碰在秀秀的脚上，她跌倒在地，揉着脚哀叫着：“哎哟哟，来人哪，把我脚砸坏啦！脸也打破了……”

白雪莲火更大了，又扑上去揪她的头发，秀秀当然没有雪莲气大力足，她翻不过手来，只是喊叫着：“哎呀！打死人啦！打死人啦！……”

胡九天从三层楼上噔噔地跑下来：“嘿！好厉害呀！”他看见白雪莲还在那里打秀秀，便忙从腰里拔出手枪来，“再动我就打死你！”

白雪莲根本就没理那个茬，仍扇着秀秀的脸。一个伪军扑过去才把雪莲扯起来。

“你是找死呀！”胡九天说。

白雪莲看着他冷笑了一声。

胡九天忙走过去把秀秀扶起来：“闺女，为了皇军的天下，为了胡家的霸业，你受苦了！”

白雪莲指着他们俩又骂道：“你们俩是一肚子的狗杂碎！民族败类！你们还想害死多少人？血债是要用血来还的！总有一天老百姓会抓住你们，把你们零刀割了！”

“住口！”胡九天也火了，喊着，“再喊我打死你！望乡台上打滴溜，不知死的鬼！”

白雪莲把头发往后一撩，挺着胸脯往前走了两步，说：“你打吧！胡九天，我想你心里也明白，日本军国主义现在是坐在火山口上，火山是定要爆发的，日本军国主义会被火山烧死的！你胡九天和叛贼冯喜营合伙组织一班地痞流氓，在大清河两岸，杀害了多少老百姓啊！现在还不知道是谁在望乡台上打滴溜，是不知死的鬼！”她说罢哈哈大笑几声。

秀秀听了雪莲一席话，吓得躲在角落里浑身直发抖。

胡九天却是另一种狡猾相，他说：“咳，打！我还舍不得打呢。哈哈哈，你是乔本三太郎队长心中的美人儿，我哪敢打呢？老实告诉你，明天就送你到黑风口去见乔本队长，你们俩一洞房，还能跳出老佛爷的手掌心吗？从也得从，不从也得从，到那时你也就服帖了……”

白雪莲气得抓起那把椅子，哗啦一下摔了过去。

胡九天急忙一闪，惊叫了一声：“啊！你发疯啦！”

胡秀秀见白雪莲用椅子摔打自己的父亲，吓得一合眼，惊叫着：“我的天哪！”说着像稀泥似的瘫在了墙角处。

胡九天向楼下喊叫着：“来人！”

立刻从下层楼里，噔噔地跑上来三个伪军。

“去！把她锁在楼下那间屋子里！”胡九天又看了看白雪莲，歪着个脖子说，“你现在耍横，美人见了英雄那就软下来了，你倒在乔本三太郎怀里……”他又对伪军们说，“你们要好好看守！”

那三个伪军推推搡搡地把白雪莲押下去了。

第三十一章

一串枪栓

话说那三个伪军押着白雪莲出了楼房，朝楼子南边的平房走去。

白雪莲甩甩头上的雨水，对伪军说："你们都是中国人，甭跟着鬼子卖命！"

一个伪军说："女八路，我们也是没法呀！被抓来干这个勾当，混碗饭吃，家有老母亲又不敢逃跑！"

另一个伪军说："谁跑了，抓回来那可就完啦！连家中老母亲，还有老婆孩子，也会被胡九天治死的！"

白雪莲又说："不要忘记了，你们的祖宗都是中国人！"

一个伪军打开屋门，把雪莲推进屋去，把门锁好之后，他们就回楼里去了。

雷声、雨声，更大了。

雨，一直下到第二天后半晌还没有停。胡九天只好把白雪莲关押着，等天晴了，再往黑风口送。

胡九天警觉性还挺高，打着雨伞在窗外偷着看过两次白雪莲，只见她在那里坐着呢，动也没有动。

这天是胡九天的生日，伪军队长王麻子让伙夫马三去镇里买来了鸡、鸭、鱼、肉、酒，半下午的时候，就在楼子北边的大饭厅里，把丰盛的酒席摆好了。

胡秀秀、王麻子、胡九天和伪军们全都下楼到饭厅里去了。王麻子本来就是个色鬼，他早就派人把镇子里的几个“破鞋”叫来了，让她们陪酒取乐。

饭厅里热闹的场面开始了，先是一片敬酒声，什么祝贺“胡九天长命百岁！”“早成胡家霸业！”等，接着是划拳声：“五魁首呀！”“三结义！”“六六六！”“七个巧！”“全来到呀！”……

屋里的吵闹声，划拳声，几乎把屋子给抬起来。

白雪莲被关在楼子南边的那间平房里，她一个人靠墙根坐着，头发散乱地披在脸上。她想：“这事情大龙和康忠，还有区政府的干部和区长他们知道不知道呢？他们一定在想办法吧！可是想什么办法呢？拿楼吗？恐怕不行，也许他们明天会在半路上截住，打一仗？可是半路上截击也靠不住呀？”她想，这次落到胡九天手里，大概是完了，敌人防备得这样严紧，胡贼警惕性还蛮高，岗楼外边又有那么深的沟，除非是长上翅膀才能飞出去。

她咬紧牙关，拿定了主意，死也不向敌人屈服，反正是豁出这一条命了！要死得有志气！为祖国而死是光荣的！她脑子里想得太多，也实在太疲倦了，就迷迷糊糊地把头靠在膝盖上睡着了。

忽然，哗啦一声门开了。胡九天和几个伪军走进来，扑到她跟前，把她的手背绑起来，胡九天喊着：“走！押送黑风口！”伪军们用刺刀逼着，押送她往黑风口走去。一路上她盼望着区小队来一个突然袭击，把敌人打个落花流水，可是穿过一块地又一块地，一直快到黑风口了，还看不到一点动静，大龙他们没有来。

伪军们把她带到了黑风口据点，推她进了楼子，解开绳子后其他人全部退了出来，只有一字胡的乔本三太郎站在那里，向她咧嘴发笑，笑着笑着，朝她扑过来。她急忙躲开，乔本就追她，她闪到哪边，乔本紧跟追到哪边，她又闪过来，乔本在桌子旁边狂叫着，她急了，抓起一条凳子就朝乔本头上砸去，结果被乔本一把抓住了。“不要动！不要动！花姑娘！你的大大的好，我的喜欢！”他抱住了她，她自己也不知道，是从哪儿来的那股子劲儿，居然把一个日军队长用力一搡，摔倒在地。

可是乔本很快爬起来，又把她抱住了。她拼命地挣扎呀，叫呀，把嗓子都喊哑了，可是一个人也没有进来。她急得满身大汗，狠狠地卡住了乔本的脖子。乔本一着急，向后一退，腿绊在一条凳子上，骨碌一下，两个人都跌倒了。他们就拼命地扭呀，扭呀，在地上滚过来滚过去，乔本翻在她的身上，压得她气都喘不过来，乔本只穿着一件白衬褂，也被白雪莲撕破了。“野兽！东洋野兽！”她恨极了，一口就咬住了乔本肩膀上的一块肉，乔本疼得哇哇怪叫：“你这女人大大的坏！死了死了的！”他一松手，雪莲就从下边挣扎起来，顺手捞起那条凳子又朝乔本狠狠打去，乔本被打得晃了晃，差点没摔倒。他急了，瞪着两只毒蛇似的眼睛，盯住雪莲。他从腰里拔出一把短刀，在空中一闪，朝她胸口猛刺过来，她“哎呀！”叫了一声，从梦中惊醒了。

她出了一身冷汗，只见天色已经是下半日了，窗外还在下着雨。

她突然看见后边窗上，趴着一个人脑袋，向里张望着。

“雪莲！雪莲！”

她仔细一看，“嗯！”了一声，忙站起来，走到窗跟前：“你是……”

“我是马洪顺呀！”马洪顺忙小声说，“小点声，防备北边人听见！”

雪莲说：“马大叔，你怎么到这儿来啦？”

马洪顺小声说：“你忘啦，我是派来给炮楼里做饭的……”

雪莲这才想起来了，两个月以前，楼子上的敌人到村里要做饭的，可是谁也不愿意来，人们不愿意给敌人干事。闹得村里没有办法，后来康忠才想了个主意，叫大冉庄的马洪顺改了名，到这儿来做饭，打入敌人内部，做内线工作。

马洪顺小声告诉她：“你不要着急，康忠和高大龙，还有区长，正在想办法搭救你，他们都在路上布置好啦，特别是那些重要路口……”

白雪莲点了点头，嗯了一声，又问道：“现在胡九天他们都在什么地方？”

“他们都在北边饭厅里喝酒呢，这个炮楼里都是伪军。”

“喝得厉害吗？”

“那些坏家伙们，见了酒就不要命！”

“他们都带着枪没有？”

“没有，枪都在二楼上挂着呢！”

她脑子飞快地一转，计上心来，说：“那，马大叔，你快把窗子搬开，我要出去！”

“不行，不行！你出去怎么办呢？外边有封锁沟，又有吊桥，楼顶上还有岗，跑不了！”

“你快给我搬开，我有办法！”

“不行啊！”

“行！”

“不行！”

白雪莲急了：“哎呀，快呀，洪顺叔！”说着她自己咔嚓一下就把窗子搬起来了。

这时雷声响得更猛更大了，“吭唧！吭唧！”一个跟一个的沉雷不断，借着嘈杂雷声，马洪顺把窗框全搬开了。雪莲从窗子爬出去，她顺着墙根嗖地闪进楼门去了。

“好家伙，白雪莲这闺女胆子真大，真是能打能干啊！”马洪顺心里说，他在外边等着，只听饭厅里，还在喊着：“五魁首呀！”“醉了醉了，不行啦！”

还有几个不要脸的女人，趁机又撒娇，又向胡九天、王麻子和伪军们手里搂钱，那种贱声贱气的样子，实在不要脸……

又是一阵哄笑声。

白雪莲呢，一直上到二楼，把墙上挂的枪，一支一支都摘下来，几十支枪，怎么抱得动呀？她急中生智，忙把枪栓摘下来，她看见旁边有条绳子，心想真是天助我也，就把枪栓一个一个地串在一起绑起来，只留了一支枪没有摘栓，哗啦顶上子弹，背在肩上。然后她把那一串枪栓搭在脖子上，又拿了两颗手榴弹，勾着引火线，噔噔地跑下楼梯来。

马洪顺一看，嗯了一声，心里说：“雪莲干得好！干净利落！”他抄起一把枪跑到饭厅里去，一枪先把胡九天枪定了。白雪莲随后也闪了进来，她右手举着手榴弹，高声喊着：“不准动！都举起手来！”伪军们立刻吓得脸色全白了，都把手举起来，浑身像筛糠一样。马洪顺从胡九天身上把手枪掏出来，子弹顶上膛：“都不要乱，谁动就打死谁，这枪子是吃肉的！”马洪顺喊着，接着又对一个叫黄五的伪军说：“我知道你的底细，被抓来干伪事，你甭怕，没有你的事，快去把伙房里那几条绳子拿来！”

那个伪军忙跑到伙房拿来了绳子，马洪顺说：“大家也别怕，暂时先都捆起来，咱们老百姓的眼睛是雪亮的，决不冤枉一个人。谁好谁坏，每个人都有个碗儿，哪个干了坏事，碗里放个黑豆，干了点好事，就放个红豆，那是清清楚楚！”说着他便让黄五把他们一个一个都捆起来，结成了一串。

雪莲说：“洪顺叔，你和这个黄五到楼上去，把那卸了栓的枪背下来！”

“好！”马洪顺在这儿做饭时，就对伪军进行了调查了解，谁好谁坏，他心中有数。所以又叫了一个伪军一起上楼去，不一会儿就把部分弹药和枪背了下来。

“雪莲，楼顶上还有个哨呢，怎么办？”

“大叔，你喊他下来，他不下来我们就烧楼子了，叫他先把枪扔下来！”

马洪顺便向楼顶上喊着：“噢——蒋老三！快点把枪扔下来，是活路一条！”

上边那个哨兵问：“怎么回事？”

马洪顺又喊道：“八路军把咱们的楼子拿了。王麻子、胡九天都给捆起来了，你把枪扔下来，人也下来，不杀你！”

蒋老三探着脖子向下看了看，半信半疑，他很奇怪，八路军拿楼子，也没有听到一声枪响，也没听到手榴弹爆炸声啊！楼子怎么拿了呢？他在上边站岗，怎么也没有看见八路军进来呢？吊桥也没有落下来呀！他越想越糊涂。

这时，白雪莲押着那些伪军走出饭厅来，蒋老三在楼上一看，果然是真事，吓得不知如何是好。

“下来不下来？”白雪莲大声喊着，“洪顺叔，把楼子点着烧喽！”

蒋老三忙大声喊着：“八路爷，我把枪扔下去，我下去，我下去！”说着就把枪扔下来了。他的腿也有点不好使唤了，连跑带出溜下楼来，一出楼门就举着手，腿还是直打战，咕咚跪在地上喊着：“八路爷，我是被抓来当伪军的，我家中有老母亲，有儿有女，请饶命吧！”

“起来！起来！”白雪莲喊着。

这时，马洪顺和那两个伪军从伙房里抱来几大捆柴，塞在楼子里，就点着了。

他们叫伪军每人背了一支无栓的枪，然后放下吊桥过了桥，马洪顺在后边，把那个大饭厅也点着了。

他们回头一看，只见一片熊熊的火光和一股股浓烟直冲云霄。

这时候，天还没有晴，雨仍是叮叮咚咚不紧不慢地下着。雪莲和马洪顺押着那些伪军往前边走着。那几个“破鞋”走着走着又坐下不走了，向白雪莲说：“女八路爷，求求你啦，你带我们到哪里去啊？你放了我们吧！我们改过自新，以后再也不干这丢人的事啦！”

白雪莲说：“让你们披了一张人皮，竟干这种下贱的勾当！丢你们祖宗的人哪！放了你们可以，可是再不允许你们干这种不要脸的事，再发现你们胡搞的话，可不饶你们。树有皮人有脸！回去好好参加生产，再不要干这些不正当的事情！做个对人民有益的人，才是光荣的！”

马洪顺也说：“往后在村里好好搞生产，别再干这些事啦！走吧！去吧！”那三个女人便朝镇子里走去了。

胡秀秀见把她们三个放走了，看了看白雪莲，忙出溜着跪下说：“女八路爷，雪莲姐，咱们从小在一块儿长大，一个学校念过书，就算我一时走错了路，你发发善心，就放了我吧！”

“嗨，你倒说了个漂亮，你吃了灯草灰啦，说得那么轻巧！跟着走！不走我踢死你！”白雪莲看出了胡秀秀那假惺惺的狡猾样儿，“胡秀秀，耍花腔是没有用的！”

胡秀秀还是耍滑头，马洪顺在她屁股上踢了一脚，骂道：“什么臭玩意儿？和冯喜营合谋害人！快走！”

胡九天看了看秀秀，又把头低下了，白雪莲和马洪顺押着这一群坏蛋，往村里走着。雪莲和马洪顺小声说了几句话之后，白雪莲说：“朝那边走，去大冉庄！”

一进大冉庄，村里的干部和群众都非常高兴。赵有志忙活着叫香兰、小秋他们都到十字街头去，在那儿等着招呼人们。

赵有志先来到十字街头那棵古槐神树下。

大冉庄古槐神树上的那口古钟击响，周围十来里地的村庄都能听到，是人们最喜爱的古物。敌人曾经几次破坏神树古钟，都被地区队上的武工队、区小队和民兵们打败了，没有破坏得了。胡九天也仇恨神树古钟，曾经带领伪军来破坏过，但都失败了，因此，人们对胡九天更加憎恨了。

“咣！咣！咣！”赵有志兴奋地敲响古槐神树上的古钟。他高声喊着：“大家都到古槐神树底下来看哪，今天有大新闻，胡九天被捉住了！”

人们听到神树上的钟声，知道是有大事发生了，不一会儿村里的人都从屋里跑出来，拥到十字街头神槐树下，男的、女的、老的、少的，有的人还拄拐棍，有的还抱着吃奶的娃娃，成群结队边走边说着话儿。

兰香和小秋他们忙前忙后招呼大家站好。大家兴奋极啦！只见白雪莲的裤脚挽在膝盖上，脖子上挂着的那一串枪栓坠在胸脯上，明晃晃的，虽然头发有些散乱，脸上溅了雨水泥，但仍显出她那俊俏的英姿，人们伸出大拇指夸赞。人们再看看胡九天、胡秀秀那个狼狈样，就像当头打了一棒的癞皮狗似的，耷拉着脑袋，看着脚尖。后边的伪军串了一串，缩着个脑袋就像一个个甲鱼似的。

雨停了，全福、小青他们都来啦。原来他们在各路要道口都布置好了民兵搭救雪莲，可是等了半天也没有等着，以为发生了什么变动，没想到，雪莲反而把胡九天捉回来了，并把炮楼子烧掉，真出乎他们的意料。

古槐神树上的警钟真灵啊！听到钟声，再加上人们飞快地传送着消息，附近的村子也很快就知道了，人们都跑到十字街头神槐树下。

一个老头子走过来，指着胡九天说："这会儿可把你这个王八蛋捉住啦！"

一个老大娘扑过来哭着说："你把我的儿子给活活打死了！你这个混账的东西啊！"说着就在胡九天脸上，噼里啪啦地打起来。

人越来越多，拥到跟前指着胡九天骂："好狗日的，你也有今天哪！"

另一个说："你胡霸天，在大清河两岸，害死多少穷苦人！"

"你糟蹋了多少良家女子！"

一个老年人说："你叫东洋鬼子使用毒瓦斯，毒死好多人呀！今天就得让你偿命！"

群众越骂越有气，气越大，禁不住高喊着：

"打呀！打呀！"

"剥他的皮！"

"吊在树上点天灯！"

"零刀割了也解不了心头之恨！"

大家一拥而上，围着胡九天有的用脚踢，有的用脚踩，有的用拳头打，老太婆们就用手拧，有的还用针扎，用锥子钻，一会儿把胡九天打得满脸青肿，鼻子流血，体无完肤。胡九天喊着："哎呀……老少爷们饶了我吧……”

群众吼着：

“饶了你，你饶过谁呀？”

“把你剁成肉馅，也解不了我们心头恨！”

“你和日本鬼子勾着，杀害中国人！民族败类！无耻之徒！”

“打！打！”

群众又是一阵乱打，把胡九天打得嘴里直吐白沫……

这时，康忠和高大龙忙把干部们叫到一块儿，商量了一下处理办法。

群众对胡九天等几个家伙恨透了，还是不住手地打。

“王麻子太可恨，几次要杀害小陈村的周大娘！”一个人大声说。

“这狗东西，杀害了我们多少游击队员，小马、丘子……都被打死了！”

“打这个狗东西！”

群众也在狠揍王麻子，喊着：“你害得我们好苦哇！”那些伪军就像老鼠似的，只愿往后闪，缩脖子。

有的妇女拥到秀秀跟前，向她脸上唾：“呸！呸！你这个不要脸的臭东西！”

“不该让你披张人皮！”

一个老太婆扑到胡九天跟前：“你这个铁杆汉奸，你害死了我的儿子！你糟蹋了我的女儿……”说着又去撕扯他的脸。

康忠忙拦住她说：“大娘，你别太难过，保重身子骨，今天咱们就报仇！”他又向大家说：“乡亲们！大家停手，听我说几句话！咱们今天把他们捉住了，这里边有罪重的，也有罪轻的，也有一时糊涂跟着人家去当伪军混碗饭吃的，也有被胡九天抓来当伪军，家中有老母亲，还有儿女，不敢逃跑的，咱们不能用一个法子对待。像胡九天过去在国民党当保长时就胡作非为，残害了不少人；‘五一大扫荡’以来，他带着敌人，杀害我们的抗日干部，杀害咱们老百姓，给敌人当刽子手！他杀害了我们多少人，这大家都知道，不用我多说！区上早就决定枪毙他的，第一次高大龙他们到镇上去打他，没有打着，后来我们又几次捉拿他，都没有捉住。今天，我们捉住他，给大家报仇！给大家除害！我们决定枪毙他！”

群众一片吼声：

“枪毙？便宜了他！”

“零刀割吧！”

“活剥皮！点天灯！”

“乱棍打死他！”

康忠又摆手把大家的声音按住：“乡亲们！大家静下来，我们也用不着那样，枪毙了他就行啦！还有王麻子，也杀害过老百姓和我们的干部，他也是个铁杆汉奸，在伪军里当队长，他——也枪毙！”

“好！”

“枪毙！”群众高兴地喊着。

康忠接着说：“今天先为大清河两岸的人民，除掉两害！”

民兵把他俩押到了村外护林沟的旁边，用枪对准胡九天、王麻子两个人，全福喊着：“跪下！”

小青和全福把枪瞄准了那两个家伙的脑袋瓜，秀秀和伪军们都在旁边站着，秀秀吓得两条腿早发软了，伪军们吓得脸无人色，浑身像筛糠一样……

小青喊了声：“你们看，这就是当汉奸的下场——枪毙！”

“当！”

“当！”

胡九天、王麻子应声倒了下去。

胡秀秀听见了枪声，立刻倒在地上，晕了过去。

那些伪军呢，康忠好好地教育了他们一顿。告诉他们日本鬼子待不长，现在我们各战场，都快转入反攻了，大部队很快就会打回冀中来，给敌人干是没有出路的。同时警告他们，以后不许再去当伪军，要不然再抓住就和胡九天、王麻子一样处理！

伪军们吓得直哆嗦，有的说：“以后再不敢了，过去就算一时糊涂，走了错路。”有的说：“我是被敌人抓去的，跟着鬼子干，祖宗三代都丢人！叫人家说起来就是汉奸，弄得爹娘老子在村里抬不起头来，往后谁还干呢？”也有的说：“跟着敌人干，就是他妈的死路一条，钻在楼子里，连粮食也没得吃，这还能待长吗？里边早就有人不愿意干了，就是鬼子里边，也有好多人不愿意打了，产生了厌战的情绪，整天嚷嚷着要回家去和家人团聚！”

教育完伪军后，没有做过什么坏事的伪军，愿意回家的就放他们回家，临走时，嘱咐他们回去以后要好好参加生产，不能在村里发横，还要积极参加抗日工作。

愿意立功赎罪的伪军，就留在区小队里干，跟着一道打日本鬼子。胡秀秀和特务队里做过坏事的人，康忠就派人把他们送到分区上，交给上级处理。

第三十二章

枯木逢春

话说到了一九四四年春天，平原抗日斗争的环境渐渐好转了。

三月里，大清河水清格朗朗的，显得那么平静。偶尔一阵和风吹来，扫起一片片的水纹，那小片的树叶儿，随着扫起的波纹漂动。

鱼儿在水面上自由地游来游去，一群群水鸭在河的上空飞翔着，猛地一下扎进水面，击起一个一个水圈儿，向周围扩展，鱼儿被惊得噗噜一下钻进水底。

放鱼鹰的渔夫驾驶着小小木船，在水面上慢慢地划游着，渔夫的眼睛很厉害，大清河的水又清澈，水里只要有大些的鱼儿活动，都逃不过渔夫的眼睛，他用手招呼一下，几只鱼鹰噗噜噗噜钻入水去，不多一会儿，鱼鹰就捉条二斤多重的鱼儿，或者两只鱼鹰架着一条鱼儿钻出水面，渔夫乐呵呵地收起鱼儿，丢进渔篓子里。

野地里的桃花开得那么可爱，散发着阵阵诱人的香味，蜜蜂围绕着它，嗡嗡来嗡嗡去，忽然趴在花蕊上……

三个人一堆，两个人一帮的孩子们，跑到那桃林、杏树下停住了。玩土哇，蹦呀，跳呀，一个追逐一个逗哇闹哇，忽然撞到桃枝，几片花儿飘落下来……

杨花儿到处飘，落到地上，又被风吹起来。一片一片的青田，长得绿油油，真喜人哪，一眼望去，可真是望不着边啊！谁不热爱这样富饶的家乡！谁不洒热血去保卫这可爱的家乡啊！

正像儿童团或青年们唱的歌儿：

咱们就伴，咱们就伴，
生长在这个村庄，
咱们也就伴保卫这个村庄。
咱们就伴学习，
咱们就伴歌唱，
咱们就伴战斗，
咱们就伴保卫祖国，
保卫祖国神圣的边疆。
咱们总有一天，
带着胜利的微笑，
又回到家乡，
把生活建设得更加美好甜香。

春天给万物带来了生机，给人们带来了愉快和希望！

各个村里的工作，也像春天一样，生气勃勃，呈现出新的气象。村里的人们上午下地干活，努力搞生产，下午都在堵街口，有的和泥，有的挑着水桶到井边担水，男男女女，干劲真足，没有一个偷懒的。

街上隔一段要修一段横墙，胡同口用影壁垒起来，只留一个小口儿，刚好钻过一个人去。这样一来，熟悉的人活动起来就更方便了，从一家进去可以转遍全村。在村里最高的屋顶上，用土壁修好了堡垒（也叫制高点），这种堡垒比砖瓦的还实用，可以控制全村。

地道全挖通了，这叫"地通"；全村房上通了，这叫"天通"；全村的人心通了，大家一条心，拧成一股劲，一致打鬼子，这叫"人通"，也是最重要的一通。有了这人地天三通，就什么也不怕，这里布下了天罗地网，小日本鬼子进村来吧，叫你进得来，出不去！

区委书记康忠和区小队队长高大龙，到大解村地区司令部开了个会，王凤山司令员说，他接到保定府地下工作人员送来的可靠情报，黑风口、温仁、王盘等据点，敌人增加了兵力，企图对大冉庄进行报复，因为一个日本小队长，还有翻译官黑水滔、胡九天、王麻子，都死在了大冉庄古槐神树下。让区里和村里都做好准备，迎击敌人的清扫。

因此，防御工作更加紧张了。一到了晚上，区小队、男女民兵和村里的老百姓，都扛着镐、镢头、铁锨，一溜一群地出村去了，大家分散开去破坏敌人的公路。在公路上挖出一个一个的坑，一道一道的沟，有的地方地上还栽了刀子，使汽车无法行驶。

过去不敢公开的活动，现在敢了。民兵们在“五一大扫荡”以后，白天不敢露面，黑下秘密进行工作。有时候连着几天饭也吃不上，饭碗端到嘴边上，一发生情况，也得放下，赶紧去工作。衣服脏了，没有时间去洗，破了也顾不上缝补……这会儿你看，全都穿着蓝裤黑袄，小皮带腰里一扎，腰上别着独橛和盒子枪，枪口朝下垂着，枪把上系块儿红绸子，乘风飘闪，身上披着大衣，在街上走着，真利落，也真帅！

妇女们呢，那就更别说啦，喜眉笑脸的，今天开小组会，明天开大会，讨论这，讨论那的，尤其是为快要打回冀中平原来的大部队做军鞋呀，军袜呀，这是妇女们的拿手活，一双一双做得真结实，样子也漂亮。青年们走在街上，也打打闹闹，说说笑笑，都活泼起来啦，有的说：“现在出气也觉着痛快多了！”另一个说：“那是啊，咱们死里活里地跟敌人斗争、拼杀才熬到这样！”“只有经过艰苦斗争的人，才知道幸福的可贵！”一个人意味深长地说。

各村的工作差不多快恢复到“五一大扫荡”以前的状态。不！这比“五一大扫荡”以前更踏实、更实在了，因为共产党领导着人民从水火中锻炼出来了，从最残酷的环境里斗争过来了！党更加强大，人民的意志也变得更加坚强，村里的群众基础更加稳固了，在战争中，敌我的统战工作成绩突出。

地区队、县大队、区小队、民兵全都扩大了，武器从敌人手中夺过来，也更齐全了。打得敌人在村里站不住脚，有的岗楼被拿掉了，敌人也不敢再修。敌人的势力在一天一天地萎缩，在走着下坡路。现在我们的力量逼迫得敌人不得不由面到点。此外，日本国内的经济危机也在扩大，物资供应不足，加上我们实行了坚壁清野，掠夺中国的粮食也很难，所以敌人的给养就更成问题！公路被我们破坏了，上边运不来，村里的维持会也不给送，怎么办呢？出来抢吧，村里有地道，民兵们可厉害着呢！一到村里，只能挨枪子，看不见人，有时出来就回不去了。

“五一大扫荡”以后，地区队、县政府、区政府都处在游击中，不敢固定在一个地方，今天到这村，明天到那庄，情况紧急的时候，甚至于一天转移几个村庄，转移不及时，还会吃大亏。在远近闻名的“齐庄大惨案”中，部分抗日人员被敌人包围住了，向外突围时，没有突围出来，一个县长英勇牺牲了，有的战士牺牲得很惨烈！就是干部也住在堡垒户里，因为朝不保夕，整天像捉迷藏似的。现在可不同了，县政府也有了固定的办公地点。这个区的政府和各抗日团体，就安在了大冉庄。

这天，区委书记康忠按照县委的部署，去小陈村找到现任村长曾红，和他商量一方面让人们搞好农业生产，多打粮食，支援前线，另一方面动员群众做好准备，粉碎敌人这次报复大扫荡。在村公所商量完之后，康忠想应该到周永刚坟上去看看。于是，他出了村，就朝树南那片坟地走去。

前边不远处就是那片坟地，数棵几人合抱的柏树挺拔地矗立着，茂盛的柏枝遮着阳光。周永刚的纪念碑，就在一棵柏树旁边竖立着，“抗日英雄周永刚纪念碑”十个大字雕刻得分外醒目，字上刚由红漆漆好，更惹人注目了。

康忠走着走着，忽然发现在纪念碑后边有两个人肩挨肩并坐着，再仔细一瞧，他很吃惊，啊！是他们呀！

在纪念碑后边坐着的两个老人，正是白雪莲的爹白老印和周永刚的娘周大娘。大娘的大名叫彭红霞。自从敌人抓她，要烧她家的房屋之后，便不能在家里存身。雪莲为了姨的安全，就把她接到大田村自己家里，这样也互相有个关照。周大娘听了雪莲的话，暂时住在大田村。住长了雪莲又怕人家说闲话，常言道“寡妇门前是非多”，人言可畏啊！舌头底下可以压死人的。周大娘自永刚爹高蠡暴动时牺牲后，拉扯着永刚过日子，母子二人多不容易呀！她行得正立得稳，人们非常尊敬她。鬼子安上炮楼后，他们母子坚决打鬼子，更是受到人们的夸赞，永刚为抗日英勇牺牲，她老人家为革命事业，献出了两个亲人！

为了不让乡亲们说闲话，大娘后来又回到了小陈村。

今天雪莲爹听了女儿的劝说，准备把周大娘接回大田村。

白老人说：“红霞妹妹，你不该回小陈村来，有些人专门说风凉话，不要怕，咱们行得正，什么也不怕！”

“姐夫，我拉扯着刚儿十几年，村里哪个人也不敢说什么……”

"妹妹，方圆十几里地，谁不说周大娘是人们学习的榜样，为革命献出了丈夫和儿子！"

"打永刚爹牺牲后，为了不让儿子受委屈，我一直没有改嫁，为了让周家后继有人，我们母子受什么苦，什么委屈我都熬过来了……"周大娘说着扯起衣襟擦眼泪。

是呀，在中国的农村里，像这样的孤儿寡母，日子该过得多么难熬啊！什么样的风雨都可以向他们袭来，但周大娘都顶住了。就是日本鬼子和伪军来逼她、打她，她也能用智和勇战胜敌人。

白老人知道周大娘的痛苦遭遇及艰苦的生活。

"妹妹，你的痛苦我知道。打你姐姐红云过世后，我一直没有续亲。我知道我要谈娶一女人，女儿雪莲有了后娘，是会受折磨的，为了女儿不受气，不受委屈，这十几年来，我们父女相依为命，也熬过来了……"

"姐夫，我失去了丈夫，你失去了红云姐，我知道你们父女的日子也是很难熬的。咱们两家这十几年的日月，多么难熬啊！这也许是命运的安排……"

大概是回忆起过去太痛心了，周大娘一阵头晕，一下子栽倒在她姐夫的怀里……

沉默，再沉默。

康忠在旁边站了好一会儿，他知道这两位老人的心情，在周永刚的纪念碑前，畅谈他们十几年来艰难而又辛苦的岁月。

他不由自主地咳了一声。

周大娘被惊醒过来，两位老人有点不好意思。"康忠，你从村里来？"周大娘问。

"我在村里和村长曾红研究好要将战斗和生产相结合，一手拿枪，一手拿锄头，只有生产搞好，多打粮食，吃饱肚子，打枪才更有劲。"康忠稍停又说，"现在环境好些了，就更要抓紧生产。我来看看永刚，没想到二位老人也在这儿。"

"周永刚是人民的好儿子啊！"白老人说，"我们总是想念他！"

"周永刚是咱们的好儿女！"康忠摸抚着那座碑，尤其是那十个红漆字儿，他一个一个地摸抚着，"人民是永远不会忘记他的！"

两位老人听了康忠的话，暗暗点头。

又过了一会儿，康忠再看两位老人，他觉着这是世界上最可爱的两位老人。

“现在环境好点了，我有个想法，和两位老人合计合计。”康忠说。

“和我们俩合计合计啥？”周大娘说。

“是啊！这事儿还得二位拿大主意。”

“康忠，打日本鬼子的事，得你说了算！”白老人说。

“这件事和打鬼子有密切关系！”

“和打鬼子有密切关系？”周大娘听了这句话，觉着话中有话，但她没有言语。

“既和打日本鬼子有关系，还得我们俩拿大主意？”白老人说，“那你就说说看，该拿的我们就拿主意！”

“好，我想了好几天啦，就是咱们要粉碎这次敌人对大冉庄一带进行大规模的报复性扫荡的阴谋，敌人想显显他的威风，我们坚决给敌人以迎头痛击！”

“我们坚决参加！”两位老人同声说，“康忠，这大主意得你拿啊！”

“粉碎敌人的扫荡后，我想把大龙和雪莲的婚事办了，你们的意见呢？”

白老人说：“大龙是我看着长大的，是个好孩子，这门亲事，我打心眼儿里满意。我对莲儿提过这件事，可她老是向后拖，说打败日本鬼子以后再说……”

“是呀，我对大龙也说过，等环境好点了，大娘为你们操持办喜事！”周大娘说，“你猜大龙怎么说……”

“他怎么说？”康忠问。

“他和雪莲合计好了，等打败日本鬼子以后再说。和雪莲的口气一样，闹得我也不好再说什么。”

“他们这种思想是真实的，也是高尚的。他们是有知识的人，他们有远大理想和抱负，青年人应该有这种理想和抱负。他们知道，要打败日本帝国主义，建立新中国。他们都对我讲过他们的理想。”康忠说到这儿停住了，掏出烟袋挖了一锅子，燃着吸了两口，又说，“不过，虽说打鬼子是第一位的，但在条件允许的情况下，恋人结婚后对革命工作，对打日本鬼子也是有利的！”

周大娘关心地说："康忠，你这话我非常同意。"她又看了看白老人说："雪莲闺女那样勇敢，被胡九天和王麻子抓进炮楼，和敌人斗智斗勇，最后脖子挂一串枪栓，把敌人拾掇了。我看是大龙给她助了劲！康忠，你说对吗？"

"周大娘，这个问题你看得深啊！这就是爱情的力量！"康忠说。

白老人连连点头，心里说：男人喜欢的女人，是有那么股力量，同样女人喜欢的男人，也会有那么股力量啊！

康忠咂摸着是时候了，他把他的想法全盘托了出来："周大娘，你和雪莲娘是亲生姐妹……"

"我和姐姐的感情最好。"周大娘打断康忠的话说。

"自从莲儿娘过世后，你心头上就挂念着莲儿和白大伯他们的生活，特别是莲儿的成长，你经常去看望他们！"

"康忠，你了解得这么清楚，都是实情。"

"白大伯，自打永刚爹为革命牺牲后，你就日夜挂念着他们母子，不让任何人欺负他们……"

"康忠啊！因为我们两家心连着心呀！"白大伯说，"你说能不挂心吗？"

"高大龙的爹，也是在高蠡暴动时和周大伯一同牺牲的。大龙娘拉扯着大龙好容易才长大成人。可是在'五一大扫荡'后，大龙娘被日寇和敌狗子冯喜营给打死了！"康忠说到这儿，忽然停住话头。他心中很难过。周大娘为大龙的遭遇而落泪了。

"周永刚雪夜送信，被冯喜营打得好惨，他爬到大解村，送到信以后，没有抢救过来就牺牲了。"

周大娘也为儿子的遭遇而擦泪水。

"永刚牺牲后，大龙认周大娘为亲娘，高大龙是你们两位老人的儿子，你们说对吗？"

二位老人同声说："大龙是我们的儿子，而且是个好儿子！"

"白大伯、周大娘，你们和高大龙、白雪莲组成一个家庭吧……"

"什么？我们四口人组成一个家庭？"周大娘抢先说，"人们会不会说闲话……"

白老人说："康忠，你是区委书记，打日本鬼子你日夜操劳，又组织群众搞好农业生产，你抓得很紧，可以三天三夜不睡觉，群众拥护你，可我和周大娘的婚事，大龙和雪莲的婚事，这些小事你也总是挂在心头……”

“白大伯，我今天来找你说这件事，就是让你们二位老人拿大主意的，明白了吗？”

二位老人说：“明白，区委书记这些也管哪！”

“共产党管抗日大事，生产大事。人们生活当中的事也要管，为人民服务就在小事上，不是讲空话！”康忠又装了一袋烟燃着，抽着烟说，“二位老人大主意拿定啦！”

二位老人看看康忠，又相视点头认可，从心里笑了。

康忠说：“我们今天来小陈村，一方面是找曾红商量反扫荡的事，另一方面就是为二位老人这件事。”

周大娘说：“康忠，这件事怎么对乡亲们说呀？”

“周大娘，这你放心。你和白大伯成婚，是顺理成章的事。”康忠磕掉烟灰说，“反扫荡以后，在古槐神树下，‘枯木逢春’嘛，先为二位老人举行婚礼，你们也新事新办。婚礼大会上，我来做主婚人，主持讲话，人们会鼓掌为你们祝福，古槐神树更会为你们祝福。最后再为大龙和雪莲举行婚礼，在咱们区、咱们县做出个榜样来！”

第三十三章

秀湖说情

且说周大娘来到大田村，住在白雪莲家里，大田村和大冉庄离得不远，雪莲到各村开展妇女工作，在大冉庄和大田村待得时间多，工作也开展得活跃。

这天她回到家中，周大娘早把饭做好，等父女二人回来吃中午饭。

“姨！我回来啦！”白雪莲一进院门就喊。

“雪莲，快来吃饭吧！”周大娘在屋里回答道。

白雪莲是由大冉庄回家来吃午饭的。她在大冉庄地下党支部书记家和妇会主任兰香讨论完妇女们在反扫荡中应干些什么事之后才回来的。

“莲儿，你爹呢？”

“我爹从小就爱到大清河捞鱼。我见他背着钩网又到河边去了。”

“这么大年纪啦，还那么有瘾！”

周大娘端上棒子面焦黄焦黄的饼子和煎的小白条鱼儿，不用说，这鱼儿是莲儿她爹的收获。周大娘拿出两个饼子和一盘鱼，放到一边。雪莲心里明白，那是给爹留出来的。周大娘又端上一盘黄酱和一盘切好的大葱，主食当然仍是小米稀粥。这是地道的农家饭食，也真好吃真香啊！

白雪莲和周大娘脸对脸吃得真来劲，大葱蘸黄酱一口一口吃着。

周大娘吃饭当间，终于把康忠在小陈村永刚纪念碑前说的那番话，很巧妙地透露给雪莲。雪莲听完后，说：“姨，康书记说的是个高主意！”雪莲又吃口大葱和饼子，说：“姨！我和大龙的事倒好说，不着急……”

“你们还不着急，都二十多岁的人啦！”

“姨，你那思想还要放开点，不要怕别人说什么，这是正大光明的事，你要给那些有封建脑瓜子的人做出个榜样来，叫他们看看！”

吃罢饭，周大娘收拾碗筷，心里说：“雪莲这闺女，她自己的事不着急，反而劝说我和她爹成婚，倒是光明正大的！变了，世道变了，女儿为爹说亲，新鲜呀，新鲜！”她又一想，“还要做出个榜样来，看来我这思想还得开放点，跟上新世道才行！”

“姨，我走啦！”

“碰上你爹，叫他快点回家来吃饭！”

“我爹一会儿会回家来的！”白雪莲说着闪出院门去了。

白雪莲在路上走着，周大娘的话使她又喜又惊，惊的是，她姨的思想有新变化，过去她总怕别人说闲话，什么不要脸呀，不害羞呀，不正经……昨天姨和爹从小陈村又回到大田村，在这一点上，她胆子大了。喜的是，如果姨变成娘，那该多好，多么幸福啊！她会更疼爱自己，因为她是娘的亲妹妹啊！

但是姨催她和大龙也快点成婚，这个消息使她心里挠挠得慌，拿不定主意。

这天中午的时候，全区妇女们在大冉庄刚开完会，她便一个人朝村外走去。

在村外有个秀水湖，南边有几棵大叶杨和榆树，湖边长着一棵一棵的垂杨柳，莲叶笼罩着水面，湖的北半片长满了青青芦苇。

白雪莲到了湖边，靠着一棵垂杨柳站着，她用手执着柔软的枝条儿，无意间将一片一片的叶子摘下来，抛到水面上，她凝神望着。

她远远看着一群小鱼，从湖的对面游过来，摆着尾巴，就像一串小尖刀似的。游着游着，游到湖的中间，里边有一个调皮的，把尾巴一甩，水波激得哗啦一响，它在水面上翻了个筋斗，又钻到水下去了。其他的鱼儿又摇头摆尾地继续往前游，突然发现对面有人，急忙折回头，摆了摆尾巴，又向回游去了。

白雪莲站在那里呆呆地想到，好容易熬过了这两年，这两年是抗日战争中最残酷的两年，人们是在生死线上和日寇作着顽强的斗争啊！为了消灭日寇，打败日寇，无数青年献出了宝贵的生命！前天区上召开全区干部会议的时候，区委书记康忠传达冀中区党委和分区地委关于形势的报告，说现在的形势有点好转了，我们的反攻不久就要开始。她想到了那个时候，和大龙哥一块儿到大部队去，他们俩都会骑战马，骑红鬃烈马、雪白的骏马，挎上战刀，扬鞭催马，奔驰在祖国的大平原上，向敌人挥刀冲去，让残暴的日寇死于战刀下。她越想越高兴，不由自主地笑了，笑得那样开心。

她又想到，现在大家都很忙，老人们却催着办喜事，姨和爹这几天来劲了，见了我就叨叨。谁知道大龙哥知不知道呢？他是同意呢，还是不同意？

微风吹动着柳树柔软的枝条儿，飘来荡去，湖里的芦苇，沙啦沙啦地响着，她的头发飘拂着，忽而披在脸上忽而又披在肩上。

这时，高大龙从那片榆树林里走过来，慢慢地到了雪莲跟前："雪莲！"

雪莲忙扭过头来，把披到脸上的头发轻轻撩开。

"雪莲，你怎么一个人在这儿哪？"大龙问。

"嗯，在村里刚开完会！"雪莲似笑非笑地说，"还没等我去找你，你这不也来啦！"

"什么事？"

雪莲笑了笑，还是没有回答。

"你快说呀，到底是什么事？"

雪莲张了张嘴，又止住。

"真叫人着急，说呀！"大龙看着她说，"往日有事直截了当地讲，今天为什么吞吞吐吐，这不是你的性子呀！"

"好妹妹，是我不对，快说吧！"

"爹和我姨他们老催……"

"爹和娘催什么呀？看你，话这么难出口啊？"

"他们说要给咱们俩……"白雪莲究竟还是个大闺女啊！你看她那个不好意思的样儿，忙用手遮着那绯红的脸蛋儿，摇着脑袋撒娇地说，"我不说啦！我不说啦！"

高大龙说："噢！我知道了，我全明白了，是结婚的事。哪有这么快呀？"

雪莲又把头发理了理说："是呀！他们两位老人可着急呢，今儿个就到这里来找老康，还要找你呢！"

“不行啊！”

“怎么？你不同意？”

“你呢？”大龙反问着。

“我问你呢！你又问我！”雪莲说。

“你答应了吗？”大龙问。

“没有！”白雪莲说，“你真的不同意啊？”

“不，我是说这个时候不行。雪莲，你想想看，咱们大部队很快就都出山啦，不久就要打过平汉线了！敌人的小岗楼、据点都慌了，时局变得这么快，你没见报纸上说呀，苏联红军展开了反攻，德国法西斯军队像夹尾巴狗似的，只顾往后撤，在柏林的希特勒都要发疯啦！咱们要准备迎接胜利，好多工作都要去做。这事哪能顾得上呀！等把鬼子打败，赶出中国去，咱们再结婚，那多痛快呀！雪莲，你说对吗？”

“对呀！我也是这么想的，可老人催得紧，就是拿不定主意，所以才到秀水湖边来等你嘛！”

“这会儿主意拿定了吧！”

“咱们主意拿定了，再去说服两位老人……”

他们沿湖边走着，白雪莲忽然问：“大龙哥，秀水湖的水美不美？”

“当然美，你看多么清澈，能看见三尺深的水。”

“湖边垂柳美不美？”

“雪莲，你明知故问呀！”大龙指着飘来荡去的柔软枝条说，“秀水倒映枝条，多么有诗意呀！”

“湖里的荷花美不美？”

“雪莲，荷花出淤泥而不染，是世界上最纯美的花呀！”大龙边回答边想，“今天雪莲为什么问这些呢？”

“大龙哥，不会休息，就不会工作，这话是谁说的呀？”

“这是列宁的名言呀！”

白雪莲想了片刻，才说：“大龙哥，咱们童年时在秀水湖洗澡玩水，笑哇闹哇！还记得吗？”

“当然记得！”

“秀水依然那么秀丽，荷花依然那么纯洁而美丽！”白雪莲若有所思地说，“垂柳、榆树长大长高了……大龙哥，咱们也长大了，今天又回到童年玩耍的秀水湖边，哪能不使人联想许多啊……”

高大龙看到湖边有条长石板，他扯着雪莲说：“莲妹，坐这儿歇会儿吧！”

他们面对湖面，坐在了那条石板上。

柔软的垂柳枝条在他们头上飘来荡去，他们的头影倒映在湖面上。

“你看，一对鸳鸯！”白雪莲吃惊地说。

湖心那片大荷叶丛里，突然有一对鸳鸯游了出来，那样欢快，那样自由，由西往东，边游边戏弄着，有时并头往前游，有时分而又合前进。

岸上的高大龙和白雪莲，四只眼睛同时注视着那对俊俏的鸳鸯。

那对鸳鸯好像与平日不同，游着游着，不知为什么停住了，看着对面岸上的那对男女。

白雪莲特别喜欢那对鸳鸯，目不转睛地看着那鸳鸯的每一个小动作，包括那歪头亲嘴的动作。

那对鸳鸯好像是有意做给岸上人瞧的。

那鸳鸯越游越往前，离白雪莲和高大龙更近了。忽然又停住，那鸳鸯也真能耐，在水上交脖而卧，显得那么亲近、恩爱……

白雪莲忽然有所思地问：“大龙哥，你说世界上最美丽的鸟是什么？”

“当然是鸳鸯啦！”高大龙毫不迟疑地说，“它最俊俏，最纯真，也最惹人喜欢！”

“那世界上最有感情的又是什么鸟？”

“当然还是鸳鸯啊！”高大龙完全明白了这位内心世界那样丰富的闺女——白雪莲的想法。他又说：“雪莲妹，那些文人作家们，总喜欢用鸳鸯来比喻夫妻，这是为什么呢？”

“因为他们的爱情是纯真的，也是忠诚的，它们不会喜新厌旧！”白雪莲看着大龙说。

“雪莲，你是比我更了解鸳鸯性格的。雌的去世了，雄的也不会再活下去；反过也是一样的，你说是吗？”

“大龙哥……”白雪莲打仗时，是个巾帼英雄，但在爱情上她又是一个富有激情的女人，不知为什么，一头栽到高大龙的怀里……

过了一会儿，一对很调皮的喜鹊在他们头顶叽叽喳喳地啼叫着，一连转了两圈，白雪莲被惊动了，她看看落到那棵大榆林上的两只喜鹊，又惊又喜地笑了，而且笑出了声，大龙问：“你为何发笑？”

“大龙哥，你还记得童年时咱们在湖边，你上那棵榆树上掏喜鹊蛋的事吗？”

大龙忽然一怔，说：“童年时做的事，一生也忘不了呀！”

“大龙哥，你小时候掏喜鹊蛋时，可真嘎！”

“我不是故意的！你嘴里还有喜鹊蛋味吗？”高大龙忽然笑了。

白雪莲不由自主地摸了摸嘴儿，想起了他们童年时在湖边的一场闹剧：

那是他们在上小学的时候，也是在这样的季节，他们在湖中玩了一会儿水，又打又闹。那时，周永刚也在里边，玩得多么开心啊！高大龙刚上到岸边，忽然发现在那片榆树林里，有棵树的树尖处有个喜鹊窝，就是现在落喜鹊的那棵高大树上。鸟儿也怕人上树去掏蛋，所以一般都将窝搭在高险的枝儿上。

高大龙看着那高险的鹊窝说：“喜鹊下蛋了，怕有人上去掏蛋吧！”

别的同学们扬头往上看，有的摇头，有的摆手，有的说：“那窝搭得太悬！靠在那个树枝上，架着个干树枝儿窝，一不小心掉下来，得摔成个柿饼子！”

“谁上去呀？”高大龙又问。

“算啦！太悬乎！”一个人说。

高大龙看了看白雪莲说：“我上去，不入虎穴焉得虎子！雪莲妹，你看如何？”

白雪莲想了片刻，她也是胆大的闺女，看了看同学说：“大龙，我支持你，敢于攀高峰，有胆量！”她又想了一下，说：“不过，大龙哥，千万要小心呀，粗中有细才能成功！”

高大龙环视了一下周围同学，往手心吐了口唾沫，又搓几下，往上一蹿，抱着树身，身子一躬一躬往上攀爬。他爬过树身，刚上到通往鸟窝的那根粗枝时，两只喜鹊就开始惊慌着急啦，它们知道攀树人是奔窝巢而去，于是不断地在窝巢上空飞旋，啼叫。

下边的同学为高大龙捏着一把汗。他越往上爬，底下人的越为他揪心。尤其是白雪莲，看着高大龙向右一扭，双手扒着通往鸟窝的那根更细的树枝时，她脸上出汗了，手心里也湿了。

“雪莲姐！快为大龙哥加油吧！”周永刚担心地说，“你看那个鸟窝直晃动啊！”本来就心急的白雪莲，听了永刚的话，心吊到了嗓子眼儿上。

树上的高大龙离鸟窝越来越近，那两只喜鹊简直要和高大龙拼命，在他头上旋转、拼命啼叫。

现在的白雪莲后悔了，不该支持大龙上去掏蛋，她想到那两只喜鹊将要失去它们的小鸟，失去它们的下一代啊！她的内心又愧又急，眼泪几乎也出来了。她又想，那两只喜鹊一定是在痛骂掏蛋人，更骂支持他掏蛋的人！

高大龙快接近鸟窝时，那两只喜鹊几乎要急疯了，从上空猛扑下来，双翅张开嗖地从大龙头上掠过，羽翅几乎扇在大龙头顶上，大龙头一晃动，那个细枝几乎折断，鸟翅又扇来，他再次晃动，多悬哪！

两只喜鹊声音沙哑了，但仍在拼命保护自己的下一代。高大龙最终接近了窝巢，那两只喜鹊绝望地拼命向高大龙扇动翅膀，但又有何用呢？高大龙一手扒着树枝，一手伸进窝里掏出两个喜鹊蛋，但如何把蛋带下树去，他却犯了愁。想了一下，有了，只见他把两个蛋含进嘴里，顺着树身像猴下杆似的，不一会儿便下到离地皮不高处，同学们为他鼓掌，欢呼他为“攀树英雄”！

但白雪莲仍在为他担心着。她看着大龙力气已不足，两只脚几乎在打战。

她喊道：“大龙哥，快向我这边下来！”

高大龙听到白雪莲的声音，从离地三尺处，一扭身扑向白雪莲站的地方，她想再张嘴说话时，高大龙上身向前一扑，嘴里的鸟蛋咬破了，蛋清蛋黄正好流进雪莲嘴里，她哇的一口吐了出来。

引起周围同学们一片欢笑声。

“大龙哥，你真嘎”！

“雪莲，我不是故意的，累得我实在无力支持了！”

白雪莲非常气恼地说：“咱们有罪！”

高大龙莫名其妙地问：“有什么罪？”

“鸟儿也是我们的朋友，我们应该好好保护它，爱护它。”白雪莲摇着头说，“你听，那榆树林里的喜鹊在骂我们，因为我们毁灭了它们的下一代！”

高大龙省悟到了，童年时掏喜鹊蛋的事，那是犯了个大错误。

白雪莲用坚定的口气说：“大龙哥，让我们好好保护周围的庄稼地、树林和小鸟，这是我们的家园。”

“是呀！东洋强盗在中国杀人放火，我们打日本鬼子，就是为了保护我们家园的和平生活，把我们的家乡建设得更加美好！”

不知过了多久，白雪莲的思绪又回到现实中来，她说：“大龙哥，咱们俩的事，就是那两位老人……”

“雪莲，这个事你给爹和娘好好解释解释，叫他们别太着急！”

“咳，他们说康书记也同意啦。他们一会儿就过来，你给他们说去吧，我说过几次，都说不过他们。”

“那咱们快进村去吧！老康在吧，我还有要紧事情跟他商量！”大龙说。

“康书记在赵有志家里，有什么要紧事？”雪莲急问。

“我接到苏小妹送来的一封信。王司令员在信中说，几个据点的敌人要来清洗咱们村，我得赶快去找老康商量商量！”

“那咱们快点去吧！”雪莲扯起大龙的手，直奔村里快步走去。

第三十四章

神槐树下

话说高大龙和白雪莲刚走到赵有志家门口，就看见爹和姨娘从村东头走过来。

“你瞧！他们来啦！”雪莲说，“这两个老人也不怕累，跑这么远！”

“真巧哇！”大龙说。

白雪莲看着大龙笑了笑，心里想：“看你怎么张口给他们说。”

“雪莲，你笑什么呀？”大龙笑着问。

雪莲心里有数，仍是笑着，没有吭声。

“你甭笑，两位老人也不是死脑筋！好说！”大龙说。

两位老人走到跟前，一齐说：“嗬！你们俩也在这儿啦，正找你们呢！”

“好！”高大龙说，“爹、娘，我们也正找你们，走吧，咱们到里边说说去，这事不能太着急！”

“不能太着急，都老大不小的啦！”雪莲爹说。

“打那天我和你爹在永刚纪念碑前跟老康谈过话之后，我就叫人操持，什么都准备好啦，我叫人糊了顶棚，墙上刷了白粉子，屋里拾掇得可干净呢！”周大娘说，“你们不着急，我可着急啊！结婚是一辈子的大事，总得体面一点吧？”

“是啊！这是人一生中的大事！”雪莲爹说。

他们说着就走进赵有志家院里来。

见了康忠，康忠忙向两位老人打招呼，叫他们到屋里坐。

雪莲爹说："老康，我们来这儿，就是为了那天咱们在永刚纪念碑前，共同商量给孩子办结婚的事。我和莲儿姨娘，把日子都定下啦，正要准备东西呢！"

周大娘忙接上说："你看，我们刚才在门口还说了一阵呢。大龙说不要太着急，我正操持这事，办得快差不多了，还能改吗？"

还没等老康说话，高大龙忙插嘴说："老康，不行！我刚接到苏小妹传来的消息，正要找你商量！"他又向两位老人说："爹、娘，现在我们忙得很，哪儿顾得上结婚哪！这事往后推一下再说吧！"

"哦！"周大娘看着大龙说，"这孩子，怎么说这个呀？结了婚不是一样打日本鬼子，一样忙抗日工作呀？"

"这话说得对！"雪莲爹说，"成了亲也是一样砍东洋鬼子的脑袋呀！"

周大娘又接上说："现在世道又好点啦，日本鬼子在走下坡路，还怕什么？这事一天不办，我一天不放心！"

雪莲爹说："老康不是说过，等时局好点了就给你们两个完婚，现在我看这情形差不多了，早点办了，也就去了我心里一桩大事！老康，你说是吧？"

还没等老康张嘴说话，周大娘就把她琢磨了好久的话全盘端了出来。看来这位老人想得很远，也很有见识，她说："康书记……"

"周大娘，你老人家就叫我老康吧！有什么心里话，只管放开说。"康忠看出这位游击队母亲的心思。

周大娘说："老康，你常说要培养革命事业接班人，是吗？"

"是，革命没有接班人不行！"

周大娘说："我们周家为了革命，永刚爹牺牲了，永刚为了抗日，也牺牲了，这些是应该的，是光荣的！如果我有第二个儿子，还要在他胸前戴上红花，送他走上抗日战场的……"

"大娘，你是革命者的母亲……"康忠感动地说。

"高大伯为了劳动人民的解放，在高蠡暴动时和永刚爹一起牺牲在战场上……"

"这些功臣，咱们区，咱们的人民，是永远不会忘记的！"还是康忠的声音。

“高家就留下了高大龙，他母亲为了保护儿子抗日，勇于和敌人斗争，痛骂日寇和那个无耻的汉奸冯喜营，她老人家为了抗日，也勇敢地牺牲了！”周大娘看了看大龙和雪莲，再看看康忠和周围的其他人又说，“周家、高家、白家，这三家要有革命继承人，就寄托在大龙和雪莲身上啦！我和我姐夫急就急在这上边啦。革命是要有接班人，接班人就得从结婚这天做起呀！”

别人一时无话。

沉寂了片刻，周大娘又说：“我和莲儿她爹不是死脑筋！我们是看环境好点了，才给他们急着操办这件事的呀！敌人要来报复扫荡，那当然要先把鬼子杀掉！”

康忠说：“两位老人的想法是对的，尤其是周大娘的心，看得深看得远，不愧为我们游击队的母亲！”

白雪莲说：“爹，姨娘，你们为了我和大龙的婚事，费尽了心！”她对大龙说：“你还不快谢谢二位老人！”雪莲说着就向二位老人鞠躬，大龙也忙跟着鞠了躬。

雪莲又说：“爹……”

康忠忙争着说：“雪莲，把‘姨’字去掉吧！”

雪莲说：“爹，娘，我们俩的事儿就说到这。一会儿我们还得开重要会议，你们先到树荫里去歇会儿。”

周大娘说：“莲儿，我和你爹从大田村到这儿来，就是商量个准信儿。商量定了，抗击完敌人这次扫荡，就办喜事，我们就放心了！”

大龙说：“老康，大解村王司令员派苏小妹送信来说，黑风口、温仁、王盘、新镇几个据点，有千八百人，集中力量来扫荡我们大冉庄。这个事情，我们得赶快准备，敌人说不定哪会儿就来，情况非常严重！”

康忠说：“大龙，这个情况我早就知道了，咱们马上就开会，研究对付的办法！”他回过头来，对那两位老人说：“周大娘，你和白大伯都听到了，我想在这个节骨眼儿上，把他们的婚期推迟一步，是应该的！越到这个时候，越要加一把劲。他们俩的婚事，我比你们还关心呢。等打败了鬼子的扫荡，我们区上好好准备准备，到那个时候，你们这一家人，四口人成婚……”

“四口人成婚？”周大娘问。

"是呀！你和白大伯一对，先成婚……"

"康忠，你当主婚人？"

"是呀，还有咱们区李特区长都是主婚人！"康忠说，"你们二位老人先拜天地，接着就是高大龙和白雪莲，在你们二位面前拜高堂成婚！"

"那么多人屋里盛不下！"还是周大娘的声音。

康忠说："婚礼在古槐神树下的广场上举行，让各村派代表来参加，好好热闹一场，像这样的婚礼历史上没有，今后也不会多的！这么幸福美好的一个革命家庭，那时举行婚礼，比现在办不是更好吗？"

"是啊！"雪莲爹说，"老康说得对！我们要做出个样子来让人家看看。"

"爹，娘，你们都听清楚了吧，现在情况很严重，得马上准备，敌人要来，就得把敌人打回去！"大龙说。

"龙儿！不能光是把敌人打回去！"周大娘愤恨地说，"要把敌人消灭光！"

白雪莲一下子搂住周大娘说："娘！我的好亲娘！"

康忠和高大龙听了周大娘的话，都很受感动。

白老印咂着烟袋嘴说："莲她姨，咱们就等那一天吧！"

周大娘说："莲她爹，咱们别耽误他们开会啦，回大田村去，准备准备再回大冉庄来参加战斗！"

"爹，娘，你们回家休息，就甭回来啦！"大龙和雪莲同声说。

"打鬼子有我们的份。敌人不是要来清洗大冉庄吗？甭看我们年岁大了，心气儿还壮呢。我们也要参加战斗，和敌人打这一仗！"周大娘说。

康忠走上去忙握着周大娘的手，说："我的好大娘，有你这句话就行，你瞧着吧，我们一定听你的话，绝对叫鬼子吃不了兜着走！"

"敌人来了，一个也不让回去！统统消灭掉！"大龙果断地说。

"我们走了，你们快点开会吧！"两个老人一块儿说。

"好！我没工夫，不送啦！"老康又对雪莲说，"雪莲，送送你爹和娘！"

"甭啦，甭啦！你们开会吧！"周大娘说。

雪莲爹也忙扭过头来说："送什么呀？这又不是外人，你们忙你们的吧！"

"我们还要回来参加战斗呢！"周大娘又补上一句。

两位老人拦住雪莲后就走了出去。

康忠立即派人把区上和村里的主要干部，召集到古槐神树下来，开会研究对付敌人的办法。

在会上，有的人主张坚决和敌人打，消灭其主力；有的主张想办法分散敌人兵力，各个击破；也有的瞪着眼不发言，心里想着，到底是打好呢，还是不打？拿不定主意。会上展开了热烈的讨论。

高大龙说："现在区小队的扩大力量也不小了，每个队员都有两件家伙，一把长的，一把短的，都是从敌人手里得来的，咱们和敌人明的、暗的、大打、小打，不知经过多少次啦。我们有地道，敌人在明处，我们在暗处，我们可以主动地打他，他打不着我们，就算这次敌人来得多，我们也用不着怕！"

队员王老虎个子高大，又粗壮，把手一举，腾地站起来，瓮声瓮气地说："报告主席，我同意高队长的意见，敌人的狗爪子伸进村里来，我们坚决把他打回去！"

小青把手一举说："我不同意，你把敌人的狗爪子打回去，他还会伸进来，咱们干脆把他消灭掉，省得费第二次劲！"他又看了看王老虎说："完啦！"

王老虎也看了看嘎小青，又插了一句："对！我收回我那个'打回去'的意见！同意小青的意见。"接着区长李特和好几个干部都同意了。

但有一个干部这会儿站起来说道："咱们过去打仗，哪有这么多敌人啊！要是来个一百多个，那咱们不怕，这回来这么多，咱们能不能想个别的办法应付敌人，以少受损失为重嘛！"

另一个干部接着说："对啦，在'五一大扫荡'以后，咱们不是搞过维持嘛，敌人要来洗村子，村里青年人，特别是青年妇女都躲起来，躲到外村去，让些老人应付一下，答应搞搞维持，就过去啦！"

"哎呀，去年的历图，今年可使不得啦。"赵有志说，"这个办法只能用一次，再用就不灵啦！敌人鬼着呢，那时敌人的目的是要我们给他维持，我们只要答应维持了，就好说啦。大家想想，敌人这次来的目的是什么？坏家伙胡九天和王麻子被白雪莲活捉住，带到古槐神树下，给枪毙了！再者说，敌人正在走下坡路，是最后挣扎的时候，这次集合了好几个据点的兵力，来合击我们这个村，是要把我们消灭，烧毁我们的房屋和财产，把我们村变成一片焦土，毁坏我们的古槐神树啊！假如不和敌人撑着打，我们全村的人，都会变得无家可归，东逃西散啦！”

全福在旁边吸着小旱烟袋，听到那个干部说想法应付应付敌人，心里一下子火冒三丈。赵有志刚说完，他把烟锅嗒嗒在鞋上紧磕了两下，说：“敌人现在是在走下坡路，眼看着他们站不住了，要来个最后挣扎，来搞我们一下子，我们就不让他来搞。说什么应付敌人，敌人这次又来得多啦，顶不住，这种说法，简直是叫敌人吓着了，胆快破了。没有看见我们的力量壮大了吗？这意见应当推翻，我坚决不同意。小日本鬼子是兔子的尾巴——长不了啦！”

白雪莲也接着说：“到这个节骨眼儿上，我们为什么不敢和敌人打呢？前年黑风口据点里，那个日军中队长浅野公平，第一次来清洗大冉庄，要毁坏我们的古槐神树，我们利用地道和敌人撑着打，我扔出一颗手榴弹，没有开花，结果浅野公平在神树下狼狈地逃跑了！”她看看大家又说：“现在的武器更充足了，手榴弹、地雷，我们自己能制造，从敌人手里夺来也不少，胜利在我们这边！”

大家都说：“对！我们不能再用过去的办法了，形势向前发展了，和过去不一样啦！咱们要坚决和敌人打到底！”个别不同意打的人也都放弃了自己的意见。

康忠这时候站起来，忙把大家的声音按住说：“现在，大家的意见都一致啦，都同意打，好！我们就决定打，大家要认清这次是敌人最毒辣的一次，也是敌人的最后挣扎。他想把我们这个庄做个样子，叫其他村子看看。要是大冉庄被清洗了，对我们全区甚至全省的工作会有很大影响，敌人就会一个村接着一个村地进行清洗，来挽救他们的失败局面。”他说到这里把声音更提高了说：“敌人要平我们村，我们不让他平，我们要坚决消灭他！把全村的群众，男女民兵，还有区小队都布置好，一起和敌人打。刚才不是说啦，叫敌人有来路，没有回去的路！我们动员别的村庄的民兵都来配合，打一场人民战争！把我们的地雷摆开，让它们都炸开！地雷战和地道战结合起来，仗是在我们国土上打，叫敌人来吧！我们把他消灭在大冉庄！”他停了一下又说：“刚才雪莲讲了，上次浅野公平清洗大冉庄时，没有打着他，叫他逃跑了！今天黑风口的日军队长是乔本三太郎，不能再叫他逃走，要叫他死在古槐神树下！”

老康讲完话以后，又把怎么准备，怎样打，别庄的民兵怎样配合，具体布置了一下。大家下去就开始分头准备，动员群众，炒干粮、贴饼子、烙大饼，备好各种吃的东西，不能参加打仗的人，应该到地道里隐蔽，把重要东西都运到地道里去。

正在这时，从东边急急忙忙走来一个闺女。

小青那个嘎小子眼尖，忙说："老康，雪莲姐，你们看那是谁来啦！"

大家向东边仔细一瞧，正是地区队医院的护士苏小妹。她和区小队队员杜小青最要好。

小青飞也似的一气跑到她跟前说："你这时来干什么，有急事？"

"走！快把这信交给康书记去！"苏小妹和小青一同来到康忠眼前，把信交给了他。

康忠打开信，看了一下，忙对大家说："地区队王司令员来信说，地区队的武工队，还有区大队，配合咱们这次区反扫荡行动，一定要打垮敌人！"

人们听到这个信息，情绪更高涨了。

苏小妹说："康书记、雪莲姐，我和俺水上村庄芦花寨联系好了，让我带领一个水上女游击小组来大冉庄，水上和陆地共同配合，参加战斗！打好这一仗！"

"好哇！"白雪莲兴奋地说，"这次一定打出咱们女人的威风，显示出咱们巾帼英雄的本领！"

康忠和高大龙又把街上的枪眼检查了一遍。苏小妹又返回芦花寨，把水上游击小组的女队员和武器带到大冉庄来。

白雪莲和赵兰香把村里的妇女、老人、孩子都动员好了，做到万无一失，消灭敌人。

第三十五章

雷破敌胆

这天早晨天刚一亮，黑风口、温仁、王盘、新镇几个据点的敌人一齐出动，分四路由四面向大冉庄合击过来。这次行动是由黑风口据点统一指挥的。敌人的几匹东洋探马打得飞也似的，嗒嗒嗒地在前边奔驰着，卷起一股股尘土，后边的步兵、掷弹筒部队，在麦田里哗哗地直朝大冉庄冲去。

村里制高点上，瞭望哨小韩早就看见了敌军，赶快下去告诉了康忠和大龙。大龙忙叫人到十字街头大碾盘旁边，击打古槐神树上那口古老大钟，咣！咣！咣咣！村里人们听到这古老而洪亮的钟声，知道是敌人来了，一部分人下地道去，一部分人留在上边堵街口，利用围墙打击敌人，也阻挡敌人往街里冲。康忠和高大龙也到地道下边指挥部去了。

白雪莲还有苏小妹带来的水上女游击队，早就到地道里布置好了，准备痛打敌人。

全村下边按照大解村地道网的形式挖成，并且更前进了一步，更有利于消灭敌人。人们一下去，一截一个油灯，一截一个油灯，都点着了。在这个地道网里，有六条交通干线，这干线周围都通着小口，在拐弯的地方，都画有箭头，指示着方向。康忠和高大龙在十字街头古槐神树下边的大干线中间站着，这里便是全村指挥作战的中心地点，他们指挥着把作战人员分布在村里村外的地堡和各家的夹皮墙里去，还派有专人跑联络。哪里情况有变化，特别是敌人的诡秘行动发生了什么紧要的问题，便马上报告到指挥部来。

黑风口据点敌人的探马刚一走到村外的一片小坟跟前，“轰！”的一声，把一个地雷踩响了，前边的那匹马和敌人全给炸死了。后边几匹马，吓得踅回头，躲到麦苗地乱蹦乱跳起来，鬼子在马上拼命扯紧笼头，却也扯不住。马是很灵的动物，它看到前边的人和马都被炸死，是拼命想挣脱的。活着的鬼子和马匹在地里晃动着。

温仁据点的敌人在村北边也踩响了地雷，炸伤了好几个。接着旁边的几个子雷都响了，这里“呼隆！”那里“呼隆！”一股一股的尘土往上冒，石块铁片四处飞落，敌人又被炸倒了好几个，吓得敌人在村外趴下不敢动了。接着又听到村子的西边、南边、西南边都响起了“呼隆！呼隆！”的爆炸声，敌人走进了地雷阵。

村子四周一千多个敌人，被神雷炸晕了，密密麻麻地趴在麦地里和树荫底下，一时不敢前进。

乔本三太郎在村子东边的树林子里站着，手里拄着指挥刀，朝村里张望着，他拿望远镜，仔细观察着战况。他忽然发现十字街上那棵高大而雄伟的古槐神树。他不由自主地暗暗点头，他知道黑风口前任队长浅野公平，就是在那棵树下逃生的。今天是他二次清洗村子，一定要打掉那棵树。

冯喜营和新调来的紫翻译官，也慢慢地从一棵大叶杨树旁边站起来。

冯喜营看着身旁的乔本三太郎说：“队长，咱们这次来的消息，怕是让他们知道了，你看这地雷是预先安排的……”

“哼！他们知道了也不怕！”紫翻译官说，“这次比上次浅野公平队长来清洗时来的人多，武器也多，踏也得把这个村子踏平了！”

乔本三太郎手拄战刀，另一只手摸了摸八字胡，还是没有说话。

“土八路最土的有两招。”冯喜营用自以为他最了解八路的神气说。紫翻译官本来就瞧不起他，明知故问地说：“冯队长在土八路里干过，那么土八路是用哪两种最土的招数呢？”

“最土的一招是土地道！土八路就像旧小说里写的土行孙那样，能在地下行走。我们吃过亏，现在大冉庄的土地道最厉害，我们要格外小心才是！”冯喜营偷瞧乔本一眼，见他暗暗点头。

“那么第二土招呢？”还是紫翻译官问。

“那就是刚才探马踏响的土地雷。这一招也是够厉害的！”冯喜营说得一点不错。这两招敌人都亲身试过，也尝了是什么滋味，冯喜营自己最怕的也是这两招。

“咱们的先进武器是能搞毁土八路的土两招的！”紫翻译官说。

“对啦！”冯喜营又指着村外的几个大土丘说，“乔本队长，紫翻译官，你们瞧，那就是土八路的地堡，里边有暗室通着土地道，我们先用掷弹筒把它打平，把火力放强一些，把通往地道的通道堵死，掩护着我们的队伍冲进村去，使土八路失去村外的眼睛，到那时咱们就好进攻了！”说着就听村子南边和西边的枪声响了，机枪嗒嗒嗒……接着又是“呼隆！呼隆！”的地雷声，一股股的黑烟尘土冲向天空，隔着村子都瞧得清清楚楚。

“队长，那边进攻了，咱们也冲吧！”冯喜营提着枪说。

“慢！”乔本三太郎举手说，“我们先打平土八路的土丘地堡！”他挥起战刀大声说，“炮手！集中火力打平地堡！”

乔本三太郎一声令下，掷弹筒手瞄准土地堡开炮了。

“咚！咚！”炮弹一个跟一个，在半空划个半圆形，飞向那几个大土丘地堡，“呼隆！呼隆！”……那几个土地堡上空硝烟密布，尘土飞扬。

乔本三太郎撅起八字胡，挥起战刀，大声吼道：“冯队长，你的带领你的人，在前边打头阵。”然后他又指挥着日本兵用掷弹筒将炮弹再次向地堡打去“轰！轰！”炮弹在地堡旁边、树林旁边炸开了。冯喜营立刻指挥伪军猫着腰朝村边冲去。

地堡里的子弹还是嗖嗖地往外飞，一个又一个伪军倒下去，但没有停步，仍在进攻……

虽然敌人的掷弹筒炮弹打出不少，也落在了地堡上边和周围，但没有完全炸毁地堡，因为地堡建造的防御能力提高了，暗口更多更隐蔽，也更坚固了。

冯喜营急得把盒子枪在头顶上抡来抡去，嘴里拼命地喊着：“土地堡已被洋炮打毁，冲啊！冲啊！怕！怕死的东西，谁不冲我就打死谁！”伪军们吓得直发抖，不冲吧，冯喜营在凶神恶煞地叫骂；退吧，后边鬼子兵用枪逼着，谁敢退呢？往前冲吧，地堡里射击出来的子弹嗖嗖地从耳边从头顶飞过，有一个伪军趴着不敢动，冯喜营回头“当！”的一枪，就把他打死了。

“谁不往前冲，就是这样！他妈的！你们是干啥吃的，到这个节骨眼儿上了还贪生怕死！正是为皇军效劳的时候！”他虽然嘴里这样说，但内心也在嘀咕着：乔本三太郎下令用炮弹轰炸一阵子，土地堡为什么还没有被摧毁？看来土八路的土招越来越厉害了！

有的伪军爬起来向前跑两步，就又趴下了，腿软得站不起来，更跑不动了。

这时，有些敌人刚冲到护村沟的旁边，“呼隆！”一声巨响，母雷开花了，接着几个子雷都响了，这儿“呼隆！”那儿“呼隆！”这些雷听口令似的都炸开了，好些伪军晕头转向的都被炸倒了。冯喜营挥着盒子枪的右胳膊也被炸断了，他的枪丢了老远，脸也被烧伤了一半。伪军们吓得趴在地上，缩着个脑袋，又不敢动弹了。有的伪军看了看冯喜营那个惨样子，心里想：“你小子，平常那个抖劲，搞了一个又一个女人，整天价发贼横，张口骂人，伸手打人！这回他妈的就甭横了吧！该！连祖宗都不要的东西！”

鬼子们的掷弹筒朝村边乱打，激起了一阵一阵的烟尘，有的树帽被打掉了，有的房屋被炸弹炸坏了。

乔本三太郎在后边见冯喜营被地雷炸倒了，忙吼着叫伪军们把他拉下来。几个伪军就忙把冯喜营连拉带扯地拖下来，几个伪军掩护着，把他弄到后边，躲避前边子弹的射击。

冯喜营从昏迷中醒过来，喊道：“乔本队长……”

乔本三太郎向前走了两步说：“你的完了，不能作战的！”

“队长，我左手还能打……打枪……”冯喜营忍着疼痛坐起来说，“乔本队长，紫翻译官！”

乔本三太郎说：“你的要说什么的！”

“乔本队长，我最了解土八路的土招儿，这土地雷阵，让我们吃了亏！”冯喜营说，“我已得到情报，村里十字街头，那棵古槐神树下边，是全村地道指挥部，区委书记康忠，区小队队长高大龙，还有那个第一美人区妇会主任白雪莲都在指挥部里，指挥着与皇军作战……”

“他们都在那里的？”乔本三太郎不以为然地问。

“土八路第一招最厉害，善于打地雷战，乔本队长，一定要彻底摧毁大冉庄才行！浅野公平队长第一次清洗大冉庄时，就是从古槐树下逃回黑风口的……”

“我不是浅野公平！”乔本三太郎厉声说，“日本皇军天下无敌！我一定打平大冉庄，活捉高大龙和康忠的，还有那个白雪莲，逃不出我的手心的！”

“冯队长是怕啦！”紫翻译官说，“乔本三太郎队长是日本高等军官学校的高才生！小小土八路是逃不过太君的进攻的！再者说，我也不是像黑翻译——黑水滔那样的无能之辈！”

冯喜营右胳膊一阵疼痛，说着话又一头栽到了地上。

乔本三太郎那八字胡又撅起来了，这是他最凶狠的表现。别人看到他这样，都有些害怕了。他又忙派了几个日本兵到村子的北边、西边、西南边去通知部署，让他们把村子外边的障碍物统统打平，为总攻扫平道路，然后再冲进村去几匹探马。

乔本三太郎大声吼着：“一定踏平大冉庄！打平古槐神树！”

敌人的总攻开始了，只见村子四面的手榴弹、掷弹筒、机枪、大枪，配合着，轰轰轰、嗒嗒嗒，灰尘和炮烟笼罩了整个村子。

人叫马嘶混成了一片。

可是大冉庄——这英雄的村庄，像一个巨人似的，顶天立地地在那里站着，屹立不动！

敌人在村外打呀，打呀，不知打了多少炮弹，一直打到快近中午，才把地堡打平了，连一些稍微可疑的地方，敌人都要用炮弹炸平，村子的四周被炸得一个土坑一个土坑的，树枝儿也被打光了……

敌人冲到了那被炸毁了的地堡跟前，乔本三太郎一看，说：“不错，这里通地道的！”

“对了！”紫翻译官忙说，“队长，顺口子朝里边打毒瓦斯吧，这化学武器大大的厉害！把这些狗日的统统毒死在里边！”

敌人把土丘蚀开，找准了洞眼，他们可高兴啦，有的瞪着眼睛往里瞧，有的指手画脚，有的说：“先朝里边打一枪试试，看里边有人没有！”说着就朝里打了一枪，哪知枪声刚一响，洞口里边“轰！”的一声，一个地雷给打响了，跟前的几个敌人又被炸死了。乔本三太郎和紫翻译官被埋在土里，眼睛也迷住了。他们忙从土里爬出来，八字胡乔本揉着眼睛大声地吼叫着：“里边土八路大大的有，快快地打瓦斯，统统的毒死的！”

有的伪军小声说："我的天哪！真是神雷呀！神雷！"

也有的说："我看是神雷显威！这是天宫玉皇大帝送下来的地雷吧！"

"也许是王母娘娘赐的呢！"另一个人说。

"快快地朝里放毒气！"紫翻译官也加上一句。

鬼子的防化部队立刻戴上了带管子的防毒面具。

"没有防毒面具的，躲开、躲开！离远一点！"

你看那些伪军们一听，真机灵，比向前冲的时候快多啦，一个一个的都撤到树林里去保命啦。

有的说："好家伙，这个平原第一庄，可不是个瓤柴火。打了快一个上午啦，还没有进村，真把人累得够呛！"

有的说："累得够呛！这小命还不保险呢！不知道哪会儿碰上颗枪子，就完蛋啦！"

也有的拔开热水壶，一直脖子，咕咕地喝了口水，说："哼！脑袋瓜没开花，就算是运气点儿高。被打死的到阎王面前喝水去吧！累还算个啥！折腾了半天，已到晌午啦，肚子饿得咕咕叫哩！吃个屁呀！"

一个伪军忽然指着远远的一个瓜棚说："你们看，那儿有个瓜园，咱们弄点瓜来吃吧！"

"不行，不行！"一个人说，"瓜园也有地道的机关，进瓜园就出不来啦！"

"哎呀！现在的土八路太能耐啦，使鬼子兵寸步难行啊！"

那边的鬼子们把毒瓦斯朝洞口里打去，只听"扑哧"一声，毒气就散开了。鬼子们大声叫着："这些土八路统统的毒死在里边的！"可鬼子哪知道这个洞里边有翻眼，民兵们在撤退的时候，把这个翻眼撤过去用土塞住了。因为过去敌人用化学武器毒死过不少人，所以人们聪明了，早防备着这毒辣的一手。结果那毒气不往里走，却只顾往外扑出。

"队长，"紫翻译官又担心又着急地说，"这个地道里有毛病，怎么毒气不往里走，只管往外走！不行，不行，快别打了。土八路熏不死，倒要把咱们熏着了！"

乔本三太郎也急了，大声说："吹风机的干活，往里吹风！"

鬼子拿来手摇吹风机，摇动着转起来，呼呼地往洞口里吹呀，吹呀，可是毒气朝外冒得更欢，散开面积更大了。

“不行，不行！毒气还是向外喷！”紫翻译官喊叫着。

这时，有的敌人被毒倒了，鬼子兵只好把毒瓦斯收起，赶快退了下来。

“这个大冉庄，真不好斗！”紫翻译官摸着脑袋说。然后他们也都回到那片树林里去休息。

忽然，村子的南边、西边又是“呼隆！呼隆！”地雷爆炸声不断。

“糟糕！恐怕他们挖地道碰着地雷了吧？这是怎么弄的呀？这简直是神雷显威啊！”一个敌人摇着头说。

紫翻译官也晃着个脑瓜子说：“有可能，有可能！”

乔本三太郎靠着一棵榆树坐下，抓住热水壶咕噜咕噜地喝了一阵，用手拧着胡子梢气得直瞪眼。

紫翻译官说：“这大冉庄的人，全叫共匪八路军给教坏啦，脑子顽固得很哪！你说怎么搞的，他们宁肯给共产党卖命，不给皇军维持……”

这时的大冉庄，村子四周时有稀稀落落的枪声和地雷的爆炸声，村子里却是一片沉静。

第三十六章

神奇翻板

话说激战当日，烈日当头，晒得沙土几乎要冒烟。

树林里的小鸟，落在叶荫下吐着舌头喘气。

敌人在树林里坐着也热得够呛，有的拿起水壶晃晃，水早已喝干了。

天气也怪，越热越没有风，树叶纹丝不动。

这时候，有两个探马从南边和北边奔跑过来了，到了树林边，两个鬼子从马上一翻身跳下来，向乔本三太郎报告说："南边和北边的地道旁也有地雷，打毒气也不行，不往里钻，都向外扑，化学武器失灵。乔本三太郎决定，时间不能再拖迟，还是得往村里冲。得令后那两个鬼子翻身上马又去那边联系了。

冯喜营呢，在树林底下躺着滚来滚去，疼得"哎呀！哎呀！我的妈呀！"直叫。鬼子给他把胳膊包扎起来，然后叫几个伪军把他抬回黑风口据点去了。

乔本三太郎又把望远镜放在眼前，仔细观察一会儿，大声吼道："炮兵开炮，把十字街那棵古槐神树打平，把村子打平，把一切统统的打平！"

鬼子炮兵用掷弹筒，"咚！咚！咚！"朝村里开炮了。

"呼隆！呼隆！"炮弹在街里、房上爆炸了。顷刻间，村里炮弹飞落，硝烟腾空而上，但村里并没有还击的枪声和投出的手榴弹。

也真是奇怪，敌人的炮弹在街上、古槐神树周围、大碾盘旁边，落下并炸开了不少个土坑，炮弹炸掉几条树枝和树杈儿，就是没有落到树身上，神树依然是顶天立地地挺立着。

敌人的步兵开始向村里进攻。乔本和紫翻译官指挥着队伍，猫着腰快步向村里冲去。

刚到了街口，迎面一堵墙挡住了去路。墙上都留有枪眼，子弹嗖嗖地向外射来。敌人唰地分散在街道两旁趴下了，向堵街墙上还击，把那墙上的土打得噗噗地往下掉，但子弹一钻进土里就没有劲了。

敌人用掷弹筒和机枪掩护着朝墙跟前猛扑过去。

墙那边民兵和区小队的手榴弹，只顾嗖嗖地往外扔，手榴弹像小黑老鸦似的在空中一闪，“轰！轰！”炸开了，好多鬼子被炸得四脚拉叉地躺下，有的乱滚乱爬，有的断了气。

堵街墙的后边原来是小青、苏小妹和五六个队员，他们看见敌人的火力太强，便忙退到第二道街墙后边去。敌人紧跟着就冲过了第一道街墙，鬼头鬼脑地向里一看，却找不见人，只见第二道街墙上又朝外打枪，子弹嗖嗖地飞来，敌人又忽地趴下了。

这时，街两旁的临街墙里也都向外打枪射击。

鬼子一看很危险，于是向两旁的房子里冲，想占领屋顶的有利地形。他们把一个院门踢开，刚一进门，“轰！”的一声，地雷爆炸了……原来在门闩子上，民兵们早就拴好了地雷。

敌人冲进院子里来，只见墙上、树上、窗子上、地上、鸡窝上，到处都写着白字：小心地雷！

这里有地雷的干活！

这里没有地雷，可以进去休息！

那里边有茶水，还有花生米和瓜子。

五六个伪军和鬼子看了看，倒吸了一口冷气，都抱住脑袋，不敢前进。

“这怎么着呢？到底有没有地雷？什么地方有，什么地方没有呢？”

一个伪军指着那个门说：“这里没有写着，从这里进吧！”

另一个伪军把头一摇说：“得了吧！土八路真真假假、虚虚实实，摆的是迷魂阵。你想死就进吧，说没有，那准有！”

又一个伪军说：“冯队长说土八路最厉害的土招数，是土地道和土地雷，这两个招数要结合起来，那咱们就全完蛋了……”

“是呀，咱们跑进土地雷阵，准得闹个肉飞魂散，连个完尸都没有了！”

这时，紫翻译官走进这个院里来了，听了他们的话便说：“咳！这里没有写着……土八路游击队是在用地雷阵迷惑我们，吓唬胆小的人。他们准以为我们会说：里边一定有！其实，里边就是没有，他们哪儿来的这么多地雷呀。进吧，进吧，没有事的！”

有的伪军心里想着：“你他娘说得好听，像吹气似的，你进吧！你为什么不进？哄着我们进，你怕死，我们也怕死呀！”

紫翻译官嘴里那样说，其实心里比别人都害怕呢。

伪军们互相看看，谁敢推那个门呀。有个矮子伪军倒很能干，他说：“我有办法！”他从院墙根下搬来了一块石头，“咚！”地一下，把门打开了，真的什么事也没有。他又说：“土八路善于耍花招，他们真没有那么多地雷，是哄咱们呢！”

“看，没有吧！进！”紫翻译说。

可是那些伪军们吃亏吃怕了，都缩着个脑袋，龇牙咧嘴，面面相觑地说：“进吧！”“进吧！”可是谁也不敢抬腿先进。有两个鬼子一看火啦，把一个畏缩不前的伪军“咚！”地狠打一拳，骂声：“八格！”然后，鬼子就端着枪嗖地一下冲进去了。刚一进门，只听“当！当！”两声枪响，那两个鬼子都被打倒了，但枪弹却不知是从何处打来，大家在院子里瞪着眼，全都吓呆了。紫翻译官也不吱声了。

伪军们可又嘟囔开了：

“叫我进，我才不进呢，人家写着没有地雷，可是屋里有枪呀！比地雷也不轻！”

“只听枪响，却看不见人影，怪、怪呀！枪子从什么地方钻出来的呢？”

“太玄了，土八路现在变成神兵了！他们学会隐身法啦？”

“这他妈谁也摸不着底，到底是怎么回事？是个谜！”

原来这屋里有道夹壁墙是通往地道的。屋子四周的墙都有枪眼。民兵和区小队队员们在夹壁墙里掩藏着。敌人一进屋，他们就从夹壁墙的枪眼里把敌人撂倒，那是一打一个准，只听枪声看不见人。紫翻译官见这屋子不能进去，便让大家快上屋顶去，向四处打枪，以助士威。

在夹壁墙里的小青和苏小妹，还有其他两个队员，知道敌人要上房顶去了，小青说："小妹，咱们该转移阵地啦！"

"到哪儿去打敌人？"苏小妹说，"上房顶去收拾敌人！"

"不能上房去，按照总指挥部的部署，这儿的阻击任务完成了，咱们就要向街里撤！"小青说，"敌人也要向街里进攻，咱们下地道，赶快到古槐神树下集中。大龙队长和区委书记康忠说，敌人也要在那里集中，乔本三太郎要炸毁古槐树和那个大碾盘。同时，那儿是中心地点，也是有利地形，敌人一定会去抢占！我们要在那儿消灭敌人！"

苏小妹还是拿着她那片飞快的大铡刀，说："那咱们就赶快往街心那儿去吧！"

"下地道，向街心撤！"小青是这儿的小指挥，说着便带领苏小妹和几个队员，一个接一个下地道，挥枪向街心撤去。顺着地道干线，小青一边走一边说："小妹，你怎么还带着两件家伙呀！多不方便啊！"苏小妹说："带两件家伙，有两件家伙的好处哇！枪打完子弹了，就用大刀片砍杀鬼子头，我这把大刀，已经砍过两个鬼子的脑袋啦！"

这里，只听其他院子里也有地雷的爆炸声。紫翻译想：他妈的，这么厉害啊！每家里都布了这玩意儿！土八路的土地雷也真不少呀！他们从哪儿弄来的？他们自己能造多少地雷！

在街上，乔本三太郎指挥着日军用掷弹筒轰第二道堵街墙。在那边的队员小满说："你们听，街两旁屋里的地雷都响了，今天回东洋三岛老家的鬼子可不少了！"小秋说："小心看着敌人，别吵吵啦！敌人也狡猾着呢！特别是乔本三太郎，是个日本军国主义分子，他效忠日本天皇！"

小满把一颗手榴弹刚扔过去，手还没有缩回来，就被一颗子弹打中了。

"糟糕！"小秋说，"受伤啦，直流血！快往后退，到墙边去包扎。你快下地道里去，别在这啦！"小秋又对别人说，"敌人火力太猛，向后撤，快！"

他们快速地撤到第三道堵墙后边去了。

第三道堵墙撑不住，又退到第四道墙……敌人一步一步地向街心压缩过来。

白雪莲带领一群年轻妇女和大闺女们，在北街上阻挡王盘据点来的敌人。她们也是在堵街墙后边，和敌人打一截，退一截，敌人的火力越来越密，机枪嗒嗒嗒地向她们射来，墙上的土噗噗地往下掉，灰土乱飞。

兰香的头发上扑满了灰土，她端着撅枪朝敌人一枪一枪地还击。其他妇女们，有的拿着撅枪，有的拿着短马拐，打得可邪乎啦！从敌人手里夺来的那种小甜瓜式的手榴弹，朝外扔得嗖嗖的。当她们和敌人对打着退到第五道墙的时候，外边的鬼子发现了她们是女兵。

“花姑娘的，追呀！捉活的！”

“花姑娘大大的好！统统的抓住！”

敌人疯狂地吼叫着，像恶狗似的向她们扑过来。

白雪莲一看，急啦，忙向大家说：“你们看，这些家伙不要命了，发疯啦。狠狠地揍敌人一家伙，然后快到那边院里去，下地道，撤！”

“狠打鬼子！”她们喊着，又扔出一串串的手榴弹，炸得敌人都骨碌地趴下，压住了敌人的火力，她们很快就撤进旁边一个院子里去了。

白雪莲在院里一边甩开盒子枪嗒嗒嗒朝外打着枪，一边忙说：“我和兰香在这儿打一会儿，你们大家快下地道，向街中心地点撤！”那些大闺女小媳妇们嗖嗖地进屋下地道去了。

白雪莲和兰香刚一撤进屋里，敌人就端着枪，刺刀一闪一闪地冲进院子里来了。

“花姑娘，快快投降，跑不了的！”

“皇军大大的喜欢！你们快快出来！”

一个鬼子话刚喊出口，雪莲隔着窗子“当！”的一枪，鬼子就直挺挺地倒下了。

雪莲和兰香很快便跳下洞去了。

这个洞口，是康忠和高大龙，还有白雪莲，在大解村地下医院，同地区队王司令员根据群众的意见，特别吸收了田野瓜园马洪顺大叔在井里挖洞的经验，经过研究改进后挖成的。坑道像井一样直挖下去，井底上都栽着一尺多长的尖刀。地道在井身的中腰横挖进去，道口有个翻板，这个翻板就和井身一样大小，中间有根横轴，在井身上支着，生人一看好像就到底啦，但如果你跳下来，那翻板一翻，就会把你翻到井底去。自己人都熟知，翻板上还有一块跳板，这个跳板是通向地道口的，雪莲和兰香下去以后，就忙把那块跳板抽掉了。

鬼子和伪军们哇哇地冲进来了。

一个汉奸指着洞口说：“太君，花姑娘统统的钻洞啦！”

鬼子说：“快快下去，捉活的上来，太君的享用！”

有的伪军摇了摇头说：“哎呀！下去的可不行呀！”

“什么的不行？”

太君，洞里有暗机关的干活！土八路鬼着呢！”

一个鬼子横眉怒眼地说：“什么的不行！你的先下，我的跟着！”说着就把那个伪军呼地推下去，他也跟着跳下去了。就听那翻板哗啦一声，两个人全被翻到井底下去了，只听下边“哎呀！”“哎呀！”地叫了两声，就没了动静。原来井底的尖刀子刺进他们的身子里去了，动也动不了，只顾捯气儿了。

那翻板又自动翻平了，和平常一样，好像什么事也没有发生似的。

上边的鬼子和伪军们一看，全都怔住了，“这是怎么回事啊！”

“真奇怪！人怎么跑到井底下去了呢？”

“只见翻板在，人却不见了！”

“翻板，神奇的翻板啊！”一个伪军惊叫着。

鬼子又逼着伪军们下去把人救上来，伪军们谁也不肯再下，知道下去准死没逃！鬼子怒眉横眼，用刺刀逼着伪军一个一个都跳下去，结果都翻到井底去了。上边一个伪军看见鬼子这样凶狠，便在他背后用力一推：“妈的！你也去吧！”把那个鬼子推下去了。

翻板底下塞满了人，翻板也翻不动了。这时剩下的鬼子跳下去，准备往地道里钻，刚要进洞口，把一颗地雷踩响了，两个鬼子被炸成碎片。鬼子还要往里搜索时，却找不着道了，只好在那里哇啦哇啦乱喊乱叫。

第三十七章

顶天立地

话说作战的女民兵们在堵街墙后边被敌人发现后，白雪莲便命令她们从洞口撤下去了。

白雪莲和兰香她们撤退时，把一颗地雷放在了进口的一角，这才最后翻过了翻眼，把一个大铁锅一拉，锅里早就准备好了土，正好就把翻眼口堵死了。这样一来，敌人放水，放毒瓦斯，什么武器都失去了作用。里边黑漆漆的，既没有灯，也没有气眼，伸手不见五指，找不见前进的道口，鬼子也胆小了，恐怕出不来，小命也得搭上，只好惊慌地退了出去，一边向外走，一边用中国话说："快快出去，土八路大大的厉害！"

枪声地雷声响成了一片，村外的敌人又向村里冲来啦。区小队，还有县大队一部分队员，本村民兵和苏小妹带来的水上游击小组的人们，在康忠和大龙，还有白雪莲的统一指挥下，和敌人进行着巷战。

全村里有四个制高点，都是在比较高的屋顶上，用厚土甓垒造的，四面都留有枪眼和向外扔手榴弹的地方。这种土甓墙，子弹是不容易打透的。

四个制高点，一个在十字街北边，一个在十字街南边，一个在十字街东边，一个在十字街西边。在整个村子上空，构成了一个强力的火力网，对十字街中心地点形成了有效的控制。在十字街作战对敌方不利，对我方倒是很方便。

敌人向十字街包围过来时，用很强烈的火力向中心地点射击，因为那里的街墙里藏有民兵，用枪和手榴弹打打停停吸引敌人。这里实施的就是民兵们所说的“敌人不来，勾他来，打打逗逗，引他来，逗逗打打，催他来”的游击战术。

敌人正是按照康忠和大龙的游击战术和意愿，一步一步地向十字街包围过来，落入了圈套。

制高点上的火力，交叉着向敌人射击开了。

临街墙上枪眼里的子弹也向冲进村的敌人打去。

康忠和高大龙在十字街北边的那个制高点上，他们看见村外村里，敌人虽然死伤了很多，冯喜营坏东西被打伤，可是敌人还是在往村里包围，制高点的土也被敌人的炮弹打得一块一块地往下掉。

康忠在瞭望眼里一看，敌人来得这么猛，他想到，昨天派人去找地区队，一直到现在还没有回信，心里很是着急。于是，他又写了个纸条，叫大龙赶快再派个人从地道出村，去叫地区队快点来大冉庄，这儿的战斗打得激烈！

大龙说：“老康，我想地区队的人也许正在路上呢。王司令员不是说过啦，他们兵分两路呀！”大龙刚说完，忽然看见苏小妹顺梯子爬上来啦，她说：“我和小青他们，在院子里打死不少敌人，完成任务后，我们就撤回来啦，还有什么任务要我去完成？其他女队员们正跟着雪莲姐一起打击敌人呢！”

“小妹，你真是神人，正需要你，你就来到了！”

“大龙哥，需要我干什么？你快下命令吧！”

大龙说：“你赶快把康书记写的这封信，送到地区队交给王司令员，让他快点派兵来！”

“好！我想地区队的人也许正往这里快步前进呢！”苏小妹接过信，然后把大刀背在背后说，“在十字街心，古槐神树下，我们会把冲进来的敌人消灭光！我走啦！”她行动利落，迅速下到地道去了。

你看周大娘和几个老太婆，还有白雪莲的爹和几个老头儿，也从洞里出来，在梯子上，上来下去地忙活着，每个人都累得满头大汗，给制高点上送子弹，送手榴弹，有的还提着水壶送水，大家都干得既紧张又有序。

这时，突然一个炮弹“呼隆！”一声打在制高点上，把制高点的一半打得垮了下去。康忠、高大龙还有四个队员都被埋在砖里。当几个人费力地从砖石中爬出来时，发现有两个队员被炸死了。

人们很快用两领席把那两个队员的尸体盖好。

大龙大声喊道：“王老虎！”

“有！”老虎回答。

“发挥你神枪手的威力！”高大龙指着敌人打掷弹筒的炮手说，“你要想法先把那炮手打掉！保护制高点，保护古槐神树！”

“康书记，高队长，你们瞧好吧！”王老虎瓮声瓮气地说，“有我王老虎在，那炮手甭想活！非揍死狗日的不可！”他说着就去找有利地形，执行他的专职任务去了。

其实，敌人的掷弹筒炮手，从村外进到村里，零零散散地已经被打死炸死不少了，还有两三个掷弹筒在起作用，这就是王老虎的目标了。

眼看敌人快到十字街口了，康忠喊着：“准备好手榴弹，消灭敌人！”

高大龙忙从腰里抽出一面小红旗，向周围使劲地挥着，连声大喊着：“同志们！摔手榴弹呀！集中火力，我们要把敌人消灭在这里！”

“杀！”

“杀！”

“杀呀！”

“炸掉鬼子头！”

各制高点上，都回荡一片杀声，只见手榴弹轰轰地炸开了，街上立刻炸得灰土飞扬，砖头瓦片到处乱飞乱砸。

战斗充满整个大冉庄的上空、地面和地下。

你看数不清的敌人被炸死或打伤，躺在街上，有的还在滚来滚去哀叫着……

制高点上的手榴弹、枪，还在拼命地向下打呀，射呀！

“杀！”

“杀！”

“把敌人消灭在十字街上！”

“把敌人消灭在古槐神树的广场上！”

“消灭在大石碾盘旁！”

敌人乱了，伪军吓得像没了命似的向村外跑。鬼子也吃不住了，你碰我，我碰你，碰倒了爬起来又跑。有的滚成了一个疙瘩，像潮水一样往村外撤！

街两旁墙壁里的枪不停地向敌人开火射击，敌人也无法清醒还击，因为只听枪响看不见人，敌人这就更慌了，抱着脑袋跑，有的把枪丢了，也不敢停下来拿。有的伪军说：“真是天兵天将下凡来啦，好像是从天空往下打枪！”另一个说：“是天雷天将从天而降，比飞机上的炸弹还玄还难啊！”又一个说：“土八路用的是什么战术啊！简直是神术！”

乔本三太郎和紫翻译官看着没办法在村中有效地消灭游击队，并且伤亡过大，只好又退出村外来。

敌人一到村外，口也渴啦，肚子也饿啦，累得真够呛！一个一个在树荫凉底下坐着唉声叹气。

乔本三太郎热得把衣服都湿透啦，脸上的青筋胀得有手指头那么粗，嘴巴子上那根很长的八字胡也被汗和土黏在一块了，滴溜吊挂着。他一看死了这么多日军和伪军，而土八路的影子也没有看见，气得他那带血丝的眼球，咕噜咕噜地直打转转。想喝口水吧，身上挎的那个热水壶也不知道丢到哪里去了。

紫翻译官用手在额上搓着汗泥。汗泥一条一条地往下掉。他叹了口气说：“唉！队长，今天这样……现在快下半午了……”他本来想劝说乔本，收兵回据点去再说，可是他见乔本一脸凶相，又怕冲犯了他的马头，就没敢说下去。

这时，有两匹探马从西边嗒嗒地跑过来了，把北边和西边的战况报告了一下，由他们的报告，乔本三太郎知道王盘据点里的丘泥木队长，已被打死在村里十字街头，古槐树北边的街上了。

“再进村去，把房子统统的烧光！”他正愤恨地狂叫着，温仁和新镇两个据点的队长骑着大马也来找乔本三太郎了，报告他们那里的日伪军也死了大半。他们在一块叽里咕噜地商量了一阵子，那两个队长又回他们的队伍里去了。

乔本三太郎又下了进攻的命令，敌人又向村里冲过来。在地道里的民兵和区小队员，通过瞭望眼看得很清楚。康忠忙指挥着队员们，在夹壁墙里向外射击，阻止敌人前进，并派出了四十五人，从地道绕到村外去抄敌人的后路。

敌人进了村刚要烧房子，这时候，村外又朝村里打枪，那是附近村里的民兵来配合作战。他们分成几路，向敌人反包围上来。

敌人两边挨打，这一下就着慌了。紫翻译官劝乔本赶快撤退，乔本还在犹豫，忽然听到远远地从黑风口传来一片嗒嗒的机枪声和“轰隆！轰隆！”的爆炸声，接着就是火光冲天了。

乔本三太郎和紫翻译官，看着黑风口上空的滚滚浓烟，都倒吸了一口长气。

不错，这是地区队的王凤山司令员，把兵分为两路：一路人马趁据点里空虚，端掉乔本三太郎的老窝。那儿有争取过来的地下工作人员，就是在冯喜营伪军里当班长的孔万奇，他带领一个班的伪军作为内线，内外相配合，先打一阵子机关枪，又扔了几颗手榴弹，把那些要反抗的家伙收拾掉。然后，放起一把通天大火，把乔本三太郎的老窝烧掉了；另一路人马，派了三十多人的精干部队，赶到大冉庄来支援作战，集中力量消灭这里的日军。后边突然响起的机枪声，就是地区战士们打响的。

乔本三太郎听到枪声，内心有点惊慌，他说：“后边有大土八路的！”

紫翻译官说：“奇怪，怎么枪声响得那么激烈，浓烟滚滚，该不是据点出事了吧！”

乔本瞪着眼睛往黑风口那边望着。

紫翻译官又惊奇地说：“哎呀！队长，别是让八路军把咱们的炮楼烧了吧？快退吧！快退吧！”

乔本三太郎心里有些慌了，但嘴里却这样说道：“你慌什么！皇军有实力的！”他指挥着队伍往后撤。

他们刚撤到村口边，村里村外的枪声又打成一片。

乔本三太郎一愣，接着又传来嗒嗒嗒嗒的机枪声。

紫翻译官惊慌地说：“不好，机枪声是八路军打的！”

乔本三太郎听到机枪声，慌得“咣当！”摔倒了，忙爬起来，大声说道：“有大土八路，不要慌！向村里冲去，抢占有利地形，和八路决一死战！”

乔本三太郎和紫翻译官指挥着残兵又向村里冲去。

其他据点的敌人，看见黑风口据点乔本三太郎的老窝被端掉了，都吓慌了，怕自己的窝子里也起火，就拼命杀出一条生路，拼命逃跑了……

高大龙和康忠在制高点里看得很清楚，黑风口的机枪声不断，一股股的浓烟钻上天空，他们知道这是地区队端掉了据点，武工队已在村外和敌人接上火了。

高大龙说：“乔本三太郎已无退路，又带残兵冲进村来，要和我们死战！”

“大龙，你看，其他三路敌人看见黑风口火光已起，都吓得丢魂丧胆逃出村外去了，别村的民兵和地区队的同志们，正阻击着逃跑的敌人，和敌人拼打呢！”

“敌人今天是逃不掉了，敌人已淹没在人民战争的汪洋大海之中了！”高大龙自信地说。

“这就是人民战争的威力！”

大龙说：“康书记，咱们就把乔本三太郎这股残敌坚决消灭掉！”

这时，乔本和紫翻译官已带领残兵冲到了十字街街头。

村外的枪声打得更激烈啦！

村里康忠和高大龙拿着红旗，在制高点上大力摇动指挥着。

“同志们！敌人的残兵又冲进来了，我们要彻底消灭敌人！”康忠高声喊着。

又是一片喊杀声。

几个鬼子和伪军被打倒了。

乔本三太郎的王八盒子早跑丢了，只见他手持战刀，为了躲避子弹射击，跑到那棵粗壮而又雄伟的顶天立地的古槐神树旁边站着，以防被子弹射中。

正在这时，忽然听到空中有人大声喊道：“东洋强盗，你的末日到了！”

乔本三太郎离开树身，手持战刀，抬头向上一看，只见树帽里有两个人。这两个人是谁？一个是区小队队员杜小青，另一个是白洋淀水乡闺女苏小妹。

原来苏小妹把信送给地区队之后，很快返回大冉庄来，她和白雪莲商量之后，便和小青由制高点下到地道。他们俩心眼儿多，趁敌人混乱时，用条绳拴上三爪铁钩儿，扔上树杈抓牢，攀绳上到树上来，掩藏在树帽里。这样一来，在树上打击敌人更带劲！

乔本退到树身旁作掩护，小青用枪瞄着乔本说：“放下屠刀，放你一条生路！”

乔本急了，挥着战刀大声吼着："你的下来！"他想向北逃，但刚一扭身，就看见高大龙手端盒子枪站在面前说："乔本三太郎队长，你失败了！你们第一次清洗大冉庄时，浅野公平从这棵树下逃走了，今天你可逃不掉！"

乔本三太郎一副凶狠的样子，手持战刀说："你们用土地道、土地雷取胜，我的不服！"

他手提战刀，扭身向南，只见白雪莲手提盒子枪从大碾盘旁边的洞口里闪出，愤怒地向他走来，说："乔本三太郎，只有放下屠刀，才是你日本军国主义分子的活路！"

"放下你的屠刀！"树上的小青和苏小妹齐声喊道。

树上、地上的人们齐声喊声："日本帝国主义完蛋了！"

乔本三太郎是个军国主义分子，看着大势已去，只听他"哇——"一声大叫，就将刀刺进腹部，挣扎一阵儿就倒地而亡了。

紫翻译官知道自己罪行滔天，他枪里还有最后一颗子弹，随着乔本的倒下，他将枪口对着自己脑袋打了一枪，脑浆四溅而亡。

高大龙说："把乔本三太郎的尸体埋在乱石岗子上，他那把军用战刀，是日本军国主义屠杀中国人民的铁证！"

这时，康忠在制高点上摇着红旗，大声喊着："乡亲们，我们把敌人消灭了！我们胜利了！大家快到古槐神树下边去呀。"

古槐神树上的大钟敲响了："当！当！当当当！"

响亮的钟声在天空、田野里激荡，传扬。

整个村子沸腾了，响起了一片欢呼声，人们向古槐神树下跑去。

大冉庄——这个英雄的村庄，英雄的区小队、民兵，还有地区队，把千八百个敌人打得死的死，逃的逃，为平原作战树立了光辉的榜样。

冯喜营呢，几个伪军抬着他回黑风口，走到张家坟北边的瓜园时，瓜园井里忽然钻出几个民兵来，收拾掉伪军，把他捉住，从地道押着进村去了。

这时，赵有志和民兵们把冯喜营、"满天星"等坏家伙，全从碾盘下边的地道里牵出来啦。几个村的群众都来了，古槐神树下的广场上，挤满了各村的乡亲，他们听说把冯喜营和"满天星"捉住了，心里多么高兴啊！

“打死他！”

“打死铁杆汉奸！”

周大娘愤怒地走到冯喜营跟前，大声说：“出卖祖国的无耻之徒！我儿子周永刚被你活活打死！你杀害了多少善良的人！”说着上前狠狠地扇了他两巴掌，“为死难的人们报仇！枪毙他！”

“枪毙这几个王八蛋！”

群众的怒吼声，真是震得地动山摇。

一个身材健壮、高大，眼睛炯炯有神的人，站在了那个大碾盘上。

他就是区委书记康忠。他挥着粗壮有力的胳膊，吼着大嗓门，向大家讲话了。

“同志们！乡亲们！今天这个仗打得很漂亮！敌人伸进来的魔爪、狗腿，都被我们斩断了！”

大家一致欢呼，全场响起雷鸣般的掌声。

康忠继续讲下去——

“两年多以来，我们和敌人进行着最顽强的斗争。有好多干部和群众，为了打日本鬼子，为了保卫我们的家乡，为了中华民族的解放，为了保卫我们可爱的祖国，献出了宝贵的生命，为人民流尽了最后一滴血。他们这种伟大的爱国主义精神，他们这种伟大的功绩是永垂不朽的，将永远载入我们中华民族的光荣史册！我们要踏着他们的血迹前进！把敌人彻底地消灭，争取最后的胜利！

“我们从‘五一大扫荡’以后，得到党、上级的指示，尤其是党中央和毛主席的正确指示，在这个地方和强大的敌人坚持斗争。平原口没有山，敌人武器又占优势，坚持游击战争，坚持斗争是比较困难的。可是由于我们的党和人民用智慧创造出了办法。我们把平原变成了山！我们广大的人民团结起来，发明了地道战，在地道战中，我们由被动转为主动打击敌人，消灭敌人！成为了冀中平原上的模范根据地。

“我们的地道战，不但打击了敌人，而且对整个华北战场来说，也有极重大的意义！地道战牵制了敌人，就像在敌人的心脏上插了一把尖刀，使它不能灭亡中国。

“大冉庄——这个英雄的村庄像一个顶天立地的巨人，在古槐神树下屹立着。

“乡亲们！最困难的阶段，我们坚持过来了！现在，我们的大部队已经打过平汉线，离我们这儿不远啦，我们要配合大部队继续作战……”

“我们捉到的那些铁杆汉奸，今天就枪毙他们！”

群众一片吼声。

“好哇！”

“为人民除害！”

这时，全福、小青等十几个民兵押着冯喜营、“满天星”等汉奸，朝村南边的乱石岗走去。

工夫不大，就听枪声响了……

人群中又响一片欢呼声。

第三十八章

仇人相见

话说半个多世纪过去，到了一九九五年，正值世界反法西斯战争和中国抗日战争胜利五十周年之际，高大龙和白雪莲夫妻俩，戎马生涯半个多世纪，都已是白发苍苍的老人。他们虽已年迈，但身体还是很健康，红光满面，耳不聋眼不花，精神饱满，气质不凡，行动利落，那种潇洒风采不减当年。

这天，夫妻俩带着十几岁的孙子高小龙，回到一别五十多年，冀中平原第一庄——地道的故乡——大冉庄。村里的老房旧屋、石碾、石磨、村头的三官庙、土地庙等仍保持着抗日战争年代的原貌，还有最引世人注目，也是世人最爱护，最神气的那棵古槐神树，仍像个坚强而又执着的伟人，屹立在十字街头，那口古钟依然在神树上高高悬吊，好像随时都能发出警鸣，让人们千万不要忘记过去的斗争史，特别是日本军国主义对中国残暴的侵略历史。这儿已被国务院列入全国重点文物保护单位，被列为全国爱国主义教育基地。原来房屋住户可继续住用，但不能出租，翻建和再建，以便让世人了解真实情况。所以，走在街上，看到周围环境，尤其是大碾盘周围射击孔，临街墙上的枪眼，敌人射击的弹孔，颇有一种当年的战斗气氛。当他们走到那棵古槐神树下时，仿佛又听到古钟紧急警鸣，好像鬼子又进村来了……

白雪莲突然一激灵，举头看着神树上悬吊的古钟，感慨地说："我仿佛又听到了古钟警鸣。大龙，还记得吧，五十多年前，队长浅野公平带领日军和伪军二百多号人，第一次来清洗咱们村，在这神槐树下，我们同日军打了一场激烈的地道战，打死不少敌人。但浅野公平带着部分日军狼狈地逃跑了，没有逮住他！”

“是呀！半个世纪过去了，记忆犹新，那场战斗打得好激烈啊！”高大龙抚摸着神树说：“祖上留下的神树，它帮助我们打过鬼子！”他再看看那茂盛的树帽，又说：“当年区小队好战士杜小青，曾上到树帽子里，让绿叶儿掩护着，向下边呐喊：‘消灭鬼子兵，打死狗翻译官！’多么好的战士啊！”

高小龙听了爷爷的话，更来劲了，又是抱树又是看那口神秘的古钟，他说：“爷爷，我想上神树去，敲响警钟！”

“小龙，那警钟不能随便乱敲。”高大龙对孙子说，“钟声一鸣有灵气，全村人立马就到神槐树下集中了。当年打鬼子的时候，就是敲这警钟的！打浅野公平的那次战斗，就是我亲自敲响警钟的！”

小龙问道：“爷爷、奶奶，你们刚才说，那个叫浅野公平的日本人，你们把他赶跑了，没有捉住他。要是他还活着，那也像你们一样，是位老人啰！”

高大龙点点头，若有所思地说：“当时在战场上看到他的样子，比我还大几岁呢！”

“大龙，我回家去做饭。”白雪莲嘱咐说，“你领着小龙去纪念馆，仔细看看那些陈列品，让他知道老一辈人是怎样斗争过来，怎样抵抗日本军国主义侵略，并打败了他们的！今天的幸福生活来之不易啊！”

“你说得好。我也是打算这样办。国家不强大，净受帝国主义的欺负！”高大龙非常赞同妻子的意见，“青年应该增加这方面的知识，让他们勿忘国耻！”稍停又说，“听说有过去的日本人来咱们村访问，你把那副对联写好了吧？”

“写好了！小龙，听爷爷的话！”

“奶奶，做点好吃的行吗？”小龙虽然十几岁了，但还是个天真的孩子，他说，“好奶奶，做点带有农村风味的饭吃。”

“小龙，你真有口福，昨天芦花寨你苏小妹姨奶奶送来白洋淀特产小银鱼儿。炸银鱼用玉米饼一卷，那才叫香呢！”白雪莲说着就忙着去做饭了。

话说高大龙带着小龙来到纪念馆院内，正在参观聂荣臻元帅题写的“冉庄地道战纪念馆”题词和杨成武将军题写的展厅门匾时，老民兵邯文快步走来说道：“大龙，今天真巧，有位日本客人也来冉庄参观了。”

高大龙说：“在什么地方？我们是个好客的国家，国外客人来，一定要热情接待！”

“老邯，你知道那位日本客人是什么样的人吗？”

“据说他叫浅野公平，过去来过中国。”

高大龙一听，紧锁眉头，稍停片刻，说：“叫浅野公平吗？是年轻人还是老年人？”

“我扫视了他一眼，是位老年人。”邯文扭头向东边一看，又说，“你们看，他正朝这边来了！”高大龙顺着他的手指看去。

一辆浅灰色轿车，徐徐驶到地道纪念馆门前，停在槐树荫下。车上坐着老少二人，只见那位白发老人，双眉紧锁，面带愧疚，他下车说的第一句话是：“我有罪，我是向中国人民请罪来了！”他就是当年曾经参加过侵华战争，屠杀中国人民，驻扎在张登（黑风口）据点的日军指挥官浅野公平。年少的是他的孙子小浅野。

纪念馆的人们，很热情地将祖孙二人领到接待室，为他们沏好茶。纪念馆的服务人员还为他们抱来两个花皮儿沙瓤大西瓜，并当场切开……浅野公平为热情接待他的人们所感动，激动地说：“我早就想到中国来，但一直没有勇气。一提到过去就觉得愧疚，心里非常沉痛，灵魂都受谴责，因为我这双手上有中国人民的鲜血！对张登镇和大冉庄人民来说，我手上的鲜血更多，罪恶更大，所以，一走上这片土地，我就不断地磕头认罪。在这里我要特别向当年的区游击队指挥官高大龙先生请罪，是我杀害了他的母亲。我为那位善良的老人几次忏悔，我的罪过终生不会忘记的……我是快八十岁的人了，以后的日子不多了……”老人掏出手绢，擦了擦眼泪，继续说道：“一九三九年我来中国后，一直随部队驻扎在大冉庄东边，号称黑风口的张登镇。目睹了中国人民被日军蹂躏的惨景，多少人死在日军的屠刀下，包括在我屠刀下死去的人！这些都是日本军国主义者造的孽，犯下的滔天罪行！这次带孙子一起来，就是让年轻一代人了解中国人民受到的残害，中国的大好山河，被糟蹋毁坏，中国人民的财产，受到无法计量的惨重损失，这些都是日本军国主义的罪行！要让下一代牢牢记住，不让悲惨的历史重演，中日两国人民世世代代友好下去……”

邯文插话说道：“浅野公平先生。”他指着站在旁边的高大龙说：“这位就是你刚才提到的区游击队队长高大龙。”

浅野公平听到高大龙三个字，大为震惊，他好像不相信自己的耳朵和眼睛，这是真的吗？又像是在梦境里，五十多年前的仇人，居然又在此相见了。高大龙对他有杀母之仇，他能饶恕他吗？他低头站立着。

此时，高大龙的心情极为复杂，他想到母亲就义前的悲壮场景，她那坚强而又善良的形象，在他脑海里回转着。他用愤恨的目光，注视着面前这个五十多年前的仇人。

如果是五十多年前，在大冉庄地道战场上，高大龙和浅野公平相遇，他们非拼个你死我活！可今天，仇人在这儿相见，又是浅野公平向中国人民来低头认罪，高大龙听了他那番话，也很受感动，即上前与他亲切地握手，互相问候。高大龙说：“浅野公平先生，你这次认罪行动会受到中国人民的宽恕。”

“日本军国主义对中国人民和亚洲各国人民的罪恶深重啊！”浅野公平低下头说。

高大龙说道：“前事不忘后事之师。要正确地对待历史问题，并且拿出实际行动来，认真反省那段罪恶历史，吸取历史教训，走和平发展的道路，才有利于日本同邻国建立信任关系！才有利于改变日本的形象！”

“是的。高先生的见解很对，只有走和平发展的道路，日本国的前途才是光明的，大有希望的！”浅野公平说。

高大龙祖孙陪同浅野公平祖孙来到展室参观。因为浅野公平老人年岁大了，没有下地道去，他在纪念馆陈列的土地雷、土枪、土炮、土手榴弹等较原始的武器跟前，伫立了很久、很久。

他激动地说：“正义之师必胜！”

高大龙说：“浅野公平先生，决定战争胜负的不是武器，而是人！”浅野公平连连点头表示赞同，并义正词严地说道：“现在，日本还有个别人，不反省不认罪，想复活军国主义，梦想侵略别国人民，屠杀别国人民，谋取霸权，逆潮流而行，这是绝没有好下场的！”

高大龙稍沉，说道：“浅野公平先生很有见解，说得很对。德国法西斯头目希特勒，不可一世，疯狂到了极点，武装到了牙齿，凶恶地想称霸世界。最后，苏联红军把他打进地下室，看着大势已去，美梦已经破灭，落个自杀而亡。但凡世界上想侵略别国人民，屠杀别国人民，霸占别国土地山河的人，都是这样的下场！”

浅野公平祖孙二人由高大龙祖孙二人陪同，漫步走到那棵神槐树下，浅野公平走上前两步，伸手摸摸神槐树身，抬头猛然看见悬吊的古钟，浑身一颤，五十多年前，就是这口古钟紧急警鸣，在神槐树下，打响了那场可怕的地道战——

这天天刚蒙蒙亮，浅野公平带着几百个日伪军，兵分四路采取包围形式，向大冉庄包围过来，破坏地道，清洗村庄，实行最残酷的“三光”（烧光、杀光、抢光）政策，还带着化学武器毒瓦斯。你瞧！敌人刚接近村边，埋伏在野外地道口的民兵便开枪了，敌人急速散开之后，枪声没有了，连个民兵的人影儿也没有看见，日伪军这才向村里前进。

敌人快冲进村里来了，康忠和高大龙指挥着地下地上区小队，男女民兵们，向敌人展开大规模的地道战。你看吧！牲口槽、锅台里、夹壁墙、临街墙、三官庙、土地庙……制高点上的交叉火力网，都向敌人开火。日伪军冲进院里，踩响了地雷，炸死炸伤不少。日伪军又从院里窜到街上，但只听枪响看不见人影儿，挨了枪子还不知道是哪儿打来的，这时一个伪军大声喊道：“太君，这儿发现了洞口！”浅野公平一听，大声下命令说：“放毒瓦斯！把地道里的人统统毒死！一个也不放走！”鬼子兵赶紧戴上防毒面具，开始往洞口里大放毒瓦斯。浅野公平万万没有想到，地道改进得更神妙，更实用了，民兵发明了神奇的翻板，人们从翻眼钻过去，然后拉好盖儿就把口堵死了，连水都流不过去，毒气也无法向里钻，反而向外冒。鬼子虽然有防毒面具，但还是被毒倒了，伪军一连倒下一片。浅野公平一看，化学武器失灵，胆虚了，土八路里出了能人。他挥着王八盒子枪，带领十几个日军，呀呀地冲到神槐树下，趴在石碾房边，让神槐树遮挡住身体。这时，神槐树上的古钟突然紧急警鸣起来，浅野公平吓慌了，挥起盒子枪边打边向北边急忙撤退时，又掩藏在了碾盘底下。暗洞里的杜小青通过射击孔向北边一瞧，大吃一惊，呀！挎战刀挥动盒子枪逃跑的指挥官，正是黑风口据点的日军队长——浅野公平。杜小青便大声喊道：“活捉浅野公平，不要让他逃掉！”浅野公平本来听到警钟声就大为惊慌，又听到活捉他的喊声，心头一颤出了一身冷汗。杜小青扔出手榴弹，但没有炸着他。小青急得大喊大叫，头上直冒汗水。最终，浅野公平带领十几个日军狼狈地逃回黑风口去了。

回想到这时，豆粒大的汗珠儿，从他头上滚了下来，他忙掏出手帕擦了擦，然后对孙子小浅野激动地叙说着当年他从神槐树北边撤回黑风口据点的情景。

其实小浅野的中国话说得很好，因为浅野公平有远见，从小就教孙子学习中国话。

老民兵邯文风趣地说："浅野公平先生，当年你从神槐树北边撤退时，杜小青躲在暗洞里，通过射击孔，你怎样逃跑看得清清楚楚，他那颗手榴弹扔出去没有炸着你，是因为有神树挡住，所以放了你一条生路。今天咱们能在神槐树下相见，神树也有一份功劳啊！"听了他的这番话，祖孙二人同时向邯文鞠一躬，连声说："谢谢！谢谢！"邯文说："中国有句俗话：不打不成交！咱们现在是好朋友，中日两国人民是好朋友。"他看看小浅野，又说："要让中日少年都知道，我们两国人民要世世代代友好下去，要让世界人民友好相处，安居乐业，美好地生活下去！"小浅野用中国话说："我记住了！"孩子们熟悉的好快呀，高小龙和小浅野悄悄地说过几句话后，高小龙便忙上前，紧握着小浅野的手说："他们老一辈人过去在战场上是厮杀对手，曾经是仇人！经过你爷爷来认罪，今天和好了。咱们是幸福的一代，更应友好下去，你说对吗？"

"对的，对的！"小浅野握着高小龙的手，说，"我们要吸取老一辈人的教训！"

浅野公平看着两位青少年那样亲热，笑了，从内心里笑了。他说："今天的这次相见，真是万福，万福啊！终生难忘！"他再看看神槐树上的那口古钟，点点头说："神槐树和那口古钟有功啊！"他拉着孙儿小浅野，向那棵神槐树和古钟，深深地鞠了一躬。

高大龙说道："浅野公平先生，神槐树下发生的故事，从古至今有很多很多，包括今天，咱们的会见，后人会流传下去的。"高大龙摸摸神槐树，扬头看看那口古钟，又说道："浅野公平先生，我们会让神槐树长青，会让警钟长鸣，中国人民时刻警惕着。请你回到日本后，告诉那些企图复活军国主义的人，如果他们继续肆意妄为，必然会像过去一样被淹没在人民战争的汪洋大海里！”浅野公平听了高大龙的话，连连点头表示赞同。

在神槐树下，碾盘暗洞射击口旁边，高大龙祖孙和浅野公平祖孙，正在观看和叙说神槐树和古钟的由来。这时，纪念馆的服务人员又抱来两个沙瓤花皮西瓜，放在碾盘上，用刀切好后，服务员先送一块到浅野公平面前，热情地说道：“天气太热，快吃吧！这西瓜是大冉庄特产，可甜啦！”

“谢谢！”浅野公平接过西瓜，愣了一会儿，没有吃，却对孙子说，“要记住，中国人民是爱好和平，热情好客的。中国是有五千多年优秀文化的古国，值得我们好好学习。日本有许多文化风俗，都是由中国传过去的，这沙瓤西瓜里含着深情和友谊。”小浅野中国话说得好，了解中国的文化礼仪。他说：“爷爷这次带我一起来中国，就是要了解当年日军对中国人民的残害，这些都是日本军国主义造下的孽！了解了中国人民受到的残害后，让更多的日本青少年知道那场罪恶战争的真相，使中日两国人民世世代代友好下去，不让那可怕的历史重演！”

“小浅野，你说得很对！”高小龙听了小浅野那段话，忙上前紧紧握着他的手说，“你爷爷说，现在日本国内还有个别人，对侵略历史不反省不认罪，想复活军国主义。对此，不仅中国人民反对，亚洲受到日本侵略的国家的人民更会反对的，他们是没有好下场的！”高小龙是个很聪明能干的个小家伙，性格随他祖父祖母，爱憎分明。别看年岁小，什么事情都拿得起放得下。他想了一下，又说：“那个别人，胆敢发动侵略战争，欺负别国人民，霸占别国土地，杀害别国人民，小浅野，咱们就携起手来把他埋葬，彻底埋葬！”

“对！把他彻底埋葬！”小浅野有力地说。

周围的人们看着这对中日青少年，听着他们亲切、风趣而又有力的对话，都受到鼓舞和感动，非常高兴地说道：“中日两国人民就应该这样友好下去，造福于人类，希望寄托在他们身上！”

浅野公平老人笑得格外开心，胡子几乎飞起来，他高兴地说道：“中国人民是了不起的，大冉庄人民是了不起的，创造了人类的奇迹——地道战。小浅野，你在展厅都看过了，他们用土枪、土炮、土地雷、土手榴弹，还有这奇妙而又神奇的土地道，打败了武器精良而又凶恶的日本军国主义！”

高小龙和小浅野是同代人，所以感情和语言容易交流，虽然相见时间不长，但早已熟悉了。高小龙忙又让小浅野吃了块甜西瓜，然后说道：“怎么样，有兴趣吗？我领你到地道里去看看。我跟爷爷和奶奶回到故乡来，他们给我讲了不少有趣的战争故事，并领我到地道里看过好几次。他们是当年挖地道，打地道战的过来人，所以讲得生动，让人听得入了迷。我领你去看看当年他们是如何在神槐树下打败日本军国主义的。那地道挺有意思，也很神奇。恐怕世界上其他国家，没有这样绝妙的建筑！”小浅野看着爷爷，一时没有说话，他不知道是该去还是不该去？因为他没有来中国之前听爷爷讲述过，爷爷把地道说得神乎其神，地道里设有很多暗机关，水流不进，毒瓦斯不往里钻，反而向外扑冒，很是神秘。进去之后像走入“迷宫”，闹不好就会迷失方向，不知道东西南北，就出不来了。他正思索着，听爷爷说道：“小浅野，有高小龙领路不会迷失方向，下去看看，那里边是神奇的世界，会为你增加更多的知识，回到日本后，对你的朋友们讲述起来，也会更生动有意义。你们快去快回。”

小浅野和别的青少年一样，好奇心和求知心盛，他想光是听说地道如何如何奥妙，百闻不如一见，还是下去看看吧！他说：“小龙，机会难得，你领路，咱们去看看里边的神奇世界！”

“好，保你满意！”高小龙把手一挥，看着爷爷高大龙，说，“爷爷，我带领小浅野进去好好参观一番！”

高大龙和浅野公平两位老人，看着那两个聪明的下一代人，捋着胡子笑了，从心里笑了。

于是，两个小家伙便一同下地道去了。小浅野一钻进地道，就大为惊奇地问伸出长脖子的灯叫什么灯？小龙说叫王八脖子灯。因为是圆形身脖子又长，所以叫王八脖子灯，放在墙龛里伸出来，既照明又稳当，打起仗来碰不掉，还省油儿。接着高小龙索性就当起解说员，边看边把地道里的设施和规模，给他详细讲起来。地道里有主干线，也就是作战道，打仗时男女民兵和区小队队员来回穿梭奔走。有支线、休息室、会议厅、中心指挥部，还有伤员治疗室，小学生们的读书室，老太太纺线屋，地下就是第二个村庄，通往制高点的上天路……当钻翻眼时，高小龙着重说明了日本军国主义分子用灭绝人性的化学武器——毒瓦斯杀害中国人的历史。但当时人们很聪明，发明了翻眼后，毒瓦斯就失去了效用，再向地道里放毒瓦斯，毒气不往里钻，反而向外冒，把日伪军毒倒一片。小龙说："这些事儿，你爷爷浅野公平先生就亲眼看见过，我爷爷高大龙和奶奶白雪莲也亲眼看见过，因为他们都是过来人。"两个年轻人钻了好一阵子地道，小浅野突然问："在地下钻来钻去，为什么不气闷呢？"高小龙指着透气孔说："你瞧瞧留有很多通气眼儿，又通风又能观察外边的动静。当年日伪军在上面活动的情况，通过气眼看得一清二楚。"小浅野很好奇，忙趴在气眼跟前向外仔细看，连声称赞道："中国人好聪明哟！有了神奇的翻眼儿，毒瓦斯也无用了！"高小龙说："小浅野，咱们上天吧！"

"咱们入了地，还能上天？"小浅野用惊奇而又有些怀疑的目光看着高小龙说道，"小龙，咱们是人而不是神仙呀！怎么能上天？"

"跟我来！"高小龙扯住他的手，又拐几个弯弯，从牛槽里钻了出来，外边是间宽阔的屋子，高小龙指着通往制高点的梯子说道，"瞧！那就是上天梯！"小浅野莫名其妙地跟着他，顺梯子一直上到制高点小楼里，顺射击孔四处一看，自语道："好一派平原风光啊！你的家乡多么美丽，多么富饶，多么可爱！谁不为这样美好的家园而自豪！"高小龙说："这就到天顶了。"

接着他把地道的发展用人、地、天三通的结构来讲述。所谓三通即：全村人拧成一股劲，齐心打鬼子，这叫人通；地道挖成户户相通，村村相连，逢河穿河逢堤穿堤，变成地下第二村，第二区，这叫地通；村里东西南北中高房上，建筑起制高点，高空构成交叉火力网，这叫天通。发展到这个时候，日伪军就不敢轻易进村里来了，因为进村来干挨揍看不见人影儿。高小龙把整个发展过程，详细说了一遍，小浅野很佩服小龙的口才和知识，他说："小龙，你也是地道专家呀！""不，这都是我爷爷和奶奶讲述的。最宝贵的是这些地道遗址还完好地保存着，得以让下一代人了解历史的真实性！"

小浅野沉思片刻说道："中国人真伟大。为了抗日，花费这么大力量，完成了这么浩大的工程！"

"是呀，这是史无前例的！"高小龙忙扯起他又钻进地道，左右拐了几个弯，高小龙说："注意，再往前走不多远，就是神槐树底下了，那儿是地道战的总指挥部所在地。当年我爷爷在地下，你爷爷在地上，两位老人就在神槐树下展开了激战，枪声和喊声响成一片……从我记事时起，爷爷就给我讲过很多神槐树下的传奇故事……”

神槐树下的人们围拢在石碾盘周围观看着，议论着。

有人指着碾盘说：“你们瞧，复仇的子弹，就是从这些射击口射击的！”

“是呀！过去抗日时，这儿是中日战场，是拼个你死我活的地方，也是生死场啊！”另一个人说。

“今天却成了中日青少年钻地道，参观游览的好场所，也是对青少年进行教育，了解真实历史的好基地。”

有人大声说：“大家快看，这棵古槐神树好像也为今天的场景显出了笑容。”

人们正在交谈着，忽然听到碾盘底下传来大声喊话：“闪开，闪开！我们要射击了！”大家听出是高小龙和小浅野的声音，于是，又好笑又高兴地鼓起掌，并说道：“好哇！你们也在里边打地道战呀！快出来吧！”

高大龙和浅野公平两位老人笑得格外开心。过去在战场上，他们是你死我活的仇敌。可是他们万万没有想到，半个多世纪过去，今天，在神槐树下，竟然出现如此感天动地的场面。浅野公平又高兴又愧疚的情绪，没有逃过高大龙那双锐利的眼睛，他看出这位日本老人复杂而又矛盾的心情，忙上前说道：“浅野公平先生，你累了，坐下休息会儿吧！年岁不饶人哪！”

“高大龙先生，我虽然七十九岁了，但今天一点不累，分外高兴，看到下一代这样友好相处，谁能不高兴啊！”

高大龙说：“是呀！前事不忘后事之师。中日两国人民，应该这样友好下去！”

两位老人看着从地道里钻出来的两个青少年，虽然满身灰土，但土眉土眼的样儿却让人高兴，浅野公平把高小龙紧紧搂在怀里，高大龙把小浅野紧紧地搂在怀里。沉默，再沉默！两位老人不由自主地流下眼泪。现在他们共同的心声是：中日代代友好下去，这是两国人民的幸福，也是世界人民的幸福！

周围人们在神槐树下为这二老二少会见的场面所感动，有的人背过身去擦眼泪。

浅野公平说：“小浅野，你都看过了，地道好不好？”

"爷爷，中国的土地真硬真结实，民兵在暗处，在地道里瞄准，日军在明处，准死无生，连是谁打死的都不知道！"

说话间，那辆浅灰色汽车开到神槐树下，徐徐停住。

浅野公平问道："神槐树今年有多大了？"

高大龙说："神槐树究竟有多大年岁，谁也说不清楚。老槐神树像个智慧而又坚强的老人，屹立在大冉庄十字街头，人世间的沧桑变化，它是见证人。"

浅野公平听了肃然起敬，扯住孙子的头，向神槐树深深地鞠了一躬。

浅野公平正要走向汽车，忽然听到远处有人喊道："浅野公平先生，请等一等！"

人们循着声音看去，只见有位满头银发女人——她就是当年区救会主任白雪莲——从远处走来。白雪莲满面红光，行动利落，举止潇洒，风采不减当年。她快步上前，说道："浅野公平先生，我写了一幅字，作为小小的纪念品，送给你带回日本去。"

浅野公平低头鞠躬，很高兴地说道："非常感谢高大龙先生、白雪莲女士！"

高大龙说："高小龙，小浅野，把字展开，让浅野先生看看！"

高小龙和小浅野展开字条，人们围拢来，聚精会神地观看。

上联写：前事不忘后事之师深思久；

下联写：中日人民代代友好继世长。

浅野公平看着字说："字写得极好，词写得更好，我要带回国去，让更多的日本人学习。"

浅野公平祖孙二人坐上汽车，向欢送的人们频频招手："再见！"小浅野突然又跳下车来和高小龙紧紧地握手，然后说了下悄悄话儿，高小龙便把一枚大冉庄地道战纪念馆的纪念章别在小浅野胸前。再次握手后，小浅野才又登上车。

众人说："欢迎你们再来！"

浅野公平探出车门，大声说道："高大龙先生，白雪莲女士，各位朋友们，我会说给更多的日本人，让他们更加了解日本军国主义在中国犯下的罪行！"

汽车从神槐树下徐徐离去……